微醺
小舍

张天逸 著

北方文艺出版社

图书在版编目（CIP）数据

微醺小舍 / 张天逸著. -- 哈尔滨 ： 北方文艺出版
社，2022.6
ISBN 978-7-5317-5614-9

Ⅰ．①微… Ⅱ．①张… Ⅲ．①故事－作品集－中国－
当代 Ⅳ．①I247.81

中国版本图书馆CIP数据核字(2022)第093585号

微醺小舍
WEIXUN XIAOSHE

作　者/张天逸

责任编辑/王　爽　　　　　　　　　特约编辑/陈长明

装帧设计/汇蓝文化

出版发行/北方文艺出版社　　　　　邮　编/150008

发行电话/（0451）86825533　　　　经　销/新华书店

地　址/哈尔滨市南岗区宣庆小区1号楼　　网　址/www.bfwy.com

印　刷/济南精致印务有限公司　　　开　本/880×1230　1/32

字　数/243千字　　　　　　　　　　印　张/10.125

版　次/2022年6月第1版　　　　　　印　次/2022年6月第1次印刷

书　号/ISBN978-7-5317-5614-9　　　定　价/68.00元

父与子，面对面

伴随着另一个自己成长（代序）

张育新

几天前，在朋友圈展示儿子近日写的小说，多少有点显摆的成分。好友作家韩亚庆先生留言调侃："大侄的作品快赶上他爹了！"我回道："他爹最近停产。"亚庆兄回复："他爹还是维护好生产线吧！"另一位作家朋友王作龙先生打来电话说："我看好这小子，是个大坯子，比咱们强！"

一回一复之间，几多欣慰，还有几多无奈！

儿子张天逸也是一个小作家，这是我无奈之下承认的事实。还有一个无奈是对自己身体的不满，更大的欣慰则是另一个自己在成长。那个我从六斤八两开始认识的小东西，竟然也有独立的思考，像模像样地完成了创作，这是一个多么不可思议的现实。

张天逸从小喜爱读书，这大概是家庭影响的缘故。2003年"非典"期间，4岁小儿无法去幼儿园，刚从政法战线退休的他姥爷担起了看小孩的责任。老人家一辈子挎枪，对付这个小不点儿有点儿力不从心。无奈，老人家用旧纸壳剪了很多圆形纸版，然后写上常见字，训练小天逸识字。老人随口说出一个字，天逸从纸壳堆中找出该字，再大声读出来。一老一小，有点训练警犬的味道，令人忍俊不禁。这竟是天逸识字的开始。三个月，竟识字过千，上小学一年级，可直接朗读课文。十七年后，又一场疫情来袭，已上大学二年级的张天逸同学，竟然在家创作了以《午夜酒舍》为总题的二十万字的系列小说，在"红袖读书"上连载。两次疫情成全了他的识字与写作，天意乎天逸？

张天逸读书，开始时有些显摆的味道。天逸上三年级时，跟老师说读了三百本书，班主任打来电话求证，我说具体读多少没算过，我家书多，孩子总是在读。老师说："那我信了。"几家人一起郊游，儿子带一本《后汉书》，惹来莫名惊诧！不服？不服我就给你讲一段儿。天逸犹喜读三国史，《三国演义》烂熟于心。一次，我在出版社的朋友给我一套名著的青少年读本，天逸没读过这个版本的《三国演义》，晚上不睡觉，偷着起来翻阅。其母吼他："赶紧睡觉！"天逸答："我不困，睡不着！"其母说："睡不着就起来听写！"我赶紧息事宁人："天逸，现在是不是困了？"天逸一边钻被窝，一边小声说："这本不好，不如我读的。"天逸读的是全本，缩写版已不合胃口。天逸四年级时，我跟老婆带他逛书店，他自己拿了一本《三国志》去收款台交款，收银员说这是这孩子给他爸买的书。天逸骄傲地一仰头，不屑地说："才不是呢，我给自己买的，我爸那本让我看黑了！"这种显摆成了一种习惯。大一时，他跟同学旅游，居然带了一本索尔仁尼琴的《癌症楼》，回来诉苦说，读着太压抑了，玩得一点儿都不开心。人们常说某人"作秀"，是不是坚持不懈地"作秀"就成了一种习惯？

天逸小学四年级时开始偷摸地写诗，写在卡片上，一沓一沓，留着，珍藏着。"珍藏"的地点包括暖气片后面、书柜上面……我一直忽略他这种习惯，不务正业嘛，不值得鼓励！其母收拾其屋，一点点找出来，装在一个大文件袋里，给他留着。也没太多想法，只是觉得儿子写的，扔了可惜。他的原稿纸五花八门，卷子边上，作业空白处，甚至书的空白页。高一的时候，天逸把母亲交给他的原稿一首一首抄写在本子上，分了集，写了序与跋。他多年轻时的不务正业，他完完全全地重复了一遍。天逸把手抄诗集递给我，让我看一看。我扫了一眼扔到一边："一个小屁孩能写什么诗！"天逸受到打击，转而求其母："妈，你让我爸给我看一看。"我老伴儿很慎重，自己先看了一遍，虽然不十分懂，但看得认真，然后开始吹枕头风："我看孩子写得挺好的，别人的作品你都看了，你就给他看看。"有"一把手"的指示，我只好硬着头皮读儿子的诗。

从小学四年级到高一，小兔崽子竟然写了近三百首诗。我一脸严肃地把天逸叫过来："诗写得好赖先不说，先说你浪费了多少时间！你还没到创作的时候，要先完成学业！要考一所好大学，你才有机会去创作！"天逸嗫嚅着解释："我没耽误时间，就是有想法了，随手写在书本边上，休息时又整理的！"

读着儿子的诗，脸上僵硬的肌肉逐渐松弛下来。太不可思议了，这就是那个六斤八两的小东西？居然有思想了！之后依然是患得患失——会儿觉得写得不错，一会儿又觉得这一定是父亲的一种错爱。拿不定主意，我把诗稿传给了老友、诗人左远红，申明前提：一定实事求是，不可拔苗助长！远红用两天的时间看完了诗集，在电话中表示，孩子很有才情，很有想法，诗写得很不错。意犹未尽，远红又写了一篇诗评。这篇诗评就是天逸的诗集《失乐园》的序！虽有远红的肯定，我依旧不放心，又联系了相熟的出版社编辑，求取评价。编辑言简意赅："想象丰富，意象有味，比很多成人的诗稿质量要好！"

天逸的《失乐园》出版了，他也加入了省作协，分享会、评论会开了几次，成了个小明星。有位美女校长当面对我说："张老师，我不是你的'粉丝'，我是你儿子的'粉丝'。"儿子返校上课，他的校长给我打电话说："我以为这小子会飘了，但是没有。"我把原话转给天逸，天逸牛哄哄地说："这算个啥？以后这是常事！"这份牛气与淡定让我目瞪口呆！

人生有很多乐事，看着另一个自己成长，当是乐事中的极致。天逸的创作之路刚刚开始，属于他的未来广博而浩远。是鲲鹏还是池鱼，当看他的努力！

（张育新，中国作家协会会员，哈尔滨市作家协会副主席。出版《古河道》《信访办主任》《盖棺真相》《我不要选择一世平庸》《最后的八旗》等五部长篇小说，另有《金长城之旅》《龙江古丝路》《一座城市的背影》《张育新散文作品选》等多部文集问世。）

目录

引子

我的酒舍开在我的大学附近，毗邻我们学校的东门。几乎每一个从东门经过的人，都会打量一下酒舍的大门，也正是因为如此，酒舍的生意一直很好。

其实，酒舍的招牌并不大，屋子也没有其他快餐店那般敞亮，酒舍里永远透出暗黄色灯光，放着并不符合这个时代大学生审美偏好的蓝调。这与周边那些吆喝声不绝于耳的奶茶店、鸭货店，有着很明显的区别。

我是不大喜欢吆喝的，总觉得那种抛头露面的宣传，与我的酒舍的格调大相径庭，加之我这个人又比较慢节奏，因而我的顾客也是随缘的居多。

我和你说，我的酒舍不仅仅以赚钱为目的。有钱的花钱，没钱的可以讲述自己的故事，或者留下一件纪念品。因此酒舍内的陈设五花八门。有我的初恋的印记，也有朋友们的青春痕迹。有人说，我这里是储存青春的驿站。

故事储存得多了，就想把它们记录下来。我想把身边的这些人，以及他们为之努力的形形色色的生活讲给你们。

这是我第一次写这种故事，我并不想要借这些故事，来告诉大家一些深刻的大道理，道理其实谁都懂，无须我不厌其烦地阐释。我只是希望，这些故事能勾起某一段你自己都不大记得的往事，让你想起那少年时，你辗转难眠的原因，回忆起曾经的那个他或她。

我是个北方人，出生在大雪这个节气里，我觉得我和北国的冬季，还是有着不解之缘的。每每看到大雪飘下，我都感觉那才是我们的青春，洁白而典雅。

而融化一地的那些痕迹，就是我想要讲给你们的故事。它们也许破碎，也许泥泞，但都是我们人生路上避免不了的经历。无论我们走多远，回头望去，那都是我们人生中浓墨重彩的一笔。

原来我们一直在路上，原来我们已经在成长。

第一章　昔我往矣，杨柳依依

一

第一个故事，我想说的是我心中第一个特别的女孩。

她叫清明，清明节出生。从那个时候起，街头算卦的老先生，就已经预测了她起起伏伏的一生。

我们是初中同学，但真正认识是在入学第二年，她生日后的那个烟雨迷蒙的四月。那个时候我们还不熟悉，我只记得那个时候的她瘦瘦高高的，马尾辫像刚刚长出的狗尾巴草，吸引着调皮的孩子走过去抓一把。

而我，就是那个调皮的孩子。我们被老师安排为同桌，我认识了她，第一次把手伸向了她的头发。看着她气急败坏地跺脚，不知为何，我忽地就觉得手里的糖不甜了。

她是班级里的体育生。说实话，女孩做体育生真的不容易，而她，则是我见过的女孩里最不容易的那一个。

刚认识的我们无话不说。我总是想着找各种机会，去拽一拽她飘逸的长发，而她呢，我也不知道为什么就和我聊到了一起。那时候的我还以为她作为体育生，常跟男生打交道，所以才自来熟，和我聊得欢，现在想想，也是傻得可以。

那个时候，我们玩在纸上画画的游戏，偷偷地看漫画、出去买零食，好不快乐。尤其是我俩偷偷买零食、分零食的时候，那就是我最开心的时候了。我总是想着从她那里多要一点零食过来，我觉得毕竟她家里很有钱，而我家只是普通家庭而已。

我这么说是有依据的。那个时候，我们下午五点放学，我总能在天桥上看见她跑上一辆停在路边的漂亮出租车，而我，只能怅怅地往公交车站走。

大概过了一个多月，我们终于因放肆的娱乐而受到了老师的"制裁"，我被调到了远处的空座，而她也被老师调到了后排。我依依不舍地看着她收拾着东西，犹豫良久，我第一次给她传了一张字条："以后咱们还能待在一起吗？"她看了看，没有说话，只是重重地冲我点了点头。

被调开两天后，百无聊赖的我又给她写了一张纸条，笨拙地在下课时塞到了她的笔袋里。她看到纸条时是什么反应，我已然记不清了，只记得那时仓促的我，还将她的水杯碰到地上。

"周末的时候我能约你出来吗？"

"你不是有物理课吗？怎么找我？"

"那你和我上课好不好，咱们一起去。"

"我有训练啊，而且我也不……"

"好吧，那就没有别的办法了。"

就这样，我想去找她的计划，又一次被扼杀在摇篮中。那个时候还不成熟的我并不知道，原来这种感觉该怎样被命名。

那个时候，我才知道，体育生并不是像我以为的，每天上上体育课，他们有高强度的训练。对他们而言，仰卧起坐之类都是家常便饭，日常练习而已。

我们越来越熟，也越来越无话不谈。我和她聊着我的小说进度，以及男主人公和女主人公的情感纠葛。她和我聊着她的排球队里帅帅的学弟，戴着只有框的眼镜是多么斯文。不知为什么，她提到学弟的时候，我的心空落落的，就像是有什么溜走了一样。

二

已经生了根的藤蔓，即使不去在意，也总有一天会爬出一墙的枝叶，开出最美丽的花朵。

一年后的四月，外面飘着清冷的小雨，淅淅沥沥下个不停。我撮着自己的衣角，将写了好久的信递到了她面前。

然后我听到了关于她和那个学弟的消息。以前的我一直不理解，为什么会有凄风冷雨这个成语，那天我对这个词有了最为深刻的理解。我只记得，我在雨里站了好久，也不知道自己究竟在难过什么。

此后，我们的关系淡了很多。原本揪习惯了的头发，现在已经不敢再去触碰，即使见面，也少了很多言语，只剩下了"嗯，我知道了，谢谢"这种没有实际意义的寒暄。我不知道在她眼中我是什么样的人，但我知道，我在她心中的分量已越来越轻。

有些歌，听着听着就厌了；有些人，走着走着就散了。

后来，我有了新的朋友，她也在训练队里收获了属于她的快乐。每个周六，我依然会辗转于各个名师的补习班，而她依旧会进行枯燥而又漫长的训练。

或许唯一让我记忆深刻的，就是清明节的时候，萦绕在我心头的那一丝悸动。

放学的时候，我依旧会在天桥上驻足片刻，看着脚下的出租车在我的视线中越来越小，然后眉头紧皱地摇头离去。那个时候学了一首辛弃疾的词，"少年不识愁滋味，爱上层楼"，我也不知道自己究竟是不是愁，可是我确定自己是从那时起，喜欢上了登高远眺，也喜欢上了睹物思人。

三

我以为我们的故事到这儿就结束了，可是命运跟我开了一个小小的玩笑。

初三那年，学校里所有小卖部的入口都被封住了，只有放学的时候才会打开。学校一声令下，家长们都欢天喜地，说学校的决策正确，可是没有了零食做给养的我们，早已怨声载道。

一向鬼机灵的我，同样对学校的决策有些不平，也抱怨过，不过很快我就发现了一扇新世界的大门。

那是一个中午，百无聊赖的我和朋友们在学校的操场上散步，我忽地发现学校后面一个角落里的铁栅栏，有一个小小的缝隙，看样子正好可以让一个人通过。不知道害怕的我立马就有了计划，让朋友打掩护，我顺着缝隙钻了出去。凭借对道路的熟悉以及对美食的渴望，我很快就找到了大路，去超市买了大量的小食品，又从原路返了回去。那天我在班里大肆分发食品，同时向大家大声宣布："我的小食品店开张了，所有东西都按外面超市的原价销售，但'代购'一次，收跑腿费一元。"全班同学都鼓掌庆贺，我却发现只有她低着头暗自搓了搓手。

在一次次成功交易后，我的好评率越来越高，有几个劳力逐渐成了我这个"小公司"的员工，他们可以享受不用支付跑腿费的优惠待遇。账本越记越厚，钱也越赚越多，可是没有任何一笔账来自她。

"你怎么不来照顾我的生意啊？"

"太贵了，我买不起。"

"你不是很有钱吗？怎么能买不起啊？有了对象，连朋友的场子都不捧一下啊？"

"那好吧，我去捧你的场。不过，作为朋友，跑腿费是不是就不收了？"

"我也想啊。可是，我对下面不好交代，你不能不工作就和他们一个待遇。这样，我想想，现在是六月份，你的校服外套挂在椅子靠背上也没用，我们正好缺一个包袱，你能不能把衣服交出来，让我们系一下，当作包袱使用？"当时的我还为这个主意而暗暗给自己叫好，觉得这种两全其美的主意，也只有我才想得出来。

就这样，清明也成了我的一个员工，虽然最后出力的只有她的衣服。我们重新开始了交流，她和我说着她的男朋友有多么温柔，我和她讲着我为了挣这点钱，怎么和老师们斗智斗勇。她嘲笑我是"小财迷"，我说她不淑女。她埋怨我太黑，我说她吝啬至极。我特意买了一个本，写下我们一点一滴有趣的生活经历，她也新买了一支笔，通过记录和我之间的聊天记录来练字。

我们交换着零食，打闹着。我快乐至极，以为她的快乐和我的快乐一样简单。

四

一个月后，又出来了关于清明与那个学弟的消息。

我也不知道他们之间具体发生了什么，只记得那一天，穿着白色短袖的她背对着我哭了好久，她的几个闺密围在她身边劝啊劝，也没让她的泪少流半点。

那天，她的眼睛一直红红的，像极了北国四点钟鸭蛋黄色的火烧云。那天，我只能偷偷地坐在教室的一侧，看着她。

"咱们今天啥时候出发买东西？"

"你要去？"

"嗯，不能老让衣服替我去。"

"好，那一会儿吃完饭，咱们一起去。"

"我一会儿要吃冰激凌。"

"好，我请你吃。"

从那时起，学校的后门处总有两个小小的身影，在栅栏旁笑嘻嘻地跑动着。学校后院的那一簇格桑花，开得越来越绚丽，那个穿着白色短袖低头嗅花香的女孩，也变得越来越绚丽。

有时候，我会从周末的补习班里拿出老师讲的重点题交给她，看着她满头大汗地在各科目的题海里鏖战；她也会带我去她的训练场，我看着她在训练场上高傲地甩动着马尾辫，看着咬着牙从不服输的她。

我们依然有传纸条的习惯，从课业学习到课后娱乐，从课堂纪律到同学八卦，都是我们调侃的内容。她对我说着班主任老师的衣服和裤子有多么不搭调，我对她模仿着物理老师俏皮的口头禅。她说着化学课代表的跋扈，我揶揄着班长的严格，一切是那么美好，就像撞冰山前的泰坦尼克号。

然而，两条平行线，注定无法相交。

五

也许是生意上越挣越多，我和几个跑腿的哥们都已经习惯了这种被人吹捧的感觉，那一份潇洒与惬意，也就不自觉地流露了出来。

嚣张到了极致，危险自然而然地也就找到了我们身上。最先被发现的就是清明，她中午回来时被蹲点的副校长堵了个正着，所幸清明是体育生，跑得快，才侥幸没被扣在那儿。看着副校长带领好几个老师挨个班级抓人，我和清明的心都凉了。

我麻利地写了一张纸条传给清明，希望她不要把我们几个"供出去"，这样或许能保全我们，可真要传给她的时候，我却忽地犹豫了。我脑海里一直有一个声音：这个时候我有必要弃车保帅；可是，有另一个声音告诉我，我应该去担下这个责任，为了清明，也是为了自己。

思忖至此，我借着上厕所的名义赶紧跑到楼下，按照最熟悉的路线，去买了一根她最喜欢的冰激凌，又跑了回来。我一边大口地吞咽着冰激凌，一边走在副校长巡视的必经之路。果不其然，我被班主任领回，挨了一顿训斥，又是检讨，又是惩罚。老师一直不明白，为何我的眉眼之间尽是笑意。

我以为副校长抓了我之后，便会以为我们服从了管理，也就会疏于检查，胆大包天地在第二天重新开张。

"断我财路，做梦。清明，把你的衣服借我，我得出去买东西。"

"今天不行，我……冷。"

"冷？三十多度咋能冷？唉，算了。"看着低着头犹犹豫豫的清明，借不来衣服做包袱的我只能一赌气冲了出去。

倒也不是非要使清明的衣服不可，主要是之前订了用衣服代替人出去的规矩，而且她的衣服小，兜住食物后刚好像一个食品口袋，拿起来得心应手，另外，我还是想找个借口去接近她。碰了钉子的我本就在气头上，也就没有分心去提防老师的"埋伏"，归来的路上，我又一次被蹲点的副校长抓了个正着。

自然又是一顿劈头盖脸的训话，只不过这一次我的笑意已经化作一脸愠怒。

也正是这一次失控，敲定了我们之间的故事的结局。

六

那是我记忆里自己第一次和一个人因为一件小事发这么大的火，更何况让我发火的这个人还是一个女孩，一个在我心中有些特别的女孩。

回了教室，我径自到了她面前，一阵咆哮："清明，你这么烦我吗？我对你不好吗？请你吃过不少吃的，帮你讲题，你说我对你帮这帮那的，你呢，帮过我什么啊？被校长发现，害我被骂的是你；不借我衣服，让我被发现的人也是你！你要是不想和我一起经营这个买零食的铺子，你可以不干。我不是求着你，你可是富家小姐，我高攀不起！"

泪泪泪而下，模糊了她的样子，我只能看见她因为委屈而剧烈晃动的马尾。"因为我不借你衣服，你就……"

"你别说话！你就是白眼狼，白瞎我对你这么好了，去找你那个小白脸学弟吧，你不是喜欢他的无镜片眼镜吗？"

"你听我解释！"

“解释什么啊，有什么好解释的啊，你不是冷吗，你的衣服就穿着吧！以后我这儿的营生和你没关系了。”

“我不是你想……”我听到她哭出了声，可是我依然没有想要原谅她的意思。

“那是啥样？你倒是让我知道知道，是什么原因让你非得穿着你那件破衣服！”

她并没有回话，只是咬着牙怔怔地站在那里。眼睛红红的，泪水滑落下来，在她的脸颊上形成了一条澄澈的小溪。

半晌，她开了口：“你真要知道？”说着，她轻轻地把手伸到了自己的校服拉链处，一拉到底：白皙的锁骨、瘦削的肩膀、光滑的小腹……

“你知道了？满意了吗？”她的表情决绝而又冷漠，“我这个样子站在你面前，你就开心了吧？”

“我……”我瞬间蔫了下来，赶忙让她把衣服穿起来，支吾着，不敢把话说下去。

“给你讲个故事吧。有个女孩，她出生后就和她的父亲生活在一起，她的母亲在南方做生意，因为生意不景气，一年都不能回来一次。女孩家很穷，全靠女孩的父亲开出租车赚来的那点钱，他即使没日没夜地干也很难养活一家人。赡养老人、抚养孩子、一家的衣食住行，每一笔都是大费用。孩子懂事得很早，不怎么给自己买衣服，把省下来的钱都用在了补贴家用上，所以她的衣服极少，这件洗了没干，可能就没有其他可穿的衣服了。后来女孩得知了学体育的女生少，如果在训练场上努力，以后上高中、大学都有可能免学费，甚至可能有奖学金拿，于是从小就好静的女孩毅然决然地学习了排球，并咬着牙坚持了下来。女孩的朋友一直很少，很多家长在了解了女孩的背景后，都让自己的孩子离她远一点。真正能让女孩在乎的人，其实也没有几个。"她抬起头看了看站在不远处的我，一脸冷漠地接着说，"女孩最初不喜欢零食，因为零食费钱；女孩也不喜欢别人揪她的头发，因为那些知道她的身世的大孩子，曾经就这么欺负她；女孩还不喜欢周末去训练，她其实特别想和其他同学一样，去老师家里补习，可是她不能，因为她跟别的孩子不一样，她的生活不是只有学习而已。"

故事终了，她也彻底地消失在我的视野中。

七

我们很长时间都没了沟通，我以为我已经没有资格再去站在她面前，我也以为自己已经放下这段往事了。

中考那年，大家都进入了紧张的复习阶段，每个人面前都摞着厚厚的教材和练习册，在题海中奋力邀游。而她，因为成绩比别人差一点，也终于成了老师眼中的"边缘人"。她也早已习惯了自己的待遇，只是一个人坐在角落里，用手机和朋友聊着天。

"清明，干吗呢？你成绩不好就算了，怎么还上课玩手机影响其他同学呢？你手里的手机是谁的啊，给我，我没收了！"

"老师，手机是我的，我借她玩的。"看着她低着头站在那里，我忽地做出了自己都意想不到的举措，"这事怪我，都是我不好，把手机带来，还借给她了，你罚我吧。"

"是你？下课来我办公室一趟。同学们，你们要记得咱们是毕业班，多跟那些成绩好的同学打交道，少和那些拉低咱们班平均分的体育生打交道。现在这一分钟利用好了，你在中考时就有可能涨一分啊！"说着，老师把没收的手机重重地往讲台桌上一砸，继续阐述她已经说过无数次的分数论。我利用自己被老师调到讲桌边上的优势，悄悄地把自己的手机换了上去，把她的手机塞入了我的书包里。

被老师训斥了一顿后，我回到教室，把手机递给了她。

"你……"她有些陌生地看着我，似乎有了一丝动容。

学校后院的格桑花依旧会开，可是那个俯身嗅花香的可爱姑娘早已不在。

那一天，我和她一起走出校门，看着天边的火烧云，我又想起了她哭泣时的双眼。我送她走到天桥边，远处一辆出租车依然在等着她。

我们驻足。

"谢谢。"

"我有个问题……"

"嗯。"说完，她回过头看了我一眼，便跑向了那辆出租车，而我也微笑着走向远方。

第二章　念之不忘，思之成疾

一

第二个故事，是我的一个朋友的。其实最开始，我是打算把她的故事留到后面的，可是思前想后，还是决定放在这里讲。

女孩叫既朔，顾名思义，她是正月初二出生的。按照旧时老人们给农历初二起的雅称，女孩就有了这个名字。我习惯于直接叫她小朔。

说起来，我们两人虽已认识很久，但一直是点头之交。我们真正熟络起来，是在一个假期。倘若我未记错的话，那应该是一个"十一"的小长假。早早就待在家里的我偶然翻朋友圈，看见她因数十个小时在火车上而无聊，就在朋友圈里寻人聊天。下意识地，我就点开了我和她的对话框。

并无半点生分，也没有泛泛之交的那种隔阂，我们第一次真正意义上的交流，就这么顺理成章地进行着。她和我说她此行的目的地是哪里，给我拍了很多照片：内蒙古草原上悠闲吃草的牛羊，巨大的草坪与广阔的马场，货架上琳琅满目的奶酪与牛肉干，还有微风下那个反戴着帽子的女孩。

她长得不能说漂亮，但我认为绝对可以称得上可爱。矮矮的个子，搭配上中性的运动装，看上去就像是一个叛逆的刚初中毕业的孩子，"痞帅"、清冷却不乏可爱的孩子。

她的性格和我不一样，甚至可以说截然相反。生活中我好静，窗前明月枕边书，就是我认为最舒适的生活。她则不然，像个男孩子一样去打篮球、去喝酒、去网吧包宿，似乎总有使不完的力气，也有青春所赋予的那种狂热。她在很多刻板的家长眼中都不是个好孩子，蹦迪、抽烟、文身、打耳洞，家长眼中的每一样"不良嗜好"，她都没落下。

她就像一团烈火，在家长眼中的禁区内，留下一地灰烬和尚未冷却的余温。

按理来说，一个和我没有任何相同的兴趣爱好的人，我与她本不应该有什么共同语言。可是说来也奇怪，对于小朔，我似乎没有那么排斥，对于她的那些"不良嗜好"，我甚至也没有什么偏见。

二

自从她在火车上和我聊了好久之后，我们也就逐渐地熟了，慢慢地，我们开始一起出门，去吃难吃却廉价的食堂，去夜市的小吃摊前大快朵颐……她和我说，她不善于和女生打交道，不喜欢女生间那种敷衍的表面关系，还是觉得男孩更好相处一点，我哑然。

她身边的男性朋友确实多，多到我想象不到的程度。总有不一样的男生约她喝酒，约她吃饭，约她逛街，约她蹦迪。甚至还有跨省跨市的相邀，他们宁可报销食宿费用和路费，也要约小朔来玩几天。

我只是她身边众多男生中的一个。认识她的这些年，她身边的男生换了一茬又一茬，可是她还是当年的她。

其实，不了解她的人对她的评价并不是特别好，有人说她在男人堆里如何如何，有人对她的行为不屑一顾，有人在背后指着她嚼舌根，也有人一提到她就摇头表示惋惜。她没有反驳过一句，面对陌生人草率的议论和不乏恶意的主观臆测，她依旧我行我素。

她自嘲她身边的"锦鲤们"已经满满一个鱼塘，我说她正在拿着饵料。她问我，为什么他们都是一个模样，我却看到了她的眼中始终没有令她欣喜的那一道光。

她一直是单身，尽管追她的男生能挤爆女生寝室的门，可是她始终没有与他们当中任何一个人走下去的打算。

我也问过她为什么不去寻找一个值得自己托付终身的男孩。她自己也疑惑，并和我说过各种不同的答案，试图解开我的困惑，可是到最后，她自己也没能说得清。

"和他们待在一块儿，我既不图财，除了他们非要给我花钱的时候，我没让他们花过一分钱，又不图色，我也不会让他们图我什么。我和他们在一块儿，就像一群男生在一块儿一样，有什么不好吗？"

"可你总不能一直……"

"及时行乐，以后的事就留给以后吧。"

我无言以对。

从那时候起，我们便很少再聊起这件事，她依然会打电话，约我出去陪她逛街、吃饭，可是一旦涉及价值观上的分歧，两个人又默契地三缄其口。

她喜欢篮球，喜欢跳舞机，而我对这些恰恰又是最为陌生的，因而很多时候，我都只是一个旁观者，站在她的身后，看着她的背影在我的面前孤独地自娱自乐。

她喜欢蹦迪，可我又不能熬夜，因而很多时候都是我睡觉前，对准备出发的她提醒一句"注意安全"，在睡醒后对尽兴而归的她督促一句"抓紧睡觉"。

蟪蛄不知春秋，可是它未必就不懂冰。

三

我认识小朔的第二年，小朔"脱单"了。

此前，她曾两次"脱单"，大抵是为对方的真挚所感动，可感动过后，剩下的便是种种不合适，最后草草收场。

我以为刚刚分手的她，会在感情上沉寂一段时间，可是，我马上又听到了她"脱单"的消息。

与之前的恋情不同的是，这一次是小朔主动表白的。

其实小朔只见过那个男生两面，他是一个外省的学生。小朔应了一个男生朋友之邀，去了外省的那个城市，便在迪厅邂逅了那个在迪厅兼职做酒吧营销的男孩。

听说这件事后，我无数次劝过小朔不要那么冲动，也从她口中了解了一下那个男孩。出乎我的意料，那个男孩并没有特别帅，不是出手阔绰的富家子弟，也不是能力特别强、成绩特别好的学生。无论从哪个维度看，这样的男生都平平无奇，算不上乘之选。可是阅人无数的小朔，还是在他身上一点点沦陷了。

"他一下午没有回我消息，他是不是不喜欢我了啊？"

"你说我们不在一个城市，他会不会和其他女生好啊？"

"你认为他在乎我吗？他接受我的表白会不会只是敷衍我啊，你觉得他会喜欢我吗？你们男生都喜欢什么样的女孩啊？"

"我哪一点值得他喜欢呢？我会不会有哪一点会让他不喜欢啊？"

在"脱单"的第二周，小朔特意请我吃了一顿饭，在饭桌上她很正式地跟我聊起了那个男孩。从他们各自的喜好、追求，到每次聊天她都应该说些什么，都成了我们这次"会谈"的"议案"。那天，小朔听我的观点时听得特别认真，我第一次看到了她的真挚，还有眼中的光。

"按你这么说，我没必要天天主动找他聊天，也应该给他点自己的时间吧。"

"我觉得你说得有道理，我也没必要天天缠着他，他可能也嫌烦。还是应该给彼此一点自由的空间。"

"按你说的，我确实是有点直，不理解男生对我的好，什么都做不好，还总是疑神疑鬼的。"

就这样，小朔口中渐渐就只剩下了一个男孩。那个男孩的喜怒哀乐，一直牵动着另一个城市的这个矮矮的女生的心。

人与人的感情或许就是这样吧，就像小朔喜欢跳舞机，而我不喜欢跳舞机，只喜欢文字，不是因为文字给我带来了什么，跳舞机哪里惹了我，只是因为单纯的喜欢，没有道理，仅此而已。

四

就这样，小朔开始了每周固定的往返于两个城市的长途跋涉。周五晚上，双手插兜的我坐着末班地铁陪着小朔到火车站，看着小朔一路雀跃地讲着两个人的一点一滴，她的帽子也随着她的晃动而来回蹦跳着，快活而灵动。周日的晚上，我又会来到火车站的站前广场，看着蹦蹦跳跳的帽子由远及近。我们一起排长队等着进站的出租车，她和我说着这个周末两个人最新的故事，是又去吃了呷哺呷哺，还是蹦迪碰到了哪个相声演员。

来回奔波确实疲惫，可是倒也不觉得真有那么累。

"你觉得我'渣'吗？"来回奔波了几个月，小朔忽地问了我这么一句话，"我们都是在酒吧里面做营销的，都知道这必然涉及一些接触异性的任务，只有让顾客把酒买了，营销才能有自己的提成。可是最近，看到他接近那些女生，我就觉得难受。我甚至让他在微信朋友圈发那些营销的消息时把我屏蔽了，可是我又怕他屏蔽我之后，我就不知道那边的他在干什么了。我也知道，只要从事这个工作，这些不可避免的'撩人'就避免不了。我自己也不可能不接触其他男生，可是我希望他只对我一个人温柔。我这是不是'渣'？连自己都没做好，却想要求别人。他应该找更好的，我配不上他这么优秀的男生。"

我无言以对。

他们两个人的感情还算挺好。每个周末，小朔都开开心心地坐上寻他的火车，而他也耐心地给小朔准备着各种惊喜，订好舒适的民宿，准备好新的毛巾，筹划好周末该去哪里放松。那种温馨，真的像极了爱情。

我还记得，我们刚认识不久的时候，因为她在酒吧当营销的缘故，我们之间出现了一丝分歧。那个时候，我对小朔说过这样的话："小朔，你很优秀，和那些自甘堕落的混社会的女孩不一样。如今社会氛围变了，也不是说只要这个女孩在酒吧，她就一定不是好人。那当然是一种刻板的偏见。我因为个人性格的关系，确实不喜欢酒吧和迪厅这种喧闹的气氛，但是我誓死都捍卫你去酒吧、去蹦迪的自由。每个人都有选择和追逐自己的爱情的权利，无论贫富，无论资历，无论是谁。"

那个时候我们渴望的爱情，还是夕阳西下的时候，落日的余晖铺洒在海面上，波光粼粼。在一片金黄的沙滩上，新郎穿着帅气的西装，留着最帅的发型，手里拿着鸽子蛋大的钻戒和一束刚摘下的鲜花，微笑着走过来。新娘穿着白色的抹胸婚纱，露出白皙的锁骨，光着脚丫在沙滩上轻盈地跑着，然后扎进新郎的怀里，肆意地拥吻。

那个时候我们渴望的爱情，只有浪漫、唯美，没有生活的干涉，也没有未来的压迫。

五

10 月 30 日，小朔和那个男孩分手。

她没有和我多说两个人究竟怎么了，我也很默契地没有继续问下去。她在微信上只给我发了短短的一行字："失恋了，我心里憋屈，出来喝酒，去不去？"

五分钟后，我在女生宿舍楼下等到了面无表情的她。看见我，她只是点了点头，没了往日的嬉笑。我挥手叫了一辆出租车，出租车把我们带去了一个酒吧，一个不蹦迪的清吧。

她点了一瓶威士忌，看了看我，想了想，又兑了两瓶"红牛"。

谁也没有言语，只有酒杯碰击玻璃桌的叮当声。

那一天，她喝得大醉。扶她回学校的路上，她紧绷的神经才终于舒缓，所有的不愉快也随着呕吐一起释放了出来。

"我们不一样。"这是她对那段曾经刻骨铭心的感情的全部评价。我无言以对，无可奈何。

"这么说吧，我跟你们不一样。你们每天只需要考虑学习就可以了，而我不一样。我爸和我妈离婚了，那一年我四岁。我记得原来他俩的感情还挺好的，后来我奶奶和我太奶奶她们总是嫌弃我妈，觉得她是刚过门的媳妇，做得还是不够好。我奶奶对我特别好，不止一次和我妈说，不让我妈养我，她来养我。后来我妈和我奶奶越吵越凶，渐渐也就不来往了。

"我爸是个包工头，成天出差，我基本没见过他几面，小时候一直是我妈陪我玩，是我妈陪我长大的。四岁那年，我记得有一天，我爸一身酒气地回家，然后他们就吵起来，我爸还把我妈打了，我妈一直哭，我也一直哭。后来，他们就离婚了，听说我爸在外面有了女人。我还记得我妈泪眼婆娑地在我面前问我，朔朔，以后爸爸妈妈就分开了，你是想跟着爸爸还是跟着妈妈啊？我当时特别大声地喊，我要跟着妈妈！

"然后，我妈却和我爸说她不要我，就转头走了。之后我就和我爸生活，他把我从老家的村子里带入了省会，没两年又给我转学，让我和他去了外省的一个县级市。等我上初中的时候，因为他工作的原因，我们又去了这个省的另一个地级市。我选择了住校，然后就从初中一直住到了大学。

"上初中时，因为选择住校，我爸一气之下开始不给我打生活费，后来我还是在老师的帮助下，从我妈那里要了生活费。那个时候，妈妈身边已经有了一个叔叔和一个胖乎乎的小弟弟。我想和她说，让她带我回家，可是看到那个小弟弟幸福的样子，我就退缩了。

"就这样，从初中到高中，断断续续地，我都是靠我妈的钱才坚持下来。我十八岁生日那天，我妈给我打了两千块钱，给我打电话祝贺我成年，祝贺完便挂断了。我知道，她给我的钱够多了，我也没必要继续管她要钱了。

"后来啊，我和我爸聊了一次，赌气出去打了三天工，最后他还是妥协了，答应一个月给我一千块生活费，还是在我不惹到他的前提下。所以我去网吧打工，去酒吧做营销，在网上接各种撑场子、代写、代画的小活儿，就是为了让自己活得和其他人一样。"

六

后来我很长时间都没有联系小朔，她也很长时间都没再联系我。她继续着她半夜出门，凌晨回寝室的营销生活，而我也继续我日出而作，日落而息的标准生活。

她依然会在朋友圈发一些"撩人"的话，希望有更多的异性朋友因此去订个台子，点上一两瓶好酒。和以前唯一的不同是，她的帽子不再那么灵动地在她头上蹦跳了。

就这样过了很久，假期要结束的时候，她忽地联系了我，没有过多寒暄，也没有些许羞涩："我和我爸吵架了，我想回学校，你愿意让我去你那儿住两天吗？"

和父母商量之后，我回复了她："我家这周有客人，但是可以把另一套房子借给你住，你就住那边，你看行吗？"

"好。"

不过，她还是没能住过来，她的一个舅家的哥哥知道了这个事情，把她接了过去。而我们的关系因此慢慢地破冰。那一次她回来的时候，我早早就等在火车站，看着那大帽子一点点跑到我的面前，我第一次把插兜的双手拿出来，掸了掸她帽子上的尘土。

"有时间陪我去租个房子，我不想回我爸那儿了，他又认识了一个新的阿姨，一天到晚也没心思管我，还不如我自己在外面自在点。谁说一个人就活不好。"

"好啊，没问题。"

原来前路很长，我们都得做自己的光。原来每个人都有每个人的活法，哪怕受尽了别人的白眼，这条路，也还是要走下去。

那一天，她一根接一根地抽着烟，我也难得地没有阻止，我们肩并肩地走在宽阔的马路上，看着各式各样的车在我们身边飞驰而过，风卷起我们的衣角，裹挟着凉意。

她说往事如烟，风来了也就散了，生活还得向前；可我分明看到了烟雾里的和睦之家、美食暖床，它们扑朔迷离而又若隐若现。

那一天，我陪她在跳舞机前待了一下午，看着那顶帽子在跳舞机上来回蹦跳，我忽地觉得，我身上的重担，其实远远不足以让我变得像现在这样步履蹒跚。

她的手机铃声响起，我顺手打开她放在我这儿的手机。是一条推送链接《酒精过敏的人经常喝酒会怎么样？》。

我还错愕着，小朔已经蹦跳着来到了我面前，笑嘻嘻地拿过自己的手机。

"你知道吗？我又'脱单'了。"

第三章　生若无你，世间无喜

一

第三个故事，其实严格地说，我只是一个倾听者。我是在这个故事过去了很久之后，才在闲谈时听他人提及的。

故事的女主角叫小幽，是我在学校贴吧里偶然认识的一个女孩，后来才得知，她就在我隔壁的班级。

小幽有一个奇奇怪怪的网名，叫"万俟"。当我疑惑地问她，为啥给自己起了这么个奇怪的名字，她告诉我，这只是一个复姓，读作"末奇"。后来我读了很多很多书，才在一本厚厚的《岳飞传》里，第一次见到这个特殊的姓，只不过书里的这个万俟卨，并不是一个被人称赞的人物。

小幽看过不少书，知道很多我不知道的事。每一次和她说话，我总能学习到各个方面的知识。她的成绩很好，和我这种成绩中等偏下的普通学生相比，她是全校首屈一指的"学神"，也是我们校长最寄予厚望的两三个人中的一个。

第一次在学校的贴吧里一个讨论游戏的帖子底下看到这个网名

时，我还以为这种把游戏玩得出神入化的学生，多半是沉迷于游戏、不喜欢学习的男生。可是，事实却彻底震惊了我。

小幽喜欢游戏，喜欢动漫。在学校的贴吧里，几乎所有讨论游戏、动漫的帖子底下，都能看到小幽的身影。

当时的我特别地费解，还特意发私信联系小幽，以为可以套出她从"网瘾少女"转变成为"学神"的秘密，可是我听到的答案，又一次出乎意料。

她和我说，她并不喜欢学习，她更喜欢动漫里的小姐姐，还有游戏里帅气的操作，听着她在手机屏幕那一头，特别真诚的又是发誓又是保证的，我也不得不去相信，她可能真的和家长口中的别人家孩子不一样。

我们聊得其实并不多，她更喜欢聊一些游戏的经历，以及一些动漫小姐姐漂亮的装束，而我则对这些丝毫不感兴趣，我更喜欢名著小说。慢慢地，她记住了我经常提及的百胜将韩滔、天目将彭玘；而我第一次听说，女生的衣服可以分那么多种类。

"你不会人格分裂吧？我还真是第一次见到成绩这么好却不喜欢学习的人呢。"

"还好吧，我觉得主要还是一个人生活的时间长了吧。"

"唉，都不容易。"

聊了十多次之后，我才第一次找到了我们之间的共同语言。

说来我自己都不大相信，这个享誉全校的"学神"，居然也会烦老师和家长的管理。

无论是老师对她的要求还是鼓励，还是家长又给她报了哪个名师的班，或是又买了什么练习册，都会成为她和我大倒苦水的内容。

我也是那个时候才第一次知道，原来"学神"也并不是无敌的。

二

她告诉我,她父母都是经商的,两个人都忙着挣钱,对孩子疏于管理。在她父母的世界观里,爱女儿的具体含义,就是给她报最好的补习班,买最好的练习册。

"五一"假期,别人的父母都陪着孩子去公园玩,而她在一个人去补习的路上;"六一"儿童节,别人的父母带孩子去了迪士尼乐园,而她还在艰难地研究着数学题。端午节,自己吃粽子;中秋节,自己吃月饼,她已经习惯了没有父母陪在身边的生活。她说父母对她照顾有加,可是她丝毫感觉不到父母对她的爱。

她说她的成绩好完全得益于智商和孝顺。得益于智商,是因为其实她学习的时间并不多,只要把学校老师和补习班老师要求的作业全部完成,她就开始玩游戏;而得益于孝顺,则完全是因为她看着父母的生活,有了一丝感动,父母天天在她没起床时就出门,在她睡觉后才回家,他们的努力让她动容。

"天天学,有啥用?我以后有了孩子,一定不让他天天学。

"你知道吗?我最大的梦想,就是他们能陪我过一个生日。天天就琢磨挣钱,说是为我好,可是他们根本不知道我想要的东西到底是什么。

"如果让我在他们天天赚钱和陪我学习之中选择一个的话,我百分之百会选择后者。

"你知道吗?当你拿着数学满分、英语扣一分、语文扣两分的卷子,兴冲冲地回家的时候,迎面而来的不是家长的拥抱、鼓励和表扬,而是冷清的屋子,你得自己做饭,自己吃饭;然后自己学习,自己玩游戏。等你睡觉的时候，他们俩才满身疲惫地回来，听着你兴致勃勃地讨论成绩，他们只会敷衍地伸一下手，拍一拍你的额头：'挺好的，继续努力。爸爸妈妈太累了，先睡了，宝贝也早点睡。'那种孤独，那种失落，你们这些正常家庭的孩子绝对体会不到。

"那天在去补课的路上，我看到路边公园内的一家三口，孩子应该是比我小一两岁，正一脸兴奋地趴在爸爸的身旁，亲昵地撒娇，爸爸搂着孩子的腰，两个人都开心地笑着。回到家，我也想学着去接近他们，可是我到他们面前，刚一开口，他们就不耐烦了：'别发贱了，学习去。我和你妈都这么累了，可没有工夫陪着你发贱。'那种心酸，那种无助，我都见怪不怪了，你知道吗？"

三

小幽的成绩越来越好，人也变得越来越叛逆。

认识小幽的第二年，小幽给我发了她的第一套写真。画面中的小幽穿着橙色露脐短衣，一脸的开心，与我印象里那个矮个子、一脸委屈的小姑娘有着天壤之别。她和我说，这是她第一次有计划地进行cosplay（扮装游戏）活动，她还说打算把这个爱好坚持下去。后来，她陆陆续续给我拍过各式各样的动漫人物，从我认识的到我不认识的，应有尽有。无论是《海贼王》里可爱的娜美、佩罗娜，还是反串《犬夜叉》中的一些角色，无论是外国漫画里连名字我都没听过的人物，还是国产游戏里大家耳熟能详的《王者荣耀》人物，她都可以扮演得惟妙惟肖。

随着我对她越来越了解，我也发现了她越来越叛逆的一面。她开始带手机上学校，开始化浓妆。除了她的成绩始终高居全校第一，她的一举一动，都越来越不像老师眼中品学兼优的尖子生。

一个夏天，学校为月考出题，正好轮到了我的班主任做最后整理的工作。看着老师拿着我们即将考试的试卷，每天上下课，我的心逐渐躁动起来。

作为班主任的科代表，我经常需要给同学们送取作业，以及帮老师做一些像印作业、试卷这种我力所能及的事，因而相比于其他同学，我格外受到老师的器重。

也正因为这份器重，我出入老师的办公室，也就变得容易起来。每每趁老师出去，我便会偷偷潜进来观察一下。功夫不负有心人，在一个阳光明媚的下午，正在研究月考题的老师，被校长抓去开教研会。看着老师匆匆而去，我看了看桌上的月考题，露出了胜利的微笑。

我利用职务之便，在给老师印卷子的时候，把月考题也印了两份，一份留在自己手里，另一份偷偷地给了小幽。最初我还曾担心，小幽会不屑做这种事，可是不承想，小幽开心地收下了。她还投桃报李，给了我一份她的英语老师准备的英语题。

那次考试，她以与总满分一分之差的成绩，再一次获得了老师的盛赞，而我也因为进步最大而得到了老师的表扬。我以为我们俩瞒天过海，取得了巨大的成功，正打算放学后请她吃饭庆祝一下，却听到了班主任的传唤。

因为一个偷听到消息的同学"告密"，我们的计划宣告失败。地下组织负责人——也就是我们俩，双双"落网"。我被班主任骂了个狗血淋头，她也连带着被拉下了神坛。

从那之后，我很长时间都没敢和她再联系。

我们之间的故事也慢慢地走到了尽头，可是她的故事并未停止

四

初中毕业以后，我去了一个距市区很远的郊区，进入那里的一所普普通通的学校。而小幽则以优异的成绩进入了当地最好的高中，之后又考入了南方一所公认的很好的大学。

我还记得，当时我曾问她："以后你想离家近一点还是走出去啊？"

"走出去，反正我已经习惯了一个人的生活，我要往南走，走得越远越好，最好一辈子都不回北方，一辈子都不回到他俩身边。反正在他俩眼中，更重要的还是钱！"

不承想，她真的走了出去。

在她到达南方那座城市的那一天，她在微信朋友圈里发了这样一张照片：她穿着漂亮的 cosplay 服装，长发飘飘，婀娜多姿。赤着双脚的她，在沙滩上轻轻地跳着舞，笑容温婉而可爱。

她终于又一次回到了所有人都高攀不起的样子，我痴痴地想着。

她的朋友圈里渐渐多了各色美景：海边、森林、温泉、山谷，每一张照片里都有一个漂漂亮亮的女孩，她摆着各式各样的姿势。与原来那个拍学校里的阳光的照片，都会配一句"好像迈克尔逊干涉仪实验里，刚开始调节激光时的样子"的女孩，大相径庭。

你知道吗，给青春熬一壶烈酒，我们都可以喝到一醉方休。

我得知她的恋情，是在我们分开后第二年。一个偶然的机会，我认识了她的闺密。从她的闺密的嘴里，我第一次知道了那个让她沦陷的男孩。

小幽喜欢的男孩叫晓。她闺密也不知道两个人是怎么认识的，只知道那个男孩的网名叫"司寇"。

"司寇？"这个复姓我可一点都不陌生，司寇与司马、司空、司士、司徒一样，都是从古代的官职演变而来的复姓。历史上，孔子就做过鲁国的司寇，主要是负责一些刑狱工作，后来六部中的刑部，就是从司寇演变而来的。"司寇，万俟？单看这两个复姓，怎么看都不像那种情侣网名啊，即使用复姓做情侣网名，东方与西门，南宫与北溟，也要好过万俟和司寇这两个冷门姓氏啊。"

我忽地联想到了小幽的名字，"幽"字的含义有很多个，其中有一个我记得，表示阴暗、幽静、隐蔽的地方。《后汉书》中就有光照六幽的记载。而代表刑狱的司寇之所，便也能算得上这阴暗、幽静、隐蔽的地方了。我略一思忖，还没想出个所以然，小幽的闺密便打断了我。

"为啥叫司寇这个名字，我可就不知道了。"她接着说，"听小幽说，晓的成绩特别好，游戏打得也特别好。他是一个很温柔的男孩子。最开始两个人只是在网上一起打游戏，后来越来越熟，关系也就越来越亲密，最后就顺理成章地在一起了。"

那段时间，晓成了小幽唯一的精神支柱。成长之路上的所有孤独时光，都有屏幕那一边的晓，陪着她一起度过。

五

晓是南方人，他是在很小的时候，和做生意的父母一起搬到北疆的。在北疆，晓一住就是很多年。在晓过生日的时候，小幽问他最大的梦想是什么，她以为晓会提到他未来的人生规划和就业打算，可是晓只是轻轻地笑了笑："我啊，就是想回南方去。不是说北疆不好，只是在北疆，我觉得自己就是一个寄居者，这里和家还是不一样。"

晓喜欢海边，不是喜欢游泳，也不是喜欢沙滩，只是喜欢坐在沙滩上，看着海水亲吻自己的脚趾："小幽，你知道吗？光着脚踩在沙滩上的感觉，是这个世界上最美妙的感觉。"

每一次，晓提到自己喜欢的事情，小幽都会频频点头，在聊天之后找一个专门的本子——记录。

晓喜欢王者荣耀，不喜欢《阴阳师》。

晓最喜欢的明星是奥黛丽·赫本。

晓喜欢看动漫，喜欢文艺片，不喜欢轻喜剧。

晓最喜欢的女孩，是小幽。

听小幽的闺密介绍，小幽应该没有在现实生活中见过晓，她其实没什么私生活可言，只要有大块儿的时间，就一定会被她的父母填补上各种各样的补习班。每天早七晚十的生活，让她没有任何时间来过自己的生活，按理说，她也没有理由在现实中见过晓。

可是，在学校贴吧的帖子里，我却总能听到她提及晓的名字。

在她的字里行间，晓不但是学校辩论赛中的金牌辩手，还是学校篮球队的队员，既可以在报纸上发表文章，也可以在数学竞赛中屡摘桂冠。他多金、帅气、温柔、潇洒，一举一动都能吸引大批女孩的目光。而这个男生还对小幽一见钟情、一往情深。

"多唯美啊，简直就是偶像剧里的标准剧情。"她的闺密感慨着，"可惜这样的人居然也会恨自己的家长。"

"什么？"

六

"你不知道？小幽和父母的关系并不好，她跟父亲还算可以，可是跟母亲的关系就差很多了。"

"还有这事？我不知道啊。小幽确实和我说过她父母工作太忙了，她都是一个人生活，也提到过她父母的一些只在乎钱，不在乎亲情的行为，可是她和我说的时候，并没有任何恨的意思啊。"

"其实她跟你说的那些，都是她和她爸的生活。她妈并不是像她说的那样，是一个商人，而是一个重点高中的教师，对她要求很严，不然她也不会从小就报各种补课班，她妈是不想让她输在起跑线上。"

"高中老师？"

"是啊，因为她妈带毕业班，所以特别忙，每天回家特别晚，小幽确实是相当于一个人生活，这一点她倒是没骗你。"

"可是她为啥会恨她妈呢？"我说出了我的看法，"她没有道理恨她妈啊。"

"其实，从小幽出生时，她们母女的恩怨就注定了。听小幽说，当时她妈其实并不想要这个孩子，去了医院三四次，要打掉孩子。最后还是因为她姥姥、姥爷几次劝说，甚至是以命相逼，她妈才把她保了下来。"

"然后呢？"

"小幽一直在她姥姥家长大，和她姥姥的关系特别好，却一直和她母亲有隔阂。因为母亲不想要自己，小幽一直耿耿于怀。因为小幽一直在姥姥家生活，她妈对她也没有多深的感情。两个人在家动辄吵架，她妈要把她过继给别人，她就针锋相对地离家出走，矛盾越来越激化。"

"这么严重？"

"谁说不是呢？那时小幽就和我说过，她一定要去南方，远离她妈，去过自己想过的生活。"

七

事实证明，小幽确实过上了她自己最想过的生活。在大学校园里，她换上各式各样的 cosplay 服装，拿上各种游戏或动漫的道具，在海边、森林、温泉、山谷，每个地方都留下了足迹。

在她的微信朋友圈里，总有一些普通同学仰望的目光。

"学姐学姐，你好漂亮啊。你是怎么拍得这么好看的啊？"

"你认识赫本吗，纪梵希说过，赫本不仅改变了女性传统的穿着方式，更永远改变了她们的自我形象，扩展了美的定义。去了解她，也许你会了解什么才是真正的文艺和优雅。"

"小幽越来越像晓了。"我看着朋友圈里小幽的照片，她的闺密还在说着她和小幽的往事。

"你觉得他们真的越来越像了吗？"小幽的闺密忽然沉默了，半晌，她郑重其事地看向我，"你见过小幽在朋友圈和贴吧里发过晓的照片吗？"

"啊？"我低下头，朋友圈里的小幽，穿着可爱的 cosplay 服装，拿着一把粉色的扇子，看上去好像是《王者荣耀》里的小乔。

画面里的小幽赤着双脚，在沙滩上轻盈地跳着舞，笑容温婉而可爱。

在朋友圈的配文中，有这样一句话："今天天气真好，我和我都很好。"

第四章　吾之念兮，新雨初霁

一

第四个故事，主人公是一个与我关系最好的女孩。她叫小默，不是泡沫的沫，也不是本末倒置的末，而是沉默的默。

我和小默关系很好。我当时很欣赏的那个女孩，是小默的室友，而她欣赏的男生小黑，则与我关系匪浅。

小黑是我们校长的儿子。我们分寝室的时候，只有他没有分到寝室，当时我们还曾打趣他：校长这个当爹的，还是不放心把他们家宝贝儿子交到我们这群浑小子手里。小黑最开始和大家都不太说话，见面的次数有限，让他与同学之间有着不小的距离。

不过，班级里还是有两个人，和小黑的关系特别好。一个是当时我欣赏的女孩，她叫小彤。另外一个是我的室友老四。他们的故事我在后面还会提到，这里就先埋个伏笔吧。

小彤和我说，她、小黑和我室友老四三个人是发小。从还未上小学时，几个人便认识了。随着他们长大，这几家的家长们关系越来越融洽，孩子之间也越来越熟，这一次小彤和老四选择这所学校，也是因为发小的爸爸的缘故。正因为这个关系，老四和小黑没少跟我透露与小彤相处需要注意的细节，还有小彤小时候的糗事。正是因为老四的缘故，我渐渐也和小黑熟了起来。

那个时候，第一次住这种集体宿舍，对于很多细枝末节，大家都没放在心上。也正是因为这样大意，我们寝室出了不少乐子，不是厕所的纸不够用了，就是没有准备足够多的零食；不是浴室的地漏堵了，就是衣服、裤子开线了。每每到了这个时候，能解救我们的，也就剩下小黑这个传奇人物了。

从冰箱、课桌到针线、卷尺，他的屋子应有尽有。因此，小黑也逐渐成为我们眼中哆啦 A 梦的 2.0 版本。

哆啦 A 梦是万能的，在我们眼中，小黑几乎也是万能的。无论是学习成绩，还是乐器、体育，只要是可以拿出来比赛的，小黑就没有不会的。在这一点上，小默和他类似。小默属于那种特别文静而又强大的女生，总是不声不响地就把任务完成了，然后留给大家一个淡定的背影。

虽然小默不承认这一点，总是对我们谦虚地说，她只是更努力，人并不聪明，但是明眼人都看得出，一个在高考中英语考了 148 分，却非要在大学学习俄语专业的学生，她的成功绝对不只是得益于后天的努力。

二

小默是一个话很少的女孩。和她不熟的人，要是想和她说上一两句话，可以说是难上加难。我为了一些事去找她帮我出主意，一般都是我一个人在说话，她只是在必要的时候应承几句，证明她在听我说话。

除了话少，她的另一个特点便是"毒舌"，跟她关系好的人，很少有人可以免受她的"毒舌"的攻击。

过于粗线条的我，一点都不了解女生的细腻心思，因此总会在不经意间惹得小彤不痛快。每到这个时候，没有头绪的我总是会去寻求小默的帮助，希望她帮我说上几句好话。小默也很干脆，快步来到小彤面前，伸手指了指远处的我，轻声开口："好话、好话。"

"我要是有钱了，我要带小彤去吃肯德基全家桶。"

"你没钱。她也不会跟你去的。"

"你觉得我瘦下来会好看吗？"

"你又还没瘦下来。"

"好吧……"

我不止一次地向她抗议过她的"毒舌"，可是她会不遗余力地反击我。

"小彤更喜欢'冰红茶'还是'百事可乐'啊？"

"不是你买的，都可以。"

"小彤为啥又生我的气了？"

"你有病。"

"那我该咋劝她啊？她又不理我了啊。"

"不知道，我又没病。"

小默的"毒舌"不是针对所有人的，实际上她在大部分人面前，都是属于一声不吭的内向文静女孩。无论长辈和她说些什么，她都红着脸低着头一言不发，任谁都会觉得，她已经委屈得马上要哭出来了。只有我们这些真正和她熟悉的人才知道，这个时候她的思绪早已经不知道跑到了哪儿去了。

因为"伪装"的内向和优异的成绩，她一直都是老师和家长口中的好孩子。我父母每次给我开完家长会，总会把小默的名字挂在嘴边："你看看小默多么优秀，成绩多么好，你再看看你……"

"你这几科分数也太高了，你是怎么做到这么优秀的？"

"不知道。"

"你父母开完家长会是不是特别开心，回去是不是得表扬你啊？"

"没。"

三

小默的父亲是一个在政府工作的官员，具体有多大的官，小默和我提起过，但我对这些实在是不太了解，因而记得不是特别清楚，只知道是一个比较大的官。

在这样的家庭长大，小默从很小的时候就耳濡目染，懂得很多规矩和礼仪，也懂得很多同龄人不懂的道理。我时常和她半开玩笑，也半是真心地说："有你在，我可以少走很多弯路。"她对此总是一笑置之。

小默和小黑认识得很快。经过小彤的简单介绍，两个人很快熟了起来。

"小黑！别往我帽子里塞废纸！"

"你还抢走我的水杯了呢！"

"站住！别跑！哎，小黑！是不是你把我的鞋带系在椅子上的？"

"哈哈哈！小默也太笨了！"

他们俩在家长的严苛管教下压抑了太久的灵魂，终于在几乎无人的时候碰撞在了一起，卸下了平日里的一层层伪装，展现出了一种孩童所特有的天真的稚气。

"最开始我还以为小默真的话很少呢。"看着小黑和小默在无人的学校走廊里疯跑，我回过头问身边的小彤，"小默跟你在一起的时候，也像今日这般话多吗？"

"其实你和她越熟，她的话就越多。"

"照你这么说，他们已经很熟了？"

小彤点点头。

四

渐渐地，我和小彤都逐渐发现了一些问题——小默和小黑实在是太直了。然而，他们显然对此毫不知情。

"小黑，我肚子疼得厉害，一直没复习，这次可能考不好了。"

"没事，一次两次考不好，我爹不会说你的。"

"会的，上次你爹就说我了。"

"放心，这次是他出题，不会难的。"

"就因为他出……哎哟……他出题才难。"

一旁的小彤显然听不下去了，赶紧打断了他们："黑哥，你拿你的杯子给小默倒点热水过来，她喝点热水就好了。"

"喝热水就能好？这么厉害？"

"快去！废什么话呢！"小彤一脸无奈，把小黑推了出去，看着小默，无语地摇了摇头，"你也是……"

话音未落，小黑已经噔噔地跑了回去。"小彤，我刚想起来，我感冒了，杯里还有没喝完的药，于是我把我同桌的水杯拿过来了。"

"你同桌的水杯有用吗？"小彤恨铁不成钢地看着小黑，又把小默的水杯塞入小黑的手里，"这是小默的杯，去接水！"

她有杯，还用我的杯干吗？小黑接过杯子，不解地离开了。

小彤如释重负，刚想回头问问小默怎么样了，就听见小默在座位上偷笑："小黑感冒了，这样他也不能考好，也就不能笑话我了，太好了！万一我的分比他高点，那我岂不是又能嘲笑他了，太好了！"

诸如此类的情况比比皆是，这让我和小彤不禁瞠目结舌。

"你看我的帽子好看吗，小黑。"

"戴几层帽子也改变不了你矮小的事实。"

"小黑，我好看吗？"

"你这么问就是想让我说你好看吧？"

"以后毕业，你有什么打算？"

"我想去开飞机，免得你整天说我是不是要飞啊。"

五

一年后，我们毕业了。

毕业前，小黑果真去了南方的航空航天学校，开始了自己的飞行员生涯。而小默则留在本市，放弃自己引以为傲的英语，转而开始学习俄语。听小默的意思，以后她很可能会出国留学，甚至可能就留在国外从事相应的工作。

小默这一次难得地没有对我"毒舌"："他有他的选择，我应该尊重他的选择。"

"你觉得你们相处得累吗？"

"本来我不想说了，你问起来了，我就和你说一说。其实我挺开心，一直以来，你和小彤对我这么好，从来不拿我当外人，啥事都告诉我，我也就把我这段时间的想法和你说一说。"

"好。"

"我家的情况你也知道，我父母工作都忙，对我也严。我和他们经常能吵起来。我不能说他们对我不好，也不能说他们不爱我，他们对我的付出，我是看得见的，我也很爱他们，但是说实话，他们有一些教育方式，我真的不是很喜欢。"

"教育方式？"

"比如打开饮水机的红色水龙头，放出来的是热水，很烫。别人的父母会用各式各样的举动告诉孩子不要碰，而我的父母不一样，他们只会告诉你一遍，这是热水，不能用手碰。如果我好奇，被烫到了，他们不会关心我，也不会给我敷药，而是会非常严厉地批评我，觉得我明知故犯。学自行车的时候，别的孩子摔了，可能他们的父母会去搀扶，去安慰，而我的父母只会补上一脚，让我号啕大哭，继续练习。所以从小我就知道，能靠得住的只有自己。于是我开始隐藏自己，让别人看到那个他们想要看到的我，而不是真正的我。他们想看到的我，无论他们说什么，都必须立刻执行，不能够提出任何异议，提出了就是狡辩，晚了一秒就是拖延。我给你举个例子啊。

"'女儿，起来上学了，你打算穿哪件衣服啊？'

"'那件黑色卫衣吧。'

"'黑色那件不好看，要不你还是穿白色这件吧？'

"'我想穿黑色那件！'

"'犟什么啊，黑色的多砢碜啊。'

"'那行吧，你让我穿啥，我就穿啥。'

"'那怎么行，咱们家最民主了，对不对，默默？和妈说，你到底想穿哪件？'

"'那还是黑的吧。'

"'我不说了黑的不好看吗，你是不是听不见啊？让你天天熬夜玩手机，我说话都听不见了！'

"'白的。'

"'我就说我们家默默喜欢白色吧，妈妈给你准备好了，穿吧。'

"她们从来都不在意我想要的是什么，只在意在他们眼中我应该变成什么样，这不可悲吗？"

"也许他们只是不想让你走他们的老路……"

"因为他们怕我后悔？可是我们后悔的是什么？是我们的路被安排得明明白白，让我们没了走的劲头？我们喜欢玩马里奥游戏，是因为我们一直在挑战关卡，而不是因为一出场就通关了，对吧？与重蹈他们的覆辙相比，我后悔的是，当我选择了一条路，我还没走，就要被迫去改成他们早已设定的路。

"你知道吗，其实我特别羡慕小黑，他可以做自己想做的工作，过自己想过的生活，而我不能。我只能选择他们喜欢的离家最近的城市，选他们认为的文科生最有前途的专业。可悲吗？"

六

"小黑其实活得也挺累的，他希望自己变得优秀，希望得到所有人的认可，可是当别人提到他的时候，大多数时候还是会给他一个标签——校长的儿子。"

"这不好吗？"

"他无论多优秀，都活在他父亲的阴影下。他的成绩提高了，别人夸他父亲能力出众；他在体育比赛中名列前茅，别人夸他父亲教子有方。他让自己变得越来越优秀，可是最后他得到的并不是大家的认可，甚至也不是他父亲的认可。"

"可是既然小黑已经这么优秀了，校长为啥还是会不认可他呢？"

"是啊，校长觉得，在别人的眼中，校长的儿子优秀是正常的，小黑应该更优秀。因此，校长对他儿子比对咱们严厉得多。你和音乐老师发生争执，校长只是批评你几句，甚至怕你耽误学习，都不舍得让你停课。可是，小黑犯错误的时候，校长动辄严厉责骂。"

"是这样……"

"其实小黑最大的心愿，就是有一天别人可以指着校长说，这个男人是小黑的爹。"

"会有那么一天的。"

"这就是我喜欢小黑的原因吧，他有点直，有点急性子，但是那又怎么样呢？他和我说他要成为飞行员的时候，我就猜到了，他是一定会去的。我们分隔两地算得了什么呢？我们都是新时代的独立青年，应该学会不依赖其他人。"

不知为何，我忽然想起了三毛，想起了与她分别六年的荷西，可是这里没有撒哈拉，所有思念的黄沙，已经随着小黑远飞高空，散落天涯。

七

毕业以后，我见过小默几次，她依旧是那个容易脸红、话很少的少女，穿着长裙，披着头发，略施胭脂，像是从画里走出来一样。但我一次都没见过小黑，只知道他在世界的某一处高空，实现着自己的心愿。

去年夏天，我回学校看望老师，正巧在校门口遇上了校长，他拉着我进了他的办公室，寒暄几句后，我还是忍不住打听起小黑的去向。

"他啊，挺好的，就是太忙，也不常给我和他妈来个电话。可能是怕我批评他吧，从小就被严格管教，到现在啊，他都有点怕我。"

"小黑还是有出息，从高中时候就是，他啊，是我们几个里面最优秀的一个。"

听我讲着高中时候和小黑的点点滴滴，校长一直没言语，只是不住地点着头，他的嘴角挂着淡淡的微笑，满是欣慰。

几句闲谈过后，我打算告辞，校长却起身准备送我，我几次让他留步，他还是坚持送我到门口。"常过来，小黑不常回来，你们就常过来，反正我现在也没啥事，咱们同学还有谁在学校附近啊？我记得还有小默吧，让她也过来吧。"

我不由得一阵错愕，校长已转过身进屋了。

第五章　安之若素，浮生是你

一

　　"你觉得什么是爱情？男孩费尽了心思，用心良苦去追女孩，却只换来女孩的不屑一顾；女孩为了维护一份感情，不惜委曲求全、百般忍让，也没能改变男孩对自己的不耐烦。那样的感情，还是爱情吗？"

　　那天晚上，我和素素从教学楼出来，我顺手接过了她手中巨大的书包和电脑包，和她并肩走在回寝室的路上。

　　素素是我的同学，人如其名，她的生活真是安之若素的典范。她不争不抢，无论得意还是失意，脸上都挂着恬淡的笑容，仿佛一切都云淡风轻。她很漂亮，是那种化妆制造不出来的漂亮，不妖艳，也不媚俗，兼具北方女子的大气和南方女孩的俊秀，大大的眼镜框更显得她安静而温婉。

　　"我很喜欢北疆这个城市，惬意而舒适，没有我的家乡那种生活的快节奏，也没有我的第二故乡那种市井喧嚣。在这儿我才懂得了，什么叫作真正的生活。"

　　素素的家乡在中原地区，以她的成绩，她完全可以在家乡选择一个更好的学校，但她还是遵从第一志愿，千里迢迢地折腾到北疆。

刚认识她的时候，我总是好奇，为什么她非要离家这么远来上学，每一次她都只是笑容恬淡地摇摇头，也不告诉我究竟是为了什么。

她的第二故乡在祖国的最南端，因为她的一个亲戚在那边做生意，所以每到寒暑假，她都会坐二十多个小时的火车，跑到那边去帮忙。

"你一到假期就全国来回跑，不累吗？"

"累啊。"

"那你歇歇呗，非得折腾自己干啥啊。"

"也不是折腾啊，就当去玩了，在学校看看冰雪，回来看看古迹，再出门看看海景，累点就累点吧，谁还不是一直在路上？"

她在 QQ 上发过这样一句话："我在不停地离开家，在不停地远离她。前路漫漫，我也不知未来会归向何方，而我只能不停地奔波，片刻不敢停歇。"

是啊，路的尽头，仍然是路。哪怕坎坷波折，哪怕隐姓埋名，还不是要一路前行？

二

我认识素素的时候，素素有一个男朋友，那个男孩也是我的同学，瘦瘦高高，有些腼腆。

能看得出，那个男孩很喜欢素素。除了寝室以外，无论素素在什么地方，在距她 100 米以内，一定能发现那个男孩。有时候，我们这些和素素关系比较好的同学，也会调侃她几句。

"他天天跟着你，你不嫌烦啊？"

"其实也烦，不过他对我挺好的，也不忍心撵他走。我在南方的时候，我工作的地方养了一只狗，叫点点。点点也是没事就跟着我，就和他一样。而且说实话，和我们刚认识的时候相比，他最近已经有很大进步了。"

"进步？"

"是啊，他也没和女孩子谈过恋爱。一个脑子里只有物理和篮球的人，你能指望他做出什么让你开心的事？"素素一脸无奈，"最开始让他来接我，我拿着好几个书包，寻思让他帮我拿一下，他就双手插个兜，一个人在前面溜达，我只能背着包在后面跟着。现在，他比之前好太多了，也知道帮我拿东西了。"

"真不容易啊。"

"其实还好，就当我找了一个养成型的男朋友吧，他喜欢我就好，其他的都是小事。现在他可能不知道怎么和女生相处，以后慢慢就会了。恋爱吧，就像旅行，急不得。我去南方的时候，去看大潮，去看日出。那也不是我想看就能看得到的，只要你有耐心等下去，该来的就一定会来。美景如此，爱情亦如此。"

"你说得对。有些事还真就急不得。"

"有一次，我们俩和我参加的那个学生组织的朋友们去吃饭。其中一个朋友失恋了，在饭桌上哭得特别伤心，拼命喝酒。我一边劝她别哭，一边替她挡酒。当时我也不知道自己喝了多少，就想让我男朋友帮我也挡几杯。你也知道，这种场合，部长啊、副部长啊，他们敬的酒是必须得喝的。"

"嗯，我懂。"

"我在桌子底下用手拉他的袖子，想告诉他，我喝得有点多了，可是他倒好，以为我没酒了，就又开了一瓶，给我倒了满满一杯，然后伏在我耳边告诉我，没事，酒有的是。那个时候，我就想跟他分手了，再也不理他。但我没有，我自己找的男人，含着泪，我也得把酒喝下去。"

"你……唉，他遇上了你，也是他的福气。"

"我遇上了他，也是我的福气。虽然他常惹我生气，但生活不就是这样的吗？"

三

初雪那天，素素送了她男朋友一副自己织的手套，从那有些生疏的手法能够看出，她只是一个初学者。那一天，本来风不大，但是还是吹迷了她男朋友的双眼。

"今天是初雪，你陪我出去走走吧。"

"我有点事，得回家一趟，今天恐怕不行。再说了，初雪降下来的都是泥点子，等过几天下大雪，我再陪你出去。"

"行吧。"

送走了男朋友，素素想了想，还是给我挂了一个电话。

"出来溜达一圈。"

"好。"

"我在我家那边也见过雪，但都是零星的，还没有柳絮多，不像北疆的雪，从早上开始下，就几个小时，已铺满了操场。在我家乡那边，有一个说法，说初雪象征着初恋，洁白无瑕、纯净高雅。高中的时候，我和初恋一起看过初雪，当时我和他说，我要来北疆读书，他告诉我……"

"什么？"

"愿此去前程似锦，愿相逢依然如故。"

"那不是很好吗？"

"然后我们就分手了。"

"因为啥啊？"

"想听故事吗？"她忽地在雪地里蹲下来，开始攒雪球，"咱们堆个雪人吧，也许等我的故事讲完了，雪人也就堆好了。"

"我和初恋认识很多年了，他从小对我就特别好，给我买薯片，买冰果儿。那个时候我叫他旭哥，他喊我妮儿。"见我发笑，她有些羞赧，"我们的方言就是那样的。"

我看了看她，因为没戴围脖和耳包，她的小脸被冻得通红，但她还是在一心一意地团着手中的雪球，嘴角洋溢着笑意。

"我们一起上小学、初中，后来又去了同一所高中。他的成绩不好，在班里总是倒数，脾气也不好，有时候发起狠来，谁都不放在眼里。我知道，他是真的喜欢我。小时候，我没现在这么外向，总是被人欺负，他总是护着我。我要是和别人闹，不小心弄坏了什么东西，或是犯了什么错误，也都是他主动替我扛下来。从小到大，他给我送过各式各样的礼物，从小时候的文具，到后来的耳机啊、口红啊，只要是他能够想得到的，觉得我有可能喜欢的东西，他都会想办法给我买来。"

"那你们……"

"你听过'家暴'吗？"素素的笑容中带着一丝苦涩，"我知道他是喜欢我的，可是他一旦生起气来，或是喝了点酒，就把一切都忘了。白天温文尔雅，晚上浑身酒气、一脸戾气，简直天壤之别。"

"呃……"犹豫半晌，我还是没有把想说的话说出来，出口的话变成了一句抱歉，"对不起啊，我也没想到……"

"没事，一切都过去了，生活毕竟还是得向前看。"她很淡定地看了看我，朝我挤出了一个不自然的笑容。可我分别看到她手中的雪球，悄悄地碎了一地。

四

"那个时候的我，以为忍让就是爱情。我以为我的妥协，可以换来他的温和。所以，当我看到了他哭着跟我道歉，希望我跟他和好的时候，我的心还是软了。可是，我的妥协换来的只是他的肆无忌惮。我才发现原来这个世界上，可以让你握紧不放的，只有自己。"

只因为他带着她到过夏季，所以面对寒冬的时候，她没有轻言放弃，而是安心地期待着春风十里。

"有的时候我就在想，已经被他弄得遍体鳞伤了，我就破罐子破摔好了，往后的人生或许就这样了吧，毕竟他不生气的时候，对我还是挺好的，也许习惯了就好了。可是当我第二天从睡梦中醒来，还是习惯于挣扎，习惯于希望自己活得好一点。也许严冬，也许天黑，但是严冬终究会过去，明天太阳升起，还是好天气。"

"你说得对，会过去的。"

"那天，我在 QQ 里发了一句话：我不会成为一个凶残的坏人，"她一边用力地按压着手中新团成的雪球，一边说着，嘴角上扬，语气沧桑，"但永远也不再是之前那个软弱的好人了。后来我一个人去了南方帮忙，又一个人来到了北方。这一路上我看到了形形色色的人，也遇到了各种各样的事。我第一次觉得，原来只有我一个人的时候，我也能把事情做得很好。"

"这就是成长吧。没有涅槃的痛，怎么也飞不高。曾几何时，我特别害怕我喜欢的女生，当我不在她身边的时候出现任何问题，可是后来我发现，谁离了谁都能过得很好。"

"前几天，我们一个楼层的一个女生，因为欠了钱被人追到寝室。她们在走廊里掌掴那个女生，走廊里围满了女生，可是没有一个人敢上前。然后我站了出来，呵斥了那群女生几句，又说要报警，才把那群女生吓走了。那个时候我才发现，自己真的已经不再是之前那个被人欺负的软弱的女孩了。"

故事终了，我们在雪地上站了起来，松软的初雪终究没有堆砌出雪人的形状，倒像是垒了一个坟。我以为素素会不开心，可是她只是笑着摇了摇头："致我们终将逝去的青春。"我莞尔。

第二天，我看到素素在 QQ 空间里留了这样一句话："听说初雪时许的愿望特别灵，听说北疆的雪会很多，所以我贪心地多许了几个。北疆长达半年的冬天真的要来了，我不知道这个冬天到底会有多冷，所以趁现在还温暖，就多留些温暖吧。"

那年寒假，她又一次离开了北疆，只身前往南方。那一天，她的男朋友送她去了火车站，两个人在一起聊了好久。

"原来很喜欢这个南方的城市，可是今天突然发现，原来这个城市等不来雪，我在这里也等不来你。"

五

素素和她的男朋友就这么处着，磕磕绊绊，倒也有惊无险。

两个人闲来无事的时候，把周边的美景彻底地欣赏了一遍。无论是历史悠久的老道台府、老江桥，还是新建的植物园、购物街，都留下了两个人携手漫步的身影。

"我也喜欢坐在南方古色古香的茶馆里饮早茶，点上一份姜汁撞奶；也喜欢在我家乡的早市，找一家便宜的铺子，点一大份胡辣汤。去不同的地方，享受不一样的生活，不亦乐乎。这几天早上，和他一起去学校周边的小摊上，一人点一碗黑米粥，再来一笼角瓜鸡蛋馅的小笼包，也挺惬意的。"

"你俩就一盘？"

"一般他起不了这么早，还非要坚持来陪我，实际上他根本吃不了多少，最后还没我吃得多。和他出门，我都胖了好多。他天天晚上打篮球，对自己的身材比较在意，我俩出去点上几道菜，他也吃不了几口，最后还不是都进了我的肚子？"

"平平淡淡多好，我就羡慕这样的感情。"

"其实我认为，爱情不是一定就得轰轰烈烈，一定要让所有人都知道他爱你，你爱他，平平淡淡其实也很好。可能是在外来回跑的缘故吧，很多时候，一些不起眼的小事都能给我带来满满的幸福感。比如我喜欢的小玩具，被他阴差阳错地买下来送给我；比如我第一次尝试海淘就被海关查，当时本以为会再等好几个月，没想到三天不到就过关了；比如我等到了北疆的丁香花开，比如我看到了黄昏时天边的晚霞，比如他在早餐时突然给我多买了一个茶蛋，这都是生活啊！我们不能因为自己在路上走累了，就忽略了生活给我们带来的感动。

"我和其他女孩不一样的地方，或许就在于，她们看到了男朋友这一天惹了她们生气，而我看到了男朋友除了这一天之外，此前的无数天对我的关心和保护。"

那天晚上，我和素素从教学楼门口出来，并肩走在回寝室的路上。

"我前男友打电话找我了。"

"他说什么了？"

"妮儿，咱们和好吧。我发誓不再欺负你了。"

"你怎么说？"

"我拒绝了他……"

六

素素和她男朋友在一起一年半，终究还是分手了。

分手的那一天在寒假里，素素一如既往地只身去了南方。谁也不知道两个人分手究竟是为了什么。素素在微信朋友圈发了一句不咸不淡的"单身快乐"，算是彻底为她的第二段恋情画了一个句号。

那一天，北疆的雪下得很大，雾凇沆砀，天上地下，晶莹一片。那一天，南方的天气格外炎热，素素赤着双脚走在海边的沙滩上，她身后的沙滩上微微凹进去的脚印，被温暖的海水一点点地淹没。

看着照片上她在海边的背影，不知怎么，我忽然想起了那天晚上，我和她的对话。

"你怎么说？"

"我拒绝了他。然后他就开始在电话那边骂骂咧咧的，说着各种下流的脏话，听起来像和一群人喝了酒，电话里传来其他人毫无善意的笑声。"

"你骂回去了？以我对你的了解，这个时候了，倘若还任由他欺负，那可就不是你了。"

"我把电话给我男朋友了，他没敢接。"

"没有幸福感的时候，就格外想回家，回到我安静舒适的中原。现在的日子，每一天都像在煎熬，于是我每一天都在倒数。"这是她在 QQ 上留下的话。除了这段话，她还转载了一段网易云音乐的热门评论，引人深思。

"她曾经很真诚，很天真地爱过我。"

"那后来呢，为什么会这样？"

"他丢下了她一段时间，突然想起她的时候，回头发现她长大了。"

在南方的沙滩上，素素缓缓坐了下来，任由清澈的海水漫过自己白皙的腿。"点点，别跑了，往后的路还得我自己走，往后的风景还得我一个人看。过来吧，狗子，这儿也没有我们要找的人……"

第六章　情之所至，不能自已

一

　　“五个故事讲完了，你有什么感受？她们每个都是我人生中的过客，在我的酒舍里，或是点上一杯陈酿，或是只点了一杯茶。她们来之前都与我素昧平生，走了之后也没有留下任何与我有关的回忆。”

　　我看着对面的女孩，她和之前的女孩们一样，眉头不展，但是眼中闪着光。

　　“我这儿有的只是时间和故事。”

　　“什么是爱情？”面前的女孩端起手中的鸡尾酒一仰而进，“不想去可怜谁，也没必要去感慨什么，大家都是苦命的孩子，生活给的苦涩谁又能不知道，都曾抱怨老天的不公，也曾心疼自己要承担那么多压力，最后还不是被别人一句‘你不就是个孩子’强行地封住了嘴。那些人不知道的是，我们想要的，不过是一份安宁平静的生活罢了。”

　　“爱情？你应该有答案。”

　　“我眼中的爱情，呵呵。”女孩面露苦涩，又让我去给她做一杯酒，与刚才的一杯一模一样。她抬手从桌边的薄荷里择了几片薄荷叶，准备一会儿加入酒里，"现在，我越来越听话了，再也不能像之前那么任性了。可是可以深夜陪我喝酒聊天的人，也越来越少了。"

"总有一天，你会放下少许遗憾和不舍，带上爱，开始新的生活，相信我。"

"这酒咸咸的，我哭的时候，眼泪滴进了酒里，也是这个味道。"她又抓了些薄荷放入了杯子，然后一股脑地喝了下去，"叶子虽小，但凉透了人心。你给别人讲了这么多故事，今天我也给你讲一个我的故事吧。"

"洗耳恭听。"

二

女孩叫小航，不是独生女，还有一个比她小两岁的弟弟。当年，她父母为了这个弟弟的到来，交了一大笔罚金。

小航的父母并不是多喜欢孩子，也不是有很多钱，可以不在意高额罚金。小航父母选择要二胎的原因，其实特别简单——小航是一个女孩。

小航的父亲是一个行商，做买卖来到北疆。他是一块经商的料，聪明的脑子让他很快就发了家，随后便在这儿娶了妻，生下了小航。

她父亲这些年在外打拼，也有了一点点积蓄，三个人的日子，倒也丰衣足食。随着年龄渐长，他开始一夜一夜睡不着觉：没有儿子，以后即使有了钱，还不是给了女婿这个外姓人？思忖良久，他毅然决然地选择要二胎，也就是小初。

从那之后，小航就再也没有见过自己的父亲。生下了小初的父母，毫不犹豫地将小航送给了她的小姨，一个坚持不婚的女人。

两个孩子渐渐长大，一起上了初中。小航在三班，小初因为聪明跳了一级，所以和姐姐在同一年级，成了五班的学生。每一次家长会，母亲都会打扮得珠光宝气，她只参加小初的家长会。而小航，只能目睹她在自己面前走开，留下有意无意的哼声。

所幸，小姨对小航很好，虽然小姨挣得不是很多，两个人的生活看上去比较拮据，但是小航知道，小姨已经竭尽全力，把最好的东西都给了她。

三

"那个开家长会的女的，不是我家保姆吗？小航啊，原来你妈是个保姆啊！不对啊，我听我妈说，那个保姆还没结婚啊，那小航你是哪儿来的啊？你不会是你妈和别人的私生子吧！"

"够了！我不允许你这么说我小姨！"

"那是你小姨啊？可是你爸你妈呢？不会是死了吧？"

"他们就在……"小航想大声喊出来，她的亲生父母就在隔壁那个班级，给自己同父同母的弟弟开家长会。可是她终究没能喊出口。她知道，母亲矢口否认的样子，只会让自己更加难堪。

"你说不出话了，小航你个孤儿！没人疼没人爱的小孤儿！"

家长会后，小航在学校里便多了一个外号，大家喊她"小孤儿"。她从来都没有去辩解什么，她明白，即使她辩解了，那些同学也一定绞尽脑汁，挖出其他"料"来取笑自己。压死骆驼的，从来都不是最后那一根稻草；造成雪崩的，也绝不是最后那一片雪花。

第二天放学，小航在校门口碰到了小初，他正被一群同学簇拥着，开心地笑着。

"小初啊，你和那个小孤儿是不是一家的？你们俩这个姓可是很少见啊。"

"你说什么呢？小初哥怎么可能和小孤儿是一家人呢？昨天你们没看见小初哥的母亲吗？打扮得那么漂亮。我可从来都没见过那么漂亮的女人。"

身旁的同学你一言我一语地聊天，小初听着，也大概明白了是怎么一回事，便示意几个人安静下来："别叫她小孤儿了，都是一个年级的同学，低头不见抬头见的，给人家起外号不好。至于我和她，真的没什么关系。"

"没什么关系……"小航喃喃自语着，一步一挪地踱回了家。她不觉得自己做错了什么，可是到头来，自己却成了那个千夫所指的人。

她想起了她的班主任老师挂在嘴边的论调："我跟你们说，没事别上我这儿告状来。一个巴掌拍不响，你们知道吗？他们为啥就欺负你，不欺负其他人啊，还是因为你有错的地方？咱们班第一名那么优秀，怎么就没人欺负呢？为啥就欺负你啊？"

"难道真的是我错了？"

四

手机"叮"地响了一声。

这是谁啊？小航拿过手机打开 QQ，在添加好友的界面，赫然出现了一个陌生的名字。"你好，我叫小笙，能认识你一下吗？"

小航也没多想，就随手加上了这个好友。一直以来，小航的家境都不是很好，这个手机是二手货，是她的小姨下了很大的决心才买回来的。也是因为家里拮据的缘故，班里很多同学对小航都比较嫌弃，所以加小航 QQ 好友的同学，其实寥寥无几。也正因如此，碰到了一个主动加自己，想要和自己聊天的人，小航内心也是高兴的。

"你是谁啊？怎么会有我的 QQ 号？"

"我是在你们年级大群里看到你的，我是四班小箫的哥哥，听弟弟说了你们开家长会的经过，他们实在是太过分了。"

"哦，这样啊。没事的，他们若是想说，就让他们说吧，反正我都已经习惯了。"

"我翻了之前你在空间里发的内容，也从我弟弟那儿了解了一些你的事，你只是一个小孩子，家里的事毕竟不是你可以做主的。他们是不了解你，才那么说你的，你并没有错。"

"谢谢。"

自那以后，小航和小笙很快就聊得很投机。无论是衣食住行，还是关于追星，关于考试，关于家人和朋友，两个人都有说不完的话。两个人都喜欢密码本，喜欢蓝色的 0.35 毫米的中性笔，都喜欢冰激凌和爆米花。

通过小笙的叙述，小航得知小笙比她大两岁，是隔壁高中的高一男生，长相帅气，还喜欢打篮球。于是，每天夜晚，一个穿着运动服，站在篮球场上的身影，就萦绕在小航的脑海中，挥之不去。

没过多久，两个人开始互发照片。若不是小笙一再说他学习太忙，家里不让玩手机，如果出了声就会被家长发现，小航一定会和他打上几个小时的视频电话。

小航有了慰藉，白日里同学们的调笑，也变得不重要了。

不知道从什么时候开始，每天晚上，小航搂在怀里的毛绒公仔，多了一个好听的名字，叫小笙。

就这样大概过了半年，一天深夜，小航已经脱了衣服钻进被窝了，忽地听到了 QQ 提示音。

"这么晚了，怎么了？"

"我刚写完作业，不好意思啊，我不知道你已经睡了。"

"没事没事，刚躺下，还没睡呢。"

"给我跳个舞好吗？我想你了。"

"啊？"小航一愣，但还是麻利地跳了起来，也顾不得自己只穿着清凉的睡裙，便对着手机跳了一段。不得不说，小航本就有几分姿色，在黑夜之中，借着窗外的月光翩翩起舞，更显美丽。

"好漂亮啊。"小笙坦率地表达着自己的赞美之情，"仙女妹妹，做我最好的朋友吧。"

小航的脸腾地一红，羞赧得像个熟透的桃子："嗯，好吧。"

五

我又给小航倒了一杯酒，听着她的故事："你继续，我听着呢。"

"那是我最开心的时候。那时网络还没有这么发达，一个 QQ 就已经可以让我们玩疯了。他给我买 QQ 的黄钻会员，给我讲他身边的那些故事，那段时间真的特别快乐。我以为，时光会停留在那里。"

"发生了什么？"

"大概是我们在一起半年后吧，一个我根本不认识的高年级学长，突然和我表白，我没有接受，让他放弃。我把这件事告诉小笙，他却说我现在和以前不一样了，不珍惜和他之间的这份情谊了。"

"他为什么会这么想？这不合常理啊。"

"我也不知道。他当时的话，让我也蒙了。我以为他可能是在学校遇见了什么闹心的事情，回来拿我撒气。毕竟我在学校被同学说了啊，也会拿他出气。"

"有可能。然后呢？"

"之后我们大概有一周都没说话，正当我以为他是真的生气了的时候，他却主动联系了我，和我说他上周考试，比较忙碌。他还像我道歉，说是考试周比较焦虑，所以对我态度不好。"

"那很好啊，你们这就算和好了？"

"唉！"小航叹了口气，没有接我的话茬，继续跟我讲，"他还提议，我们互换QQ密码，这样的话，彼此就公开透明了，谁都不用担心对方跟其他人好。因为怕他生气，我就答应了他。要是我警惕些，也许一切就不会如此了。"

"怎么了？他干什么了？"

"接下来的一周时间，我发现同学们看我的眼光越来越怪，有的男生还会到我身边，嗲里嗲气地叫着"哥哥"。当时，我并没有把这件事和小笙联系到一起，我以为是那个和我表白的学长存心报复，于是天真的我打算在QQ上，和小笙说一下事情的经过。结果，我发现我的QQ密码被改了。"

"小笙干的？"

"是他干的。可是当时我还是宁愿相信他，我不相信一个曾带我去天堂的人，可以亲手把我送入地狱。当时我以为，只是被人盗号了。我登录了小笙的QQ，令我大吃一惊的是，这个QQ的好友里只有我一个人，因此，他在QQ空间里说的那些话也就我一个人看得见。"

"小号？"

"是一个专门骗我的号罢了。我通过小笙的QQ，点进了我自己的QQ界面，那个时候，我才发现自己一直以来有多么傻。我们的聊天记录全都被发了出来，还有我跳舞的视频，我给他发的照片，我们之间的一切在网上被展览，被所有人参观。还有很多我发给他的视频，被他发到了学校的群里，发到我和我班同学的 QQ 聊天界面。"

"他为什么这么做？"

"不知道。"

六

"哥哥，哥哥，你看我这件衣服好看吗？"

"哥哥，哥哥，别人又欺负了我呢。"

……

小航终究是出名了，不但成为全班同学调侃的对象，也成了为全校同学解压的最佳人选。每天都有人在小航的周围喊着"哥哥"，甚至还有一些更加刺耳的传闻在同学中传开。

"我去了四班，我只要找到小笙的弟弟小箫，就一定能够找到小笙。可是，令我失望的是，四班班长告诉我，他们班根本就没有一个叫小箫的人。小笙接近我，就是为了让我变成现在的模样。"

"那最后你知道小笙究竟是谁了吗？"

"人人都享受骂小航的快感，那么人人都是小笙。"

"唉。"

"后来，小初一次私下告诉我，说我妈知道了这件事，让我好自为之，说幸好他们有先见之明，早早把我送人了。还让我离小初远一点，说他成绩很好，如果我影响了他的成绩，这个责任我承担不起。后来，我换了一个又一个学校，可是那些流言长了翅膀，一次又一次尾随我而来，让我受到更多人的嘲讽和谩骂。你知道吗，我曾经自杀，把自己脱得赤条条的，躺在浴缸里，看着壁纸刀在自己的手腕上催出一朵朵血色的花朵，我以为我解脱了。"

"然后呢？你小姨救了你？"

"对，可是救了我之后，她就病倒了，不能给别人当保姆，也不能照顾我了。"

"我没有上重点高中，而是去了离家近的职高，没事回来陪陪小姨。她在我家楼下开了个超市，我也能帮她卖卖东西，挺好的。小初没辜负他父母的厚望，考了个好高中，又考了个好大学，他们一家三口挺幸福的。"

"你恨他们吗？"

"谁啊，我父母？小初？小笙？"小航忽地扭过头来，直视着我的眼睛，她的眼睛晶莹而纯净，没有任何杂质，"也许恨吧，也许不恨，其实我也不知道。"

七

"这款酒很好喝，叫什么？"

"玛格丽特。想听听关于它的故事吗？"

"说来听听。"

"1949 年全美鸡尾酒大赛上，这款鸡尾酒获得了冠军。它的创造者是洛杉矶的简·杜雷萨，玛格丽特是他已故的恋人的名字。在1926 年，简·杜雷萨和他的恋人外出打猎，玛格丽特不幸中流弹身亡。简·杜雷萨从此郁郁寡欢，为了纪念爱人，将自己的获奖作品以她的名字命名。"

"这酒的基酒是龙舌兰吧？我喝出来了。"

"是，还有青柠。龙舌兰是一种产于热带的烈性酒，所以刚刚入口的时候，可以感受到一种烈酒的火辣，但瞬间之后，这种热力就被青柠的温柔冲淡了，后味有股淡淡的橙味。这种感觉，好像就是简·杜雷萨和玛格丽特的爱情一样，热烈，又有一种淡淡的哀思。"

"那盐呢？我喜欢这个咸咸的味道。"

"代表眼泪，代表爱过。"

第七章　素时景年，一世疏离

一

闲来无事在家翻看闲书，偶然间看到了一本纳兰词。随意翻了几页，忽地被其中的一句所吸引："赌书消得泼茶香，当时只道是寻常。"

赌书泼茶是一个典故，主角是李清照和赵明诚。夫妇俩都喜好读书藏书，李清照的记忆力又强，所以每次饭后一起烹茶时，就用比赛的方式决定饮茶的先后顺序。一人问某典故是出自哪本书，哪一卷的第几页第几行，对方答中先喝，可是赢者往往因为太过开心，反而将茶水洒了一身。

不由感慨，纳兰性德这一句，诉尽了多少人的所思所想。当一段感情结束，留在人记忆里的，往往就不再是轰轰烈烈的表白、山盟海誓的情话了。

曾经我们以为，失恋是因为我们不懂爱情。后来才明白，不是因为我们不懂爱情，而是因为我们不懂什么是生活。

这让我想起了小宸，我的一个朋友。

他比较内向，不善言辞，也没什么爱好，无论是体育运动还是各类游戏，他都不报以太大的兴趣。一天到晚，戴着帽子，低着头，一副不言不语的姿态。

"小宸，吃饭去啊。"

"不。"

"用我们帮你带点吗？我去吃黄焖鸡，他们去吃烤盘。"

"不。"

"要不我帮你带一份凉皮吧，你昨天是不是说过想吃？"

"行。"

他就是这样一个话很少的人，能用一个字表达清楚的，他绝对不会浪费第二个字。也正是因为这样，只要他不说，谁都不知道他一天到晚究竟在想些什么。

他是一个有故事的人。尽管他从来没有和我们说过他的故事，但我们还是能够感觉到，他的眸中，有一种不易被别人察觉的沧桑。

在小宸的 QQ 签名里，有这样一句话引人深思："别说鱼儿没有眼泪，就算它流满了整个大海，你也毫不知情。"

二

小宸喜欢一个女生，那个女生叫仲夏。

这个名字与莎翁的《仲夏夜之梦》没有关系。仲夏出生在八月初，父母便给她起了"仲夏"这个文绉绉的名字。

仲夏是我们班的班长，小宸是团支书。两个人的相熟，还得归功于一次次开会。长期的共同行动，让仲夏成了小宸上大学以来认识的第一个女生。

"你相信一见钟情吗？原来我也不信，但是看见她的时候，我信了。"

教师节那天,小宸起个大早,买了两大束鲜花,又给仲夏和自己买了奶茶。"你陪我给老师送过去,这个是给你的。"

"报酬?"

"可以是。"

就这样,两个人算是熟识了,一起去辅导员办公室,一起完成一些工作,虽然忙碌,倒也自得其乐。有的时候,忙起来就过了饭点,小宸会给仲夏带点吃的。仲夏喜欢吃鸭锁骨,喜欢学校食堂奶茶店的饮料,喜欢炸鸡,小宸就也喜欢这些。仲夏有时候也会请小宸吃东西,可总是被小宸找个理由拒绝了:"大男生怎么能让女孩子请客呢?"

仲夏长得很好看,漂亮的双眼皮,大大的眼睛,嘴角总是带着甜甜的笑。即使在遍地都是女生的传媒学院,仲夏也是鹤立鸡群的存在。有的时候,小宸也会拍几张仲夏的侧颜照片。挺拔的鼻翼,飘逸的发梢,一举一动,都在撩动小宸的心弦。

"小夏,你是单身吗?那我能……呃,我是说,你这么漂亮,怎么能没有男朋友呢?"

"以前倒是处过一个,后来感觉不太合适,就一拍两散了。到现在也没再处,追我的倒是不少,但也没有哪个吸引我。"

"追你?"小宸有些激动,赶忙问,"谁?"

"有一个别的专业的男生,从军训那几天就开始追我了,每天早上买早餐,让一个女生给我送到寝室来。大早上还没到七点,我们寝室还没人起床,就听到门口咣咣的敲门声,我还有起床气,都要烦死了。"

"哦,这么回事啊。"小宸如释重负,本就不擅长说话的他,想说点什么,表达一下自己的开心,可是又不知道该说些啥,最终只是附和地点了点头，"会遇到更好的。"

"嗯，一定会的。"

三

大一下学期，学校加强了教学检查的力度，"两早一晚"活动自然而然成了检查的重中之重。每天都有不同的导员或者学生会的同学，守在各个角落，检查早自习、晚自习及早操缺不缺人，大家是否认真，等等。只有在班长那儿开了假条的同学，才可以躲过检查。而习惯游离于班级之外的小宸，自然成了老师们紧抓的重点。

"小夏，帮个忙，给我几张假条，好吗？我实在是不想出去。"

"老师说假条不让随便用，每天每个班只能有四张。"

"求你！"

"不行！"

"请你。"

"不好，吃啥啊？"

"烧烤。"

"成交。"

就这样，等教学检查周过去，小宸也欠了仲夏十几顿饭。经过一番磋商，最后他们把吃饭的地方，定在学校外边路口的烧烤店。那天晚上，小宸特意换了身新衣服，又洗了洗头，喷上了上铺室友的发胶，早早地来到女寝楼下，等着仲夏。

"你倒是挺快的。"不一会儿，仲夏翩然而至。也没闲谈几句，他们便并肩朝烧烤店走去。

"我想吃两串鸡手，还有实蛋。他家的实蛋特别好吃，我馋了好久。"

"好。"

那一天，他们俩聊了很久，也吃了很久。仲夏善于搜集各种小道消息，各个班谁和谁情投意合，她了如指掌，小宸也难得地揶揄起诸位老师的口头禅。两人评选出了系里最好看的女生，聊了毕业后的打算和选择。

"你说我是咱们系最好看的，你是认真的吗？"

"嗯。"

"就当你是真心的，谢谢你请的这顿饭，小宸。"

"不用谢。"

夕阳西下，金色的余晖仿佛给仲夏镀了一层金边，显得她格外光彩照人。

四

万事开头难，两个人有了第一次约饭，之后出去的次数越来越多。每当闲来无事，小宸都会给仲夏发消息，让仲夏出来，和他一起去吃饭。仲夏对此也欣然接受。两个人倒也不在意吃饭的场所，学校食堂、校外的夜市、学校附近的小摊，都有他们的身影。

"今天咱们去哪儿吃，小夏？"

"不知道啊，吃火锅去啊？"

"火锅辣，你该长痘痘了。前天出来，你说这段时间不吃辣了。"

"哦，我忘记了，那吃冰镇水果捞？"

"你这几天不能吃凉的。"

"哎？小宸，我发现你变了，不像之前那么沉默了啊。原来你也可以话多啊。"

"有用的说，没用的就不说了。"

随着两个人越来越熟，一起吃饭之外，他们也会一起逛街。仲夏的闺密要过生日了，小宸就被仲夏带着，去给闺蜜买鞋当礼物。金珠手串火爆时，小宸又陪着仲夏去了学校周边的各个金店。两个人也会一起去逛超市，去 KTV 唱歌。一切都显得那么自然，而又理所应当。

"小宸，以前吃饭、逛街，学习，都是我自己，我觉得那时候的自己无拘无束。后来我才发现，一起出门，也蛮有意思的。"

"嗯。"

临近期末，两个人的出行也受限了，小宸还想着出去溜达一圈，可是仲夏说什么也不再出去了。

"小宸，马上就考试了，出去干啥啊，留在学校复习吧。"

"好，那我明天去自习室找你？"

"不想去自习室，那儿人太多了，太闷了。"

"好，我知道了，明天我去找你。"

"明天咱们去哪儿啊？"

"我回去告诉你。"

到了晚上，等了一天的仲夏，实在是忍不住好奇，还是主动发微信联系了小宸："明天咱们去哪儿，你想好了吗？"

"我想了一下，咱们的方案有如下几种，第一就是去自习室，可是你拒绝了这个方案；第二是去教室，但是教室最近被当作考场了，考试前不太可能让咱们进；第三是去找个奶茶店或咖啡店，问题在于咱们中午和晚上吃饭不太方便，如果上午一家，下午一家，倒是可以，只是太奢侈了；第四是去找个有桌子的旅店，但你是女孩，不太方便；第五是去外边租自习室，那里安静，不闷也不贵，就是离这儿太远了；

第六嘛，就是去肯德基或麦当劳，在这样的快餐店，不花钱也可以坐一天，吃饭问题也可以顺便解决，就是常吃会腻的。你选吧，我倾向于第三种。"

"你怎么越来越磨叽了？"

"总是要未雨绸缪嘛，免得担心。"

五

不得不说，只有两个人的自习，还是很愉快的。喝着清甜的果茶，逗一逗咖啡馆慵懒的猫，翻着老师给的复习提纲，一切都是那么惬意。

"小宸，给你半个小时，把这一页背了，半个小时后我考你。"

"好。"

"不许玩手机。"

"嗯。"

……

"开始背吧，不许说话。"

"等一下，我就一句话。你饿不饿？我去给你买点吃的啊，他们家的杨枝甘露特别好吃，你要是吃凉的，冰沙也特别好吃。哦，对了，你不能吃凉的，那我把窗户也给你关上吧，免得你冷。我给你带了'暖宝宝'，我买了一大袋呢，你带上吧。你渴不渴，我给你要一杯柠檬水好不好啊？"

"别磨叽了！"

"哦，好吧，不磨叽了。可是，你饿不饿呢？"

两个人没事就一起出门复习，仲夏和小宸的室友，分别提出过异议。甚至还有人劝两个人："你们这样多影响学习啊，不能再让对方耽误你了，少搭理对方吧。"

对此，两个人依旧我行我素。也多亏了仲夏不厌其烦地督促，小宸才得以顺利通过考试。

"谢谢。"

"该说谢的是我吧，我家所在的小县城，是全国出名的贫困县，虽然我家的生活条件还不错，但小地方的孩子，眼界终究还是窄了一些。我上初中的时候，以为县城里的鸡飞狗跳就是生活；后来上高中，去了我家附近的地级市，那时我以为那种市井喧嚣才是生活；上大学时，又来到了北疆，这一年来，咱们看遍了这个偏远的省会，熟悉了这里的风土人情，我才明白，这才是生活。大学毕业之后，我也许会去繁华的城市，去经济更发达的地方，或者去其他的国家。也许在更远的地方会有更好的生活，可是我始终都会记得，这种生活给我带来的感动。"

"嗯，你说得对。"小宸看了看表，微笑着看着面前的仲夏，"是不是今天下午三点的火车啊，我去送你吧。"

"好。"

仲夏麻利地收拾好自己的东西，把大箱子拖到门口，递给了早等在那里的小宸。

"走吧。"

"嗯，好。"

小宸接过箱子，不知为何，竟有些舍不得。"票拿了吗？你渴不渴啊，我去给你买点水吧。你是不是要坐四个多小时的火车啊，太累了，到车上睡一会儿，兴许能感觉快一点。或者看看车厢后面有没有一整排的空座位，你可以过去躺一躺。你手机的电量充满了吗？没电可不行，父母会联系不上你的，充电宝充满电了吗？"

"别磨叽了，走了。"

"好，别生气啊，气大伤身……"

六

到了火车站，一番聊谈之后，仲夏接过了小宸手中的皮箱，扭过头跑去检票了。小宸驻足了小会儿，直到再也看不到仲夏的身影。

"师傅，回学校。"

"好啊，二十五元怎么样，我就不打表了，你是本地人，也知道我这要价并不高。要不二十三元吧，我抄近路走。实在不行，二十二元，二十二元怎么样啊？"

"走吧。"

"好嘞，我就说嘛，小伙子绝对不是那差钱的人。小伙子几年级了，看起来是大一新生吧。我女儿也上大一，去了邻省，比你们放假要晚呢，得后天才能放假。"

"师傅你……"

小宸刚想去制止司机师傅，不让他继续磨叽下去，却忽地沉默了。他一直以为自己已经不再是那个话很少的男孩了，可是，直到此刻才发现，他只是在她面前很喜欢磨叽而已。

自己是什么时候发生改变的呢，是和小夏逛超市，纠结于买什么口味的冰激凌时，还是和她在生鲜超市门口，犹豫着买西瓜还是柚子时？抑或是琢磨明天中午、晚上都吃些什么的时候？

"叮"，小宸掏出手机，是仲夏发来的消息。

"小宸，过几天我可能还要回北疆，我在那边有一个兼职，在一个网校当老师，听说能挣不少钱呢。"

"好，我去接你。"

"不用了，他们有人专门负责接我们，离你家特别远，你不用过来。"

"好。你要记得把东西都拿过来，手机、充电宝都带好。多带点厚衣服，这边降温了，早晚都冷。你们住哪儿啊？吃得好不好啊？要不我还是过去吧？"

"这儿吃住都挺好的，用的是别的大学的食堂和空宿舍，你不用担心。"

"真的啊？你们那儿学生多不多啊，课程安排得紧不紧啊，工资是怎么算的啊，不会拖欠太长时间吧？一个人在外，你要小心啊，别走夜路。"

"我知道，别磨叽了，放心吧。"

这城市没了属于自己的花朵，芬芳不在，我又该闻些什么？

七

"你知道吗，你离开之后，我只希望你随手买的苹果都是甜的。"

"一个人在那边，得吃饭，别饿到自己，别太累了，别熬夜。"

"那边离市中心毕竟还有些距离，没有城市的热岛效应，还是挺冷的，你多穿点啊。"

"那边有早餐店吗？你不喜欢早起，有早餐店的话，得买点吃的，包子啥的就行；没有早餐店的话，你买面包也行，去超市买，看看保质期啊。"

"工资能准时到账吗？不会拖欠吧？你得问好了啊，要是免费给他们干活，可就得不偿失了。"

"要不我过去请你吃点啥吧，你啊，没有人看着的时候，就给家里省钱，自己在外面对付。"

"等开学，什么时候到北疆，你给我发微信，我去火车站接你，到时候请你吃饭。出去做兼职这些天都给你饿瘦了。"

"……"

与之前不同的是，无论小宸说什么，都不见仲夏有什么回应。这也让小宸对仲夏越来越担心。

"你回我啊，这么忙吗？那你是不是忙得都没时间吃饭了啊？那可不行啊……"

"停，别磨叽了。"

"你嫌我烦？"

"别吱声！"

"好。"

从那之后，小宸再也没有在网上主动去找仲夏，仲夏也没再联系小宸，两个人就好像真的断了关系似的。

过了好久，一天晚上，我在学校附近的奶茶店里看到了一个人闲坐的小宸。

"怎么？真的不联系了？你真的能忍得住？"

"不然呢？忍不住又能咋样？去找她吗，再去和她联系，然后再一次被她嫌磨叽？我不想这样。"

"那你们就这么耗着吗？"

"等吧。我们一起出门的时候，我就没少等她。女孩子收拾打扮的时间很长，我在她寝室楼下，一两个小时也不是没等过。我还记得那一次她嫌弃我催她：'我说了再过五分钟、再过五分钟，你说你每半个小时催一次，都催我多少次了？'现在想想，恍若昨日。"

"等她出门还有个盼头，可是这一次，还能有盼头吗？"

"我不知道。"小宸喝了一口桌上的果茶，倘若我没记错的话，那果茶是仲夏最喜欢的一款，"我只知道，她现在像是我生活的一部分，我逛超市的时候，她在我身前挑着商品；我吃饭的时候，她坐在我对面；我买水果的时候，她在一边挑选着柚子；我逛街的时候，她在我前面不远处跑跳着；我学习的时候，她也在督促着我，让我好好背……"

"那我赌她会来找你的。"

"哗啦"，手抖的小宸，一不小心将手里的果茶洒了一地。

第八章　死生契阔，与子成说

一

"这个酒舍看上去不错啊，有故事也有酒，确实是个好地方。"

"你想喝点什么？"我走过去递给他一杯柠檬水，朝他笑了笑，"还是想听我再说一个故事？"

"想听你再说一个故事。"那人接过了我的柠檬水，轻轻地抿了一口，"我很好奇，你是出于什么样的目的在这儿开酒舍的。"

"其实在我还小的时候，刚经历了和清明之间的故事，我就有开酒舍的打算了。"见那人没有继续喝柠檬水，我也把自己的柠檬水放了下来，"但是，那个时候我没有酒，也没有什么好故事。"

"那你在这儿……"

"等一个人来，等一个人回来。"我苦笑了一声，摇了摇头，"我想说的是两个女孩，前一个女孩把我拽出了低谷，而后一个女孩给了我希望。"

那段记忆也许并不美好，也许千疮百孔，也许满目疮痍，但那些构成了年轻时的我。

多年来，我都没有保存我写的文字的习惯，灵感来了，随随便便抓过一张废弃的稿纸也能写上几笔，等过一段时间，自己猛然想起，这稿纸也找不到了。

所幸，我母亲倒是个精细的人，帮我偷偷收集了一些手稿，悄悄地保存了起来，等我长大的时候，她又把手稿拿出来给我看。那些手稿上的我，傻傻的，为了鸡毛蒜皮的事而伤心难过，为不切实际的感情而魂不守舍，但是我知道，那都是对曾经的我最为直观的呈现了。

于是我开了这个酒舍，用曾经的故事等待着曾经年轻的人。

也许有的人觉得，这些故事就像是孩子过家家一样，低级而简单。但是不可否认的是，这些故事本身就是曾经那个长不大的"我"，还有无数个与当年那个长不大的"我"一样的少男少女最为质朴的经历。我觉得这种经历，就叫作青春吧。

二

一直以来，我的酒舍都在等一个女孩来，可是这个女孩从来都没来过。

实际上，我们真正接触的时间并不多，可能连三个月都没有，可是正是这短短的三个月，给我留下了难以磨灭的印象。

女孩叫白鹭，我叫她鹭鹭。

在我由初中升入高中时，正是课外班补课最风行的时候，一些望子成龙的家长居然把有些课炒到一堂两三千元。我家没有那么多钱，我也就没有跟风加入那些被吹嘘得神乎其神的"名师课堂"，只是在我所在班级的老师家里补一补课。也就是在这个时候，我第一次见到了鹭鹭。

她不是我们学校的学生，听说是老师的同学家的孩子，硬是被家长跨越了大半个城市，送到了老师家里，跟我们一起补课。我坐在靠窗户的第二排，她挨着我坐。

我还记得，正是天气最热的时候，同学们穿着简单的大背心或大短袖，就来老师家上课了。而鹭鹭与众不同，每次来上课都穿着白色的吊带长裙，搭上白色的凉鞋，清凉而迷人。

"你好，怎么称呼？"

"白鹭，你叫我鹭鹭就行。"

她是个很腼腆的女生，许是和周边的人都不熟悉，她总是不爱说话。老师提问的时候，她也只是红着脸，低着头，一言不发。

"刚才那道题，你不会吗？要不我给你讲一下啊？"

"我会啊。"

"那你咋不说呢，就是低着头不言语。"

"我不知道咋说……"

看着她涨红着脸不知所措的样子，我不忍心继续调侃她，便只能小声安慰她："没事，大家其实都很和气，即使你说错了，也没有人会嘲笑你的。"还有半句话我没有说，我班里的这些男生，我是了解的，他们只会嘲笑自己熟悉的人；对于并不是自己班级的"外人"，他们肯定是不会嘲笑的。

"没事的，试着回答一下老师提的问题，没有关系。"

"真的吗？我不敢……"

"真的，我没骗你，我可是我们老师的科代表呢，老师不会批评做不出来题的同学，同学们也不会笑你的。"

"说话那个同学，站起来回答一下练习册四十六页那道题。"老师忽地回过头来，狠狠地瞪了我一眼，"这道题怎么做啊？"

"老……老师，我不会啊。"

"不会你还说话？"老师板着脸，示意我坐下，"把嘴闭上，别说话了啊。"

"你骗我，老师明明会批评问题答不上来的同学。"鹭鹭悄悄地说，大眼睛剜了我一眼，"我再也不信你了。哦，对了，你等下。"

"等什么？"

我正在诧异，只见鹭鹭弯下腰，把自己的凉鞋脱了下来。她抬头看了看我，朝我笑了笑，然后猛地用自己的脚踩了一下我的脚："这是对你的惩罚，让你再这样骗我！"

"我……"看着鹭鹭对我眨了眨眼，我肚子里仅剩的怒气也烟消云散了，这一脚本就不疼。

"你踩我就踩我，脱什么鞋啊？"

"鞋底多脏啊，你穿的也是凉鞋，我万一给你踩脏了多不好。脱了鞋踩，就踩不脏了啊。"

暮色降临，有微风拂过，竟是如此惬意。

三

从那之后，我和鹭鹭便逐渐熟了起来。在别人眼中，她还是那个不敢回答问题的少女，可是在我眼中，她已经比之前开朗活泼了许多。

她不是个爱学习的女孩，上课的时候总是低着头，摆弄着自己手里的几支中性笔。

"你没有在听？"

"嗯，没听，我又不喜欢听这个科目。我就特别不理解，为什么一定要学物理和化学？学历史、地理、政治难道不好吗？"

"历史、地理、政治不也学了吗，中考还算作十分呢。"

"可是物理化学要七十分呢！所以那些老师都觉得，历史、地理、政治就是小科课，可以肆无忌惮地被占用。只有数学、英语、语文、物理、化学这五科，才是真正的主科课。"

"你说得也有道理……现在都注重理化，没有多少人注重史、地、政。"

"很多时候，学习文科都会被认为是差生，那些老师和家长会主观臆测，学文科就是因为学不明白理科，其实这不公平。而最令人气愤的是，那些老师和家长，还会拿出各式各样的说辞，让你去信服他的观点'以后学理科就业方便''以后学理科挣钱多''学好数理化，走遍全天下'，就像所有喜欢文科的人都是废材一样。"

"兴趣是最好的老师，我觉得你说得对。"

"我妈说兴趣是个屁，他才是最好的老师。"鹭鹭伸手指了指还在前面讲课的老师，不由得乐出了声，不过马上又叹了口气，"可惜我还没到二十岁，还得被他们压迫着。"

那个时候还不太会安慰人的我，只是听得出她语气里的沧桑，却又找不出什么话来安慰她，便只能学着她的腔调，重重地叹了一口气。

"我叹气是因为我不想学理，你叹气又是为了什么？"

"我叹气是因为你叹气了，你不叹气了，我也就不叹气了。"

"好。我答应你，我不叹气了。"鹭鹭一愣，扭过头来看着我，忽地笑了起来。她的笑很温柔很清爽，就像是盛夏时节吃了一颗冰镇草莓，让人甜到骨子里。

"咱们下五子棋吧，"在卷子背面，鹭鹭画出棋盘，又递给我一支铅笔，"你应该会玩吧，你先来。"

"好。别被我赢哭了就行。"

"看我不赢哭你的，"正在我还沉浸于自我吹嘘之中，我的脚又挨了一下，"你在傻笑什么，开始了啊，你先来。"

"嗯，好。"

四

在整个补课班的同学当中，和我关系最好的女生只有两个，一个是我的侄女小晴，另外一个便是鹭鹭了。有的时候，上一堂课下课早了几分钟，离这节课还有一段时间，我就会到教室楼下买些零食、糕点，拿到楼上去分给她们。

对于这种普通的糕点，小晴大都是不屑一顾的，尝一口便愁眉苦脸地还给我，而鹭鹭则好一些，无论我买了什么，她都不会说啥，都会很开心地吃掉。

"谢谢，这个味道还不错。"

"真的吗，你喜欢就好。"

"你知道吗，其实已经很久没有人对我这么好了。"

"为啥啊？"

"可能因为我的性格太软弱了吧，我妈是个很强势的女人，她永远都不会允许别人忤逆。我出现任何一丁点问题都不可以。尽管你考了99分，她都会骂你三个小时，问你为什么被扣了那1分。有一次，她让我去超市帮她买东西，回来的路上，我被一辆违章行驶的摩托车撞到了，所幸没怎么受伤，只是腿上摔出了血。我没给家里打电话，没有告诉她我受伤的事，自己一个人忍着疼痛回到了家。我以为她会关心我，可是她并没有。"

"那她怎么说？"

"你就是个废物，干这么点活还能把自己弄受伤了？一点用都没有……"

"唉。"

一时之间，有无数的话从我嘴边涌出，可是一想到那个人是鹭鹭的母亲，我就又把话咽了下去，"家家有本难念的经。"

"就这样，我越来越软弱，不敢去发表自己的意见和观点，也害怕受到别人的斥责。正因为如此，嘲笑我的人也就越来越多，对我好的人越来越少。后来也是因为这个原因，我换了好几个补课班，最后跨越了大半个城市来到了这里，因为这儿没有那些嘲笑我的同学，还幸运地遇到了你。"

五

"叔，鹭鹭姨。"正在这时，小晴跑了过来，"听他们说，等下了课想去探险，你们去不去？"

"喊鹭鹭姐。"我赶忙瞪了小晴一眼，生怕这丫头再冒出什么"金句"来，"啥探险啊？"

"其实就是他们想从楼梯口走下去看看，他们好奇嘛。"小晴解释着，"你们去不去啊，要不一起去吧？"

"你觉得呢？"我看了看鹭鹭，她应了下来："行，去吧。"那个时候，我们补课的地方是老师家里，在一个小区的二十六楼。最开始来老师家里的时候，我们都想过，从二十六楼走下去一次。在黑暗与陌生的环境中体会一下刺激的感觉。

"走吧。"下了课，我收拾好了自己的东西，扭过头看了看脸有些发白的鹭鹭，"你可以吗？"

"行。"鹭鹭郑重其事地点了点头，不过声音马上又软了下来，"不过也有点害怕。"

"没事，啥也没有。"我笑了笑，替鹭鹭把书包背了起来，"走吧。"

"我跟你们说啊，听说这个楼道闹鬼呢，之前这个小区是一个轻工业基地，有一堆纺织工厂在这，后来……"我们刚一进楼道，就有几个学生在那儿小声地聊着。

"怎么了？发生什么了？"小晴紧张兮兮地朝四周看了看，小声地问着，"发生什么了啊？不会死人了吧！"

"爆炸了……"有人回答道。

"你们不知道啊，这栋楼的灯总会忽然间灭掉……"一个男生神秘兮兮地说。

"不会真有鬼吧？"小晴吓得蹲在地上不敢起来，"要不别去……"

"去！得去！"那个刚才神秘兮兮的男生一拍胸脯，"没事，有我在。小晴你别怕。"

看着几个男生交换眼神，我已然了解十之八九。他们多半还是想在小晴面前展示一下自己的能力，楼道里当然不会闹什么鬼，顶多是他们几个整蛊的把戏。我便拉着鹭鹭跟了上去，走在队伍最后。

六

一行八个人，一个挨着一个，进入了楼道中。连续下了四五层，也没有什么意外状况出现。

又下了三四层，灯光越来越暗，忽地听到耳边一阵风声，一个人影呼啦啦闪了出来，正砸在了前面第一个同学的身上。

"啊！"小晴高声尖叫起来。

"别怕，有我在。"一个男生大叫着冲了上去，另外几个男生极为有序地站到了小晴身边。我和鹭鹭在最后，鹭鹭显然也被刚才那一幕吓得不轻，双手紧紧地攥着我的胳膊，小声问着："前面怎么了？"

"好了，小晴，没事，有人把衣服挂在外面几个摆在一起的腌酸菜的大缸上，刚才走廊里有风，把衣服吹下来了。"

"哦，那就好。"小晴点了点头，扶着栏杆，让自己不至于坐到地上，"继续……"

话音未落，这灯忽地就灭了。

伴随着灯的熄灭，传来一阵奇怪的呜呜声，把不知所措的几人又一次吓了一大跳。"快跑！"这一次，是那些男生在喊了。他们远没有刚才从容，早已把保护小晴忘在了脑后。

"去电梯间坐电梯下楼，快！"

"好！"几个人一起喊了一声，便匆匆忙忙地往楼上的电梯间跑去，不一会儿，几个人就都不见了踪影。

"咱们也跟着去吧。"鹭鹭几乎是挂在我的胳膊上，我也不敢停留，心里在打鼓。

"哎哟！"我只觉得胳膊一轻，鹭鹭已从楼梯上摔了下去。

"小心！"我从兜里掏出随身携带的手电筒，赶忙照了下去，还好，有酸菜缸挡住了鹭鹭，没有让她继续滑下去。看样子，鹭鹭伤得不重，只是被吓了一跳。

"没事吧，我在这儿，哪儿疼？"

"还行，就是脚有点疼。"鹭鹭的声音带了哭腔，但还是挣扎着站了起来。她的脸上沾了地上的浮灰，跟吓出的冷汗与泪水混到一起，白色的吊带长裙也皱巴巴的，看上去极为狼狈。"还行，就是脚有点疼。"

"我看看。"借着手电筒微弱的光，我看到她白皙的脚踝上肿起了高高的一块，想来是刚才摔倒时不小心磕到了。"我给你揉揉，你扶着点。你忍着点，可能有点疼。"

"没有鬼吗？"

"哪有鬼啊，那灯泡就是老化了，毕竟这楼梯已经很长时间没有人走了。至于那奇怪的声音，其实就是风声啊。文科生鹭鹭小姐，风是怎么形成的，就不用我说了吧。"

"哦，我明白了。"鹭鹭知道了怎么回事，便不再害怕，反而轻声地笑了起来，"谢谢。"

又揉了一会儿，直到鹭鹭感觉已经好多了，我才搀着她往电梯间走去。这一路，她静静地抓着我的胳膊，谁也没有说话。

"好了，上电梯了，一会儿就回家了。"进了电梯，我拿出一张纸巾递给鹭鹭，"擦一擦吧，成了花脸猫。"

七

自那以后，我们的补课生活越来越忙碌，我再也没见过鹭鹭。听我的老师说，鹭鹭去了一个比较远的市重点高中，我们就这样断了联系。

认识她这么久，我居然连她的手机号都没想到要问。

听完了我的故事，那个人把桌上的柠檬水一饮而尽："鹭鹭逐渐改变了，你也逐渐成长了，多好。"

"也许你说得对吧。"

看着远处走过一个穿着白色吊带长裙、白色凉鞋的女孩，我叹了一口气，耳边仿佛回响起一个温柔、有些腼腆的声音——

"鞋底多脏啊，你穿的也是凉鞋，我万一给你踩脏了多不好。脱了鞋踩，就踩不脏了啊。"

第九章　山河永寂，怎堪欢颜

一

"等一个人来，等一个人回来。"那个人反复沉吟了，不由得面露微笑，"你等的，就是小彤吧？我原来还以为，你也要凑个十二金钗呢。"

"别逗了。"我笑着打了他一下。"不过，在说小彤之前啊，我还要讲一个女孩的故事。"

那个人愣了一下，忽地站起来，走到我面前，仔细地打量着我："还有谁啊？"

"怎么说呢，这个女孩和清明、鹭鹭她们都不一样，甚至都不认识我，她也不知道曾经有一个男生注意过她。"

"她都不认识你，你要讲她的什么故事呢？你真的了解她吗？"他重新回到了自己的座位上，饶有兴趣地看着我。

"很多男孩的内心深处，都会或多或少地住进去几个女孩。这些女孩，代表着这个男孩在生命的不同阶段的不同憧憬。时过境迁，但那个女孩的影子，依旧根植在男孩心中。她们每个人在男孩心中，代表的就不再是一个女孩，而是一种属性，就像黛玉的敏感、宝钗的娴雅、熙凤的泼辣、元春的雍容、湘云的烂漫、晴雯的刚烈、袭人的稳重、鸳鸯的和善……她们有的相似，有的接近，却都有自己独一无二的特质。你看写女子相对少的《水浒传》，书中描写的女性的特质也是不一样的。扈三娘、顾大嫂、孙二娘，包括后面张清的妻子仇琼英，都是能征善战的女子，可是她们之间也有不同，三娘给人的感觉就比其他几人更清冷，琼英更飒爽，孙二娘更为狠辣，而顾大嫂则更为彪悍。"

"你的故事里的女孩也是各有各的特质。"

"同一个人，每个人对他的观感是不一样的，要不然也不会有偏见这回事了。在我眼中，这些女孩，没有谁好谁不好，我只能说她们各不相同，仅此而已。我更喜欢小彤的细腻、清明的坚韧、素素的潇洒……可能别人所喜欢的，就是其他女孩的其他特点了。"

"确实是，我就特别喜欢你讲的故事里的仲夏。我也喜欢过一个和她类似的女孩，我经常约她出去，给她买这买那，可是她依然不喜欢我。"

"我现在要说的这个女孩，虽然说我们没有说过话，她也并不清楚我这个人的存在，但是在我的记忆中，她依旧占有一席之地。这个女孩的关键词，我称之为明媚。"

二

女孩叫向北，我喜欢叫她小北。

小北是我隔壁班的同学，在一个年级有上千人的学校，完全记住自己班的同都不易，对其他班的同学顶多也就是面熟。也就是在走廊和食堂这三五次碰面，让我记住了这个笑得很甜的女孩。

那是一个夏天的下午，我应邀去他们班，在一个小品中客串角色。在第一次彩排候场的时候，我看到了小北，我们之前也见过几面，可是从未有过这一次见面的印象深刻。她的白色长裙，让我一下就想到了鹭鹭。

"你是一班的同学吧？我好像见过你。"看见我，小北一愣，蹙起眉头想了一下，两只无处安放的手也随之抱在胸前，"你是班长说的那个我们请的外援吧。"她的右手无聊地抠着胸前绣的桃红色枫叶，另一只手去兜里掏出手机，

"你等我给班长打个电话，他现在不在。"

"好。"我点了点头，朝她微微一笑，"麻烦了。"

"没事，不麻烦，是我们得谢谢你来帮我们。"小北一边打着电话，一边应着，大大的眼睛眯成了一条缝，"班长说他马上就来，你先等一会儿吧。"

"好。"

这就是我和小北的第一次正式见面。

她长得很像鹭鹭，穿得也很像鹭鹭，她们一样爱笑，一样温柔。但是我知道，小北不是她。

起初我不太了解小北，只是觉得她是个看着就令人舒服的女孩。那个时候在我眼中，小北是以鹭鹭的替代品的身份出现的，可是慢慢地，我就发现，小北和鹭鹭并不一样。

我闲来无事翻看学校的官方微博，意外地在一篇推文下边看到了小北的名字。在推文的最下方留有一个鲜红的@。倘若我没猜错的话，这便是小北的微博了。

犹豫良久，我还是点了进去，看着小北的自拍照，我微微一笑，简单浏览了一下，便也了解了大概。

小北是个很温柔的姑娘，她微博上发出来的内容，从来都是阳光而唯美的。她对生活的态度，更像是功成名就的人闲坐在家一样，看什么都是美好的。

我觉得那是一种豁达，她和鹭鹭不同，鹭鹭被生活折磨之后，不敢有一丝一毫的反抗，只能在背后偷偷摸摸地一个人腹诽。而清明在被生活折磨之后，一定会对着生活骂上几句，然后咬着牙坚持下来。而小北和她们不一样，她连生气都不会生气，会对一切不公泰然处之，她绝不是没有经历过，而是已经习惯了这样的不公。

三

小北家住农村，在她的微博里经常可以看见那个小院子，正中间是屋子，前后都是绿油油的菜地。

一进院就能看见十多米高的葡萄架，可是看上去也没有什么葡萄，倒是有一些南瓜、苦瓜什么的，还有一些长长的、像蛇的瓜，也不知道叫什么。菜地里面有很多豆角。从图片上看，各式各样的豆角一簇又一簇地长在架上，有豆的、没有豆的、绿的、黄的，还有豇豆角，不一而足。豆角的前方是几排白菜和土豆，在暖阳的照射下，秧苗们都倔强地抬着头，极力地舒展着自己，像极了镜头前同样漂亮的小北。

小北穿着一双橡胶雨靴，雨靴大得与的她脚完全不匹配。她站在一棵小李子树前，开心地笑着。她身边的老太太正一脸慈祥地看着她。

配文很简单，也很温暖："84 与 19，以后的生活万事顺意，请多指教。"感慨良久，不由得一阵唏嘘。

从小到大，我也认识了不少人，了解了不同的家庭中，每个孩子对家长的态度也不相同。我见过天天和家长针锋相对的同学，也见过就看自己家孩子不顺眼的家长。难以简单评论谁对谁错，只能说我的家庭和他们还是不太一样。

我的家庭比较和睦，家人基本没吵过架，言谈举止不过于拘束，倒也称得上其乐融融。正是因为如此，见了小北的微博配文，颇有感触。

思忖良久，我在下面评论了四个字："松鹤长春。"

不一会儿，小北就回复："谢谢，您是？"

"路人而已。现在对家里人态度这么好的人可不多了。很多人都比较嫌弃自己的亲戚们，父母还好，远一点的亲戚，尤其是农村的亲戚，其实特别不受孩子们待见，孩子们多半都嫌弃他们粗俗、土气。"

"唉，谁还没年轻不懂事过？没有失去的时候，从来都不知道珍惜。"

"是啊，现在的人都很自我，真正可以做到不让以后的自己后悔的人，少之又少……"

"和你说个故事吧。"

"好。"

四

"你可能不知道，我来自单亲家庭，没有见过父亲。我从小就和姥姥、姥爷一起在农村生活，我妈在城里打工，不常回来。"

"这样啊。"

"从小我就在农村长大，小学也是在村子里办的学校上的。那个时候，我们整个学校也没有多少学生，一个班能有十个学生就算不错了。作业也少，到下午两三点，我们基本也就下课了，然后各自回家，帮家里人干活，锄地翻垄是不行了，摘豆角、择白菜倒是可以的。"

"都不容易。"听着小北讲述着农村的生活，我不由得一阵神往，又不由得一阵怜悯，"然后呢？"

"那个时候我还小，太淘气了，和我姥姥、姥爷的关系其实不太好。我总是贪玩，想要和小伙伴们去河里抓'小蛤蟆骨朵儿'，就是蝌蚪啊。哈哈哈，这是我们那儿的方言。因为太淘气了，不太爱学习，又懒得去干活，我经常挨骂。"

我示意她继续说下去，生活在北疆的我，倒是对这方言并不陌生，可是真要让我这个城里孩子去下河抓蝌蚪，我非怕死不可。记得有一次和仲夏聊天，聊到夏天抓蚂蚱，她一脸兴奋地和我说，她和哥哥们一起抓来一拃多长的蚂蚱，放在用树枝点的火上烧烤，然后撒一点从家里偷出来的盐粒，吃起来有一股鸡肉味。我听得面如土色，连杯子都拿不稳了。

"抓蝌蚪，也就农村孩子有这样的生活体验，不像我们这种从小生活在城里的孩子，羡慕都羡慕不来。"

"其实，农村孩子羡慕城里孩子，才是羡慕不来啊。"

我无言以对。

"小时候我不懂事，家里人一批评我，我就要和他们对着干，不是把自己反锁在屋子里，好几天不出来，就是一言不发，不和他们说话。每到这个时候，姥爷就会从兜里掏出几个钢镚，微笑着带着我，去村东头的食杂店买'北冰洋'。当时'康师傅'茶饮料和'百事可乐''可口可乐'，都还没进入我们这个小村子，在我的童年记忆里，所有的甜美都叫作'北冰洋'。"

"'北冰洋'啊，我好像就上大学后喝过一次。"听着这个陌生的名字，我有一丝语塞，"还行，挺好喝的。"

"但是和'康师傅''百事可乐''格瓦斯'还是比不了啊。"

小北沉默了一小会儿，"那个时候的我，一看到姥爷给我买来'北冰洋'，就觉得自己打了一场胜仗。于是我越来越肆意妄为，反正最后只要是我不吃一两顿饭，姥爷就坐不住了。那个时候，或许唯一让我们不会吵起来的，就是姥爷的收音机。它灰色的外壳饱经风霜，已经不是原本的颜色了。每个吃完饭的黄昏，写完了作业的我就会搬来一个小板凳，坐在姥爷的身边，听里面放的故事，什么白眉大侠徐良、南侠展昭展雄飞，什么冷面寒枪俏罗成、老令公杨继业，什么气死兀术，笑死牛皋……我也不知道这些人都是谁，也听不太懂发生了什么故事，只是感觉啊，这个世界上有了姥爷的大长摇椅，有了一个和蔼的老头在收音机里讲故事，有一片属于自己的菜地，就很幸福了。"

五

"后来，我慢慢长大，慢慢懂事，却逐渐嫌恶起他们已经不太好的记忆力，开始对他们的唠叨不耐烦，也不喜欢听那个收音机里如出一辙的故事了。上了初中，我去了镇子里。镇子里有了小卖部，我也可以给低年级的学弟学妹辅导功课，挣一点零花钱，自己去买好喝的'北冰洋'了。姥爷买的'北冰洋'，也就再也没有吸引我的地方了。一个人在镇子里住校，虽说远离了姥姥、姥爷，但也不用听他们的磨叽了，再也不会在早上五六点钟就被叫起来学习，也不用在自家的地里帮忙了。那个时候，什么都不懂的我以为，这样无拘无束、远离父母的日子就是自由。

"再后来，我上了高中，认识了更多的人，听说了更多的事。我才知道，原来这个世界并不是只有一个又一个的村落，并不是只有满嘴方言、拿着铁锹的人，也并不是只有沾了鸭粪的街道……那个时候我忽然发现，对一个人来说，重要的并不是只有知识，还有眼界。有一句话说得特别好，你连世界都没有见过，哪来的世界观。我觉得这就是在说我。"

"能听得出来，你和小时候不一样了。"

"变了，也没变。我的眼界开阔了，可是对外界的好奇也随之增加了。我第一次发现这个世界上有一个男人可以令我奋不顾身。"

"网恋？"

"不，是追星。他是个明星，一个刚出道不久的年轻明星，他成熟、稳重，有腹肌，还有经济实力。可以说，他符合了包括我在内的大多数少女的审美，同时也抓住了我们的心。"

"正常，刚见到新生事物的人，不对异性好奇是不可能的。"我表示理解，与小北同镇同村的那些男孩，她早已经熟悉了，这种过于熟悉，让她对他们提不起兴趣来。这个时候出现的这个'霸道总裁'一样的'男神'，自然就抓住了小北的心。

"然后呢？"我问道。

"然后，我就陷进去了。他是个演员，也是个歌手，可是我没有钱买演唱会的票。我开始去买他的各种海报，印着他的照片的抱枕，还有他的同款衣服，虽然我穿上特别不合身，但是穿上的时候，我就感觉他就在我身边。

可是，慢慢地，我的成绩就下来了，为此我和我妈吵了好几架，我甚至还离家出走过。我和姥姥、姥爷也有过争执。他们那些传统观念，不会允许他们的外孙女的床上，出现一个印着陌生男人的照片的巨大抱枕。我看他主演的电视剧，家长们说我不务正业；我听他唱的歌，家长们又觉得他影响了我的学习。没有办法，我只能在微博里表达我对他的思念。可是我知道，无论我在微博里@他多少遍，他都不会回应我的。"

田里又一次响起了聒噪的蛙鸣，连小北自己都忘了，它们也曾是她捧在怀里的蝌蚪。

六

"我的任性持续到了十六岁，那一年，我在县城里上高二。那个时候，大家都在学习，你要是不学习就会被老师各种惩罚。县城和大城市毕竟还是不一样，家长认为只要能出成绩，老师干什么都行，把孩子无条件地交给老师，而老师也把全部精力都用在对付学生上。注意我的用词，不是教，也不是培养，而是对付。

"我看到过老师扇学生耳光，至于罚学生扎马步、跑步、写检讨啊，更是家常便饭了。就在那样的学习环境里，我的成绩有了不小的进步。可是我对于学校和把我送入学校的家长，也充满了厌恶。

"有一次，保洁阿姨帮我捡起了掉落的水杯，我正对她表示感谢的时候，碰上了我们学年的教导主任。他以我在走廊说话的名义，给我停课三天，罚我写两千字的检讨，还要当众抽我十下'小白龙'。"

"这么严重？不至于啊。"我倒吸了一口冷气，只觉得后背发凉，"'小白龙'是？"

"教鞭，就像一截不锈钢水管的教鞭，因为是白色的，所以我们都叫它小白龙。"小北和我解释着，"后来我忍无可忍，在老师用小白龙打我的时候，我还手了，于是我被停课一个月。原本那个老师是要开除我的，可是我父母去求情，她才没有开除我。那个时候真正懂我的，只有微博里的他了吧，虽然他是明星，虽然他不会理我，但在我眼中，他是希望。

"停课的一个月里，我和母亲、姥姥分别吵了一架。为了避免见到她们，我又回到了农村，住在那个我从小住的小院里。那一个月，课本上的内容，我一个字都没看，每天就是在村子附近的江边散散步，听一听蛙鸣，摘摘菜，种种地。我忽然觉得，这样过一辈子未尝不好，远离学校的日子，原来可以这么快乐。可惜啊，我的幸福只维持了十八天便戛然而止了。"

"怎么了？"

"我姥爷去世了，突然走了。听我妈说，我姥爷生病后不让我妈告诉我，怕影响我学习。这是我第一次真正理解生离死别的意思，我知道，我家里仅剩的男人离开了，我的妈妈没有爸爸了。"

"节哀。"

"一个月后我回到了学校，没和任何人说这个变故。回到学校的前一天，我收拾完书包，把院子的大门锁好，又把院里的锄头和镰刀放到仓库里去。在仓库里，我看到了一个落满灰尘的收音机。那一天，在仓库门前，我一个人哭了好久。

"回了学校，我忽地打算学习了，因为我知道，这个世界上已经没有一个人可以带我去乡村的超市买'北冰洋'了，我已尝不到甜头了。"

七

"姥爷离世前，给我买了一件礼物，是一件白色的吊带长裙。他说我小时候就吵着要白色的小裙子，可他们嫌我淘气，总是怕我把小裙子弄脏了，就一直不给我买。这一搁置，就搁置了十六年。

"另一件礼物是那个收音机，不是他送给我的，是我自己偷偷藏起来的，以后每一次想起他来，我就把收音机打开，我就觉得我们之间的故事，还会有下回分解。"

"会的，还会有下一回的。"

"从姥爷去世之后，我就再也没和家里人吵过架，不是我们之间没有分歧了，而是我觉得我们已经没有争执的必要了。有时候对和错真的那么重要吗？不见得。"

"你说得对，对和错其实真的没有那么重要。"

"我的故事讲完了，咱们的聊天也结束了，谢谢你，能听我说说话，和我聊一聊。"

"嗯，不用谢。"

我能够想到，屏幕那边的小北，双眼一定又笑成了月牙，月光洒在那个小小的村落里，惊起一片蛙鸣。

第十章　北葵向暖，南栀倾寒

一

　　那个人听我讲完了小北的故事，点了点头，用期待的目光望着我，等着我来讲述下一个女主角的故事。

　　"在我眼中，她是与众不同的，和所有人都不一样，我能感知到她的闪光点，但是很抱歉，我的能力有限，我无法用语言描述她在我眼中的样子。"我沉吟了一下，缓缓开口，"我太了解她了，她也太了解我了。我们看到了彼此的各种样子。一千个读者眼里有一千个哈姆雷特，初识哈姆雷特的时候，我们盲人摸象，针对他某一个部分的特点，发表自己的意见。可是，当我们看到了十个，甚至是一百个别人眼中的哈姆雷特，他的形象也就更复杂更立体，也更难以描述了。"

　　那个人点了点头，陷入了沉思，我不知道他在想些什么，但是我猜他大概也想到了一个人，一个类似于小彤的人。

　　"我觉得我对异性的态度，在不知不觉中经历了巨大的变化，我也不太清楚这个变化产生的原因，但是我确定的是，这个变化确确实实是存在的。"

　　"什么变化？"

"初中的时候，我欣赏和我性格不一样的女孩。清明好动，是体育生，会跳舞，会唱歌，却并不是很喜欢看闲书。而我呢，好静，不喜欢运动，也没有音乐细胞，只喜欢一个人静静地待着，没事的时候写点东西，就再惬意不过了。但是我还是很欣赏她，在她身上，我体会到了一种自己从不曾感受到的快乐。那个时候，我忽然觉得，原来另外一种生活，也可以这般多姿多彩。"

"可你们还是分道扬镳了。"

"是啊，我想要成为她喜欢的样子。可是加了汽的矿泉水，终究不是可乐。"我清了清嗓子，迎上了那个人的目光，"后来，我在课外班认识了鹭鹭，她的生活圈与我离得很远，但我觉得她离我很近，我忽然觉得，自己是那样渴望别人的理解。"

"然后这个理解你的人就出现了。"

"是啊。小彤是真正懂我的人。"

二

上高中的时候我住校，一周才能回家一次，加上平日里和同学的交流又不多，可以说，那个时候和我有交情的人，除了室友，便是小彤了。

小彤是我的同桌，也是我的室友老四和校长的儿子小黑的发小。得益于这样一层关系，我们并没有太多接触就熟络了。那时刚上高中，有长达两周多的时间，都在军训中度过，即使到了晚上，也要回到班里练习军歌。别的同学还忙着和同桌做着自我介绍，我和小彤早已把所有可以娱乐的游戏都玩了一遍。

我问过一个我教的学生，我问他："你觉得人与人之间最美好的关系是什么样的？"学生想了想："是对彼此有所期待吧。我喜欢语文老师，我在家的时候，就会特别期待再来上一堂语文课。我喜欢吃自助烤肉，在家的时候，就总缠着父母带着我再去吃一次。父母喜欢钱，就总期待多挣点儿，他们也总期待我有出息。"

我深以为然。

"明天咱们干点儿啥啊。学校不让咱们带手机，也没有扑克啥的。"

"不知道啊，五子棋、象棋……各种能玩的，咱俩都玩过了啊。"

"要不咱们写小说吧？"

"行，听你的。"

那个时候的小说，其实并不是真正意义上的小说，只是一人一句或一段话，把主人公的故事延续下去而已。它既没有合理的结构，也没有什么引人入胜的语言，真正支撑着我们将这种小说写下去的力量，是我们对主人公可以和女主角终成眷属的执念。后来慢慢地，小彤就不写了，她从同学那里淘来各种杂书，无聊时就看看杂书，而写小说的任务也就落在了我的身上。

小彤还算挺喜欢我写的小说的，有时候会催我更新，认认真真地当我的小说的第一个读者，认真地给我挑着语言、逻辑上有问题的地方，还有偶尔出现的错别字。每次看到她专注的样子，我心中都会涌起一阵感动。

有友如此，夫复何求？我脑海中第一次出现了这样的八个字。可是想了想，话到嘴边又咽了回去，只是暗暗地摇了摇头。

那个时候，她看完了很多书：《龙族》《哑舍》《十宗罪》《从你的全世界路过》《人间失格》《纸牌屋》，还有八月长安和郭敬明所有的书……而我呢，也写了很多人物，他们生活在我的笔尖上，每天看着我和小彤温馨的日常生活。

三

现在回忆起来，那个时候真好啊，每天什么都不用想，不用担心生活的琐碎，不用担心家人的身体，不用担心资金的流转，每天想的都是把作业做完了，如何放松一下。

说来也怪，很多时候我和小彤并没有过多交流，她自己看着闲书，而我呢，也是一个人在桌前自娱自乐。其间偶有两三句的交流，便觉得开心得不得了。这日子倒也过得很快。

小彤很了解我，在我还没了解她的时候就了解我。体育课下课，我一个眼神递过去，她就知道我是想跟她借钱去买水；数学课上，我轻轻扯一下她的袖子，她就知道我的数学书又落在了寝室里。而我轻轻碰她一下，就是有事要求她了。

小彤有些神经衰弱，加上那时她是第一次住寝室，对集体生活还不太适应，因而晚上经常失眠，大部分的睡觉时间，也就挪到了白天。课堂上，她犯困打瞌睡的时候，如果老师过来了，我就碰她一下提醒她，这是她要求的。说来也怪，在寝室总是翻来覆去睡不着觉的小彤，这时倒是睡得很熟，微微发红的脸躺在书本上，像极了水蜜桃。

有时小彤睡得太熟，误了去食堂的时间，我便顺手给她也打一份饭，带到教室来。看着她缓缓醒来，揉揉眼睛，开始吃饭，我就有一种温馨的感觉从心底蔓延开来。

"醒了？再睡一会儿？"

"不了。你去帮我买瓶水呗，我有点渴了。"

"好。你慢慢吃，别噎着了，一会儿我把餐盘送回去。"

"谢谢。"

"客气啥，都这么熟了。"

四

高一下学期刚开学，因为已经对大家有了一个学期的了解，老师打算让大家投票选出真正有能力的班长。

在室友老四等人的撺掇下，我也被勾起了兴趣，兴冲冲地跟着去发表演讲，碰碰运气，看看能不能真的被大家选上。

"大哥，你也报名了啊！"我刚演讲完，室友老三给我传了一张纸条，"我想当这个班长，但是我没好意思跟你们说，怕你们说我不合适，没想到你也参加了啊。"

"我也是被撺掇上去的，你要想参选就去吧，我们都支持你。"看见老三一脸祈求的样子，我也就做了个顺水人情，"加油，你行的。"

演讲结束，大家又进行了不记名投票，采取现场唱票的方式选出了班长。

很可惜，老三最后还是没能当上班长，而我也以一票的实力落选了，不是一票之差，而是只有一票。

投票的人，是小彤。

"为啥投我啊？"

"因为你合适啊。"

那天，我去学校的售卖机上买了两大兜子好吃的，堆在了小彤的身边。

"干吗？我又没让你买。"

"我请的。"

"有求于我？"

"嗯，找你帮我个忙。"我郑重其事地看着她，一脸真挚。

她愣了一下，偏过头看了看我。

"以朋友的身份陪我三年好不好？"

小彤接过了我堆在地上的吃的，说道："好。"

从那之后，无论是外面卖的成袋的薯片、饼干，还是学校食堂的卤味和蛋糕，最终都会被我买过来，进了我们俩的肚子里。

小彤拿起一本书朝自习课上打瞌睡的我扔了过来，惊起了窗外的两只鸽子，微风拂过，天色正好，一切都是那么温馨。

五

接下来好长一段时间，我和小彤都是以普通朋友的身份进行交流的，依旧吵吵闹闹的。

到了冬天我生日的时候。我以为小彤会给我一个惊喜，可是出乎我的意料，小彤什么都没有给我。"不好意思啊，我忘记了。过几天我给你补上。"

"好吧，其实没关系的。你看我现在不也挺好的吗，啥也不缺，也不需要再买啥。"

"你听说咱们学校要举办圣诞晚会了吗？听说要和国际高中那边联动，据说还有互送礼物、送免费蛋糕和走红毯的活动呢。"

"是吗，还有这事？"

"小黑说的，听说到时候咱们可以放一整天的假呢。"

"是吗，太好了。"我放下笔跟着附和着。

随着时间的推进，圣诞晚会终于拉开了帷幕，女孩们穿着欧式西服，打着小领结，依次走过红毯来到男孩们面前，递过礼物。而男孩们也把精心挑选好的礼物，塞入女生们的手中。在混乱的人群中，小彤挤到了我面前，把手中的盒子塞到了我的手里。"老师刚才和我说，让我一会儿去后面弹钢琴配乐。"

"我过去陪你吧。"

"不用，我就弹一小会儿，到了中午，我就解放了。"

"好，你去吧，我等你。"我目送着小彤转身离开，同时低下头，看了看手里的盒子，是一枚精致的同心锁。

六

"要不咱俩换座吧？"有一天上课的时候，小彤郑重其事地和我说，"免得咱们彼此影响。"

"你认真的？"

"是啊，你去和小默一桌，我和小黑或者老三、老四一桌，我觉得也挺好。"

我有点难以置信地看着小彤，丝毫不知道她为什么会产生这样的想法："我咋了，你和我说，我改。我哪儿错了啊？你起码得告诉我吧。"

"我嫌你烦，行了吧？"小彤可是丝毫没跟我客气，"要高三了，你耽误我学习了。"

"我……"被小彤激了一下，火冒三丈，从兜里掏出圣诞晚会上她送我的礼物，扔到窗外，"就这样吧，真好。"

见我发火，小彤似乎并没有很意外，只是欲言又止地看了看我，便转了过去，不去看我。

那天下课，我看见她下楼，在我扔出去的同心锁旁边坐了好久，自顾自地说着话。树上的鸽子咕咕叫个不停，像极了开了震动的闹钟。

小彤最终也没把我扔掉的东西拿回来。

我们最终也没能换座，但是我们的交情也彻底宣告了结束。她再也没主动跟我说话，我去找她道过歉，她却并不接受，最终也就不了了之了。

和小彤的关系进入冰点之后，我的小说创作一度停滞，虽然最后也坚持写了下去，却终于卡在了一章中。长时间封笔，让我也逐渐尝到了学习的甜头，加上高三学业的紧张，我逐渐淡化了关于小彤的记忆。

高考结束，我考上了本市一所还算不错的大学，而小彤去了另一个城市的一所大学。

从那之后，我就再也没见过小彤。

"希望你可以逐渐成为你想成为的自己。"在小彤的朋友圈里，有且只有这样一句话。在这句话下面的照片里，有一片粉红色的黄昏微光，两只快乐相伴的鸽子，画面温柔而唯美。

七

听故事的人抬起头，看了看还沉浸在故事当中的我："你理解她吗？

"我知道她一定有她的苦衷，但是我还是很伤心。"

"她已经完成了她的任务，以朋友的身份陪伴你三年。"

"可是，为什么之前……"

"她总要让你适应没有她的生活啊。生活嘛，还得往前看……"

"你是不是知道什么？告诉我，你告诉我。她在哪儿，我要去找她！"我歇斯底里起来。

"那你怎么会看见我呢？"那个人依旧面带笑容，露出文质彬彬的微笑，手里握着一个同心锁，"忘了她吧。"

　　那一天，午夜酒舍的人们惊奇地发现，有一个端着两杯柠檬水的男人，跪在地上号啕大哭了好久好久……

第十一章　山河拱手，为君一笑

一

"你不是不写了吗？你都已经给我们讲这么多故事了，还要继续讲下去？"

"我也不想讲了。谁还不是谁的故人，每个人的曾经都变成了故事。如果让我一个故事接一个故事地去讲下去，那可真是永无止境了。"

"那是，你要是真的一个故事接一个故事讲下去，一百二十个故事都不够。"他缓缓地摇了摇头，"那你为什么还要讲下去啊？"

"因为还有值得我说的东西。"我把已经熄灭了的烟扔进烟灰缸里，"生活就像是这根烟，只要烟雾还在，你就永远以为烟雾另一侧像镜花水月一样美好。人是一个有趣的生物，在偶像剧里，他们总认为，那些拥有完美形象的男女主角就在自己身边，他们可以随随便便找到；而多舛的命运、曲折的经历，他们又认为离自己很远。"

"那倒是，这很正常，没有哪个男人不希望自己身边有一个小龙女的，赵敏也行。"他表示理解地点了点头，"可是，你越是讲下去，可能就会发现，值得说的东西更多。"

"前几天，我在酒舍门口看到了一个女孩，一个格外引人注目的女孩。"我站起来，给他也端了一杯柠檬水，自顾自地说着，"她是个特别的女孩，不是因为她有多么漂亮，而是因为她的动作。"

"什么动作？"

"狂奔，飞速地狂奔。她散着头发，只穿着内衣和一条秋裤，光脚穿着拖鞋，在我的酒舍门口狂奔而过。女孩长发飘飘，像极了盛夏时枝条上摇曳的柳叶。"我喝了一口柠檬水，润了润有些发哑的嗓子，"我以为她遇到了什么坏人，但是很快我就发现并不是这样，她是从我酒舍对面的宾馆里出来的，一边跑还一边回头，和宾馆门口一个打着赤膊的男孩喊着'我一会儿就回来'。"

我陷入了回忆。

当时，那个男孩温柔地看着狂奔的少女。少女很快就跑远了，我却发现那个男孩在宾馆门口蹲了下来。

北方的九月，虽然白日里还有些未散的暑气，但凉意已主宰了天地，一阵风拂过，男孩下意识地打了一个寒战。但男孩仍一脸温柔地看着女孩跑远的方向。

"你不回宾馆里暖和暖和？"我有些好奇，就走了过去，"一会儿就冻感冒了。"

"我不回去了，小嫣回来的时候，我得让她看到我在这儿。"

"痴情的人。"我摇了摇头，给他拿了个大袍子，示意他穿上，"你先穿着，一会儿我去给你调一杯驱寒的酒。"

"不了，我不能穿。我的钱在宾馆呢，现在我兜里没有钱。"男孩连连推脱着，说什么也不披上我的外套，"谢谢了，我真……"

"算我请你的。以后有空闲，多照顾我的生意就行。"见男孩可怜，我动了怜悯之心，伸手招呼着他进店里，"我帮你盯着，一会儿女孩回来，我让她也进来喝点儿，刚才她身上也没穿多少衣服，不驱驱寒会感冒的。"

"那谢谢了。"男孩连连道谢，便跟着我走进了酒舍，在暖气旁的桌前坐了下来，"这地方看上去真挺典雅的。"

"哪有什么典雅不典雅的，这些啊，其实都是故事。"

二

"这幅画很漂亮，老板。"在屋里喝了几杯酒，暖和一点的男孩，逐渐熟悉了这个酒舍，便前前后后地打量起来，"有品位。"

"你说那个啊，"我看了看男孩手里的画，"那幅图片是我曾经喜欢的女孩的微信头像，后来因为种种原因，她离开我了，我就请一个经常在我这儿喝酒的顾客画了一幅，挂在那儿。"我的脑海中又一次浮现出小彤的模样，她正含笑看着我，"她特别喜欢画里面的月亮，我们曾经约好，要一起去看月亮，约好以后每个八月十五月圆的时候，肩并肩赏月、吃月饼。可惜啊，最终天还是不遂人愿。"

"小嫣也挺喜欢月亮的，她喜欢天空，有的时候就喜欢缠着我，让我陪她一起半夜起来赏月亮，赏星星，看流星雨。"男孩感同身受地点了点头，"人有悲欢离合，月有阴晴圆缺。古人诚不欺我啊。"

"小彤离开我了，我感慨。你的小嫣也没有离开你，你们关系……还这么好，你感慨啥啊。"那男孩和我一样，也有些许伤感，我不由得感到好奇，"怎么？不顺利？"

"挺顺利的，我们曾是高中同班同学，我俩感情其实挺好的，虽说吵吵闹闹吧，但是每次提到分手，我俩就犹豫了。这份感情波折不少，但也挺了四年。"男孩将手里的酒一饮而尽，"小嫣是旁边学校大二的学生，学的是艺术。而我在大学城那边的学校上大二，学中文。因为离得远，我们一周顶多能见这么一次，基本上都是我来找她。"

我示意他继续说下去。男孩清了清嗓子："以前还以为我们只能成为异地的鸳鸯，幸好我俩最后都留在了北疆市。"

"这样的日子不挺好的吗，要学业有学业，要女朋友有女朋友，就你这生活，我羡慕都羡慕不来，有啥愁的啊？"

"表面上看，我俩确实已经挺圆满了，但实际上也不是那么回事。"

"怎么？家里不同意？"

"是啊，她妈不同意。"男孩无奈地耸了耸肩，"我妈也知道我们在相处，她倒是没反对，看了看小嫣的照片，只告诉我别负了人家姑娘。但是小嫣她妈不同意，觉得我太穷了。我父母都是下面县里的个体户，挣得不多，和小嫣家比不了。小嫣的父亲是市里的一个领导，奋斗这么多年，家里有些积蓄，她妈比她爸爸小了十五岁。在她眼里啊，没有什么是比钱重要的了。"

"在子女的终身大事上，父母就这么势利？"

"是啊，小嫣她妈和她说，她现在也不用太努力，买点儿化妆品美美容就可以了，以后让她父亲给她安排个工作，过几年找一个有钱的老板，这一辈子也能挺舒服的。现在倒好，在她妈的影响下，她的成绩不太理想，在我和她的室友们的督促下，她才勉强不挂科。"

"小嫣对她妈的态度有什么想法啊？"

"起初还有点异议，可是后来啊，她看着她妈一天也不工作，就是逛逛街、打打牌，她也就动摇了。她的室友也有几个家在农村，每周末去补习班当老师，还在学校食堂兼职送外卖，那种辛苦劳累，她都是看在眼里的。两种状态一对比，任谁都会觉得，舒舒服服地当个阔太太更好一点儿。这段时间，她倒是没有和我提分手，但是我觉得也快了。最晚到大学毕业，她就得离开我……"

三

"最初她和她妈争执过，坚持不和我分手，可是她妈断了她的经济来源，她也就妥协了。虽然说那一次我俩没彻底分成，但是我明显感觉到，她的态度比原来冷淡了。其实我也理解，毕竟男朋友和亲妈相比，还是亲妈重要……"

话虽这么说，我却明显感觉到，男孩嘴角流露出的笑容枯萎了。

"她妈对她的手机定位进行监控，全天随时抽查，只要发现她不在寝室、食堂或教室，马上一个电话打过来，要是有什么怀疑，还会打视频电话，防女儿就跟防贼一样。"

"那是防小嫣吗？那是在防你。"

"谁说不是啊，明知道她妈在防我，我也没啥办法，只能多跑几趟，在学校周边找地方和她待一会儿。这儿离她寝室不远，还不贵。她妈即使发现了定位不对，她也可以解释为信号不好，定位有些偏差，就这样哄骗了她妈几次。一次两次还行，但要是每次定位都偏到这儿来，家长肯定会怀疑。刚才我俩刚进去不大一会儿，她妈就打视频电话，要看看小嫣在哪儿。小嫣一时着急，就把电话挂了。这下可好，她妈彻底起疑心了，非要让小嫣接电话告诉她现在到底在干什么。"

"那小嫣接了吗？"

"没有啊，当时咋接电话啊？小嫣给她妈发语音，说她在卫生间里，过几分钟才能接电话，然后就急急忙忙跑回去了。希望她妈别察觉出什么。"

"应该不能吧，这儿离寝室不远，很快就能赶回去，别担心了。"

"嗯，你说得也是。"男孩点点头，目光却没有从窗外转回来，"原来我倒真没有这么担心过，以前她特别喜欢我，也总是缠着我给她辅导啊，或是讲讲故事。有时候，我忙起来，好几天没有理她，她都能一个人在角落里自责好长时间，她总觉得是她因为疏忽，在哪个不经意的时候惹恼了我，要不然我不会和她生气的。现在，她渐渐用不着我了，有的时候也觉得我多余了，我才越来越担心，生怕她就这么走了，再也不回来了。"

看风景的人从来都不知道，自己有一天会成为别人眼中的风景，爱哭泣的人也并不知道，有一天别人的眼泪会为他而流。

曾经我们相爱着，卑微到骨子里地相爱着。

四

又过了大概十分钟，男孩已经连喝了五六杯。酒精让他的脸上升腾出一片暖意。

忽然，远处蹦跳着跑来一个熟悉的身影，这身影急匆匆地通过酒舍门口，朝宾馆奔去。

"小嫣！"男孩赶忙到门口，边挥手边招呼着，"来，过来。"

"啊？"小嫣回头看着男孩，愣了一下，"咱们不……"话还没说完，小嫣的脸腾地红了，低着头朝着男孩走了过去，"你出来衣服都没穿，带钱了吗？"

"老板说今晚的酒水他请了，咱们就在这儿再坐一会儿。"男孩温柔地注视着小嫣，"用不了多长时间，一会儿就回去，放心。"

"行。"小嫣嗔怪地看了男孩一眼，也就不再言语了。小嫣回来时，已不是刚才的打扮了，外面搭了一件奶白色的长风衣，套了一条牛仔裤，但是脚上还是那双一次性拖鞋。

"冷了吧，想喝点啥？"男孩宠溺地看着小嫣，脱掉了小嫣的拖鞋，露出了她冻得通红的脚趾。接着，男孩转过身，轻轻地把女孩的脚丫放在自己的肚子上，同时伸手不断揉搓着："现在暖和点儿了吗，一会儿就暖和了。"

我端过一杯热姜茶，递给了小嫣，又拿了一小盘薯条，放在她面前的桌子上："吃吧，我请的。"

"好吧，谢谢了。"小嫣迟疑了一下，下意识瞥了男孩一眼，男孩还在专心致志地给她暖脚，她见男孩没有什么反应，便接过了还在冒热气的姜茶，轻轻地吮了一口，"你为什么请我们啊？你和那些酒吧老板不一样。"

"也许吧，酒舍和酒舍毕竟不一样。别的酒舍灯红酒绿，纸醉金迷，可我不会。许是宁静惯了吧，我不大喜欢吵闹，就喜欢一个人，端一杯酒，听天南海北的人讲他们的故事。"我从薯条盘上拿起一根薯条，轻轻地送入嘴里，"其实在我这儿，很多人都是白吃白喝的，他们往往不用钱来支付。"

"不用钱？用什么？"小嫣挺直了身子，一脸疑惑地看着我，仿佛在看一个怪物

"你看到墙上那幅画了吧，那就是一个画家顾客留在这儿的，画的是我喜欢的女孩的头像，更是那个画家孤独的心境。"

"好漂亮啊，我喜欢那个月亮！"小嫣顺着我手指的方向看了过去，不由得尖叫起来，她的右手激动地挥舞着，左手则下意识地去抓男孩的手，"你看那幅画，像不像咱们俩第一次去江边撑帐篷野营时的月亮？"

"是啊，那一天，月亮也这么白，也这么亮……"男孩点了点头，

同时扭过头和我讲着，"小嫣说的是我们第一次野营，因为北疆市的密室逃脱、KTV、大商场和游乐园，都被我们俩玩腻了，百无聊赖的我们听朋友介绍，就去了江边，堆了篝火，支了帐篷。那天晚上静悄悄的，天地间仿佛只有我们俩，还有那轮月亮。微风吹起，浪花涌到我们的脚面上，远处还有几声悦耳的蛙鸣，月明星稀，她在我身边，一切都是那么美好……"

五

"这幅画挺贵吧？"小嫣端详半天，忽地把手里的薯条扔回了盘里，"按照这幅画的价格来看，你这里的消费水平可是挺高啊，你不会把我俩扣下刷盘子还钱吧？"

"不能啊，放心吧。"不等我开口，男孩已经替我答复，"你就吃你的吧。"

"其实，不是我非要让这些顾客们留下些什么，可是我拗不过他们，也就允许了，不留下些什么其实也无所谓。"我又夹了一根薯条塞入嘴里，"失恋的人留下了一些上一段感情的纪念品，恩爱的情侣留下了一些两个人共同的回忆，画家留下了自己的画，摄影师留下了自己的照片，运动员留下了自己的球，音乐人留下了自己的吉他，一来二去，这屋子里便囤了不少东西，没啥值钱的，但都是故事。"

"故事很重要吗？"

"你觉得呢？"

"我不知道啊，我们俩在一起这么久了，我觉得也没留下啥特别的故事啊。"

"每个人都是有故事的，刚才你还瞬间想起你们共同的过往，想起你俩第一次出去露营啊。"

"喜欢是乍见之欢，爱才是久处不厌，不是吗？"

"可是我妈觉得……"

"你爸认识你妈的时候很有钱吗？"

"是啊，当时他挣得不少呢，隔三岔五，还有人给我们送一些水果、海鲜之类的东西。"小嫣不太明白，我为什么会提到他的父母，但还是回答道，"我妈也是因为这个才喜欢他啊。"

"可是，你妈当时有钱吗？"

"没有，当时她还是个学生。她像我现在这么大的时候，我已经在她肚子里了。"

"那你爸没钱了，你妈会离开你爸吧？按你所说，你妈喜欢的只是钱啊，对吧？"

小嫣虽然不太想承认这件事，但又不得不承认，我说的也有一定道理，她说："要真是那样，我妈也没有必要陪着我爸一起遭罪啊。"

"你爸没有钱，你妈会离开他，可是你妈再没有钱，你爸都不会离开她。这么看，岂不是没有涉及钱的爱情更长久吗？"

"这……"小嫣一时语塞，下意识地看了看还在给自己暖脚的男孩，"我也不知道。"

"不，其实你知道。"

六

就在小嫣犹豫的空当，男孩已经站起来，给她穿上鞋，然后从裤兜里掏出一支小巧的钢笔，拿过一张桌角的餐巾纸，写道：一只打翻的酒盅／石路在月光下浮动／青草压倒的地方／遗落一枝映山红／桉树林旋转起来／繁星拼成了万花筒／生锈的铁锚上／眼睛倒映出晕眩的天空／以竖起的书本挡住烛光／手指轻轻衔在口中／在脆薄的寂静里／做半明半昧的梦。

"这首诗就当作酒钱了？"我顺着他的笔记看过去，遒劲有力的字迹，留下一纸美好，"好诗。"

"确实是好诗，可惜并不是我写的。"男孩写完，把钢笔郑重其事地合上，随后把那张餐巾纸递给我，"舒婷的诗，是我最喜欢的一首。"

"好一个脆薄的寂静，好美的一场梦。"我点了点头，看着还不知所措的小嫣，轻轻地叹了一口气，"半明半昧，或许真是如此。"

"啊，对。"看着已经心领神会的我们，小嫣忽地如有所悟，"你不会在骗我吧，我看这就是你写的。你看看这不都是在写咱俩吗？"

"哦？"我有些好奇地看着她，"为什么？"

"你看啊，这写的就是我们那天出去野游露营的时候啊。我们怕遇着别的人，特意租了一条别人用来打鱼的小船，去了一条前前后后都没有人的偏僻河汊子里。我俩不会划船，还把酒和包都碰到水里了。后来我们到了岸上，把湿漉漉的衣服换掉，躺在沙滩上看星空，那晚星星真的很多，但是因为月光特别亮，所以显得那些星星都黑漆漆的。后来，我们怕篝火灭了，就把那些湿得不成样子的笔记本烧掉了。他还说我比往日里都要漂亮……"

"你说啥是啥。"看着如数家珍的小嫣，男孩眼里充满柔情，"听你的。"

"喂我吃薯条。"

"好。"男孩刮了刮小嫣的鼻尖儿，从桌上拿起一根长薯条，送到了她的嘴边，"小嫣同学，张嘴。"

又在酒舍腻了好一会儿，男孩和小嫣起身告辞，满身酒气的他并没有多说什么，只是重重地拍了拍我的肩膀。

门外吹进来的寒风，让男孩头顶的自来卷飞舞起来，像极了入秋后飘落的柳叶。

"走了，谢谢你。"

"你会再来的。"

"我觉得也是，哈哈哈。"男孩看了看我，又看了看瑟缩成一团的小嫣，放声大笑。

七

很长时间我都没再见过男孩，小嫣倒是和朋友来过几次，也没有再和我说过话。不过我倒是经常见到，小嫣偷偷地看着柜子上男孩写字的那张餐巾纸出神。

又过了两个月左右，一个初冬的早上。小嫣来到了酒舍，对我说："我想寄存在你这儿一点东西，等他过来取。"

"你们……怎么样了？"

"就那样吧。"小嫣淡淡地说，伸手探进包里，把一个小塑料口袋给了我，"麻烦你了。"

"你们……"还没等我说完，小嫣已转过身离开了，这一次，她依然跑得很快。凛冬的寒风吹起了她的秀发，像极了盛夏枝条上的柳叶。

"她给你什么了？"还没等我回过神来，身后已经传来了男孩的声音，"我昨晚做梦，梦到了你的店，今早过来，她果然刚离开。"

"你们怎么了？"

"冷战吧，倒是没有提分手，可是也很长时间都没联系了。"男孩的嗓音听上去沧桑了很多，"她妈发现了我俩的事，狠狠地打了她一顿，然后对她威逼利诱，我不想她夹在中间一直难受，便不再联系她了。"

　　男孩说着话，接过了我递过去的塑料口袋。口袋里，一双小巧的一次性拖鞋，静静地躺在那里……

段

第十二章　轻摸眼眶，仍有余凉

一

如果你问我，最常来酒舍的客人是谁？我可能真的无法给你一个准确的答案。回头客其实很多，一旦习惯了这里的氛围，很多人就不太愿意去其他地方了。但是如果你问我，酒舍里最特殊的客人是谁？那么我一定会告诉你小嬛这个名字。

小嬛是小嫣的室友，小嫣带同学出来玩，来过酒舍几次，一来二去，也就慢慢喜欢上了酒舍的氛围。后来，小嫣渐渐不怎么过来了，小嬛来的次数却逐渐多了起来。

每次来，她都是一个人，嘴角挂着淡淡的笑容。和我打过招呼之后，她一定会习惯地点上一杯野格，再随意配上几样小吃，坐在酒舍最偏僻的角落里。半晌，她发出一句感叹："我怎么就没有男朋友呢？"她每次过来，着装都不相同，各色长裙，各种品牌的包包，总是不重样。

起初，我还以为她是心情不好，想要喝点儿酒来发泄一下。可是时间一长，我才发现，小嬛很享受一个人喝酒吃零食这种状态。即使在感慨自己没有男朋友时，她的表情也是享受的。

"又来了？这次还是野格吗？"

"嗯，再来一个水果拼盘、一盘薯片。"

"好，一会儿给你端过去。"

不一会儿，我端着零食送过去，看见小嬛正微笑着向着电话那头的人诉苦："你们是不知道啊，没有男朋友的我，真的是太难了啊。"

其实小嬛长得挺好看的，梳着马尾辫，戴着能挡住一半脸的大眼镜。总是绯红的脸颊，让她看上去比别人更腼腆。

我第一次见到小嬛，还是小嫣替我介绍的，小嬛红着脸，低着头，躲在了小嫣的身后。那时的我，一点都看不出来，眼前这个一脸羞涩的少女，也会一个人坐在酒舍里大吃大喝。

"你……你……你好。"

"老板你别管她，她就是这个性子，不怎么与人说话，说不明白了，就红着脸傻笑个不停，你习惯了就好了。"小嫣有些无奈地解释着，同时看了看身后红着脸的小嬛，"在寝室她都这样，床帘二十四小时拉着，从来都不让我们看她在里面干什么。洗澡啊、洗衣服啊，从来也不和我们一起去，都是自己一个人去。"

"哎，别啥都说啊，嘿嘿嘿。"小嬛红着脸拽了拽小嫣的衣袖，正迎上了我的眼神，赶忙把头低了下去，嘿嘿地笑着，"见笑了，嘿嘿嘿……"

"你好像个小傻子。"

"你才是……嘿嘿嘿……"

二

其实我一直都很好奇，小嬛是真的找不到男朋友吗？我也曾经私下问她几次，可是她总是扭扭捏捏的，不肯告诉我。

　　小嬛第一次独自来酒舍，是在初秋时节的一个下午，秋老虎依旧全力发威，太阳宛如一个巨大的蒸笼，蒸着街上人们的心。眼看着气温飙升到了三十五度，姑娘们脱掉了身上冗杂的外套，穿着清凉的小短袖、小吊带背心，搭上自己心爱的超短裤或是超短裙就出门了，脚上蹬一双人字拖，手里扇着一把印着广告词的扇子，急匆匆地直奔自己的目的地。街上是很难驻足的，体内残存的水分，还没等驻足上五分钟，好像就要挥发殆尽了，人们拼了命地往树荫下面藏。

　　小嬛和街上那些人不一样，她永远都穿着她的长裙或是长裤，配上漂亮的帆布鞋，露出干净洁白的袜子上沿。

　　"你不热吗？"

　　"其实……其实还好……嘿嘿嘿。"听我问起，小嬛一愣，偷偷放下了正在擦汗的右手，她的脸上、脖子上，已沁出一层细密的汗珠。小嬛红着脸低下头："不……不热……嘿嘿嘿嘿。"

　　"真的？"

　　"真的，我还……还有点冷呢……嘿嘿嘿。"

　　"行，喝点儿什么？野格？常温的？"

　　"冰镇的，越凉越好！"

　　等我过去送饮料时，小嬛正在补妆，原来被汗晕开的妆容，已经被她卸掉了。此时此刻，她已经把巨大的化妆包拿了出来，把里面的瓶瓶罐罐摆放在桌子上，对着镜子抹着口红。看见我过来，小嬛轻叫了一声，赶忙把身子转了过去。

　　"怎么了？我进来得不合时宜？"

　　"没有，我只是不想让你们看到我没化妆的样子，不化妆见人总感觉……怪难为情的。"小嬛赶忙解释着，"我室友都没见过我没化妆的样子，我觉得那样子太羞耻了。"

"你一直都是必须化妆才能见人吗？"

"要出门见人，怎么能不化妆呢？我觉得不化妆就像是不穿衣服一样，很难为情，尤其是有男生在场的时候。"已经化完妆的小嬡，这才把脸转过来，依次把瓶瓶罐罐放入包里，"其实，我也不怎么化妆的，一般也就是先贴个面膜，做一下面部清洁，然后护肤、补水、隔离防晒、粉底遮瑕、散粉、修眉描眉、眼影眼线、口红腮红，也就这些了，真的，我都不太化妆的，嘿嘿嘿。"

"你赢了。"

"可惜，我怎么就没有男朋友呢？"

三

小嫣告诉我，其实小嬡一直以来都是有人喜欢的。那是一个从很远的地方过来上学的同学，和她们同一个专业。在以热情豪放著称的北疆，他一眼就相中了羞涩文静的小嬡。

起初，他还怕自己的举动太唐突了，总是在后面远远地跟着小嬡，也不敢主动去跟小嬡打个招呼。也正是因为如此，两个本就是一个系的同学，低头不见抬头见，却在长达一年的时间里都没怎么说过话。

直到学期末，他架不住周围好哥们儿的怂恿，以自己过生日为借口，把跟自己关系好的朋友，包括一些女同学都约了出去。

"今天我过生日，想请你们去吃顿饭，在学校后面大街上那个饭店，我请客。"

可惜，也许是因为女生们和男孩并不熟络，来的女生并不多，她们大多找理由推脱了。所幸，小嬡还是如约而至。

"你们喝酒吗？要不咱们喝饮料吧，我去要两大瓶饮料。"看着心上人就坐在距自己不远的位置上，男孩早就乱了阵脚，"喝什么？雪碧还是可乐？"

"我们都行。"

"给我拿一瓶啤酒吧。"小嬛拉住了起身准备找服务员的男孩，"好久没喝了……嘿嘿嘿。"

"那行。我就拿一箱来。"男孩一愣，但还是附和着点了点头，"想吃啥喝啥就跟我说，我去准备就行。"

"嗯，不用太麻烦的，嘿嘿嘿。"

不一会儿，一箱啤酒搬了过来。男孩麻利地把啤酒拿出来，放在饭桌的圆形转盘上。

"有没有凉的啊，嘿嘿嘿。"

"啊？有有有。"

"嘿嘿嘿，其实没有凉的也可以。"借着昏黄的灯光，男孩发现，小嬛的脸已经没有平时那么红了。

又过了一小会儿，服务员将冰镇啤酒送过来，依次发到每个人面前，"先生稍等，我现在去取开瓶器。"

"行，你去吧。"男孩摆了摆手，没有在意服务员说话，扭头便加入了男生们关于游戏的讨论当中。

"其实……也不用那么麻烦的……嘿嘿。"小嬛拦住服务员，从桌上抄起筷子，对着啤酒瓶盖的下沿，猛地一撬，只听到砰的一声，那瓶盖已经不知到哪里去了，"哎呀，吓我一跳。"

"没事吧？"男孩赶忙过去看了看，"没受伤吧？"

"没有，嘿嘿嘿。"小嬛看了看旁边的男孩，脸腾地红了，赶忙低下头，轻轻地笑着，，她的头也微微地摇摆着，"要是有个男朋友就好了。"

"嗯，"男孩咽了一口唾沫，看着低着头显得楚楚可怜的小嬛，连忙附和着，"是啊，也不知最后哪个男孩有这个福气。"

"其实我眼光不高的，真的，嘿嘿嘿。我对外貌有一点在意，可是现在女孩哪个不这样，我觉得这很正常，对吧？那些韩国男团的样子就可以，其次还得有个好声音歌手那样的好嗓子。我们女生啊，化妆品啊、包包啊都多，怎么也不能自己买啊，对吧？我这种可爱的小仙女，怎么也不能自己做饭吧，洗衣服就够伤手的了，一想到我这指甲上都是大葱味，我就难受。嘿嘿，我眼光真的不高的。"

"啊，是啊。"

"哦，对了，还有啊，就是得甜一点儿，我最近在看的那个《满满喜欢你》，真是太甜了，那样的恋爱才可以，嘿嘿嘿。"小嬛说着，又给自己倒了一杯酒，轻轻碰了一下男孩的杯子，"谢谢你啊，我好久没出来玩了。"

微风吹来小嬛身上淡淡的柚子香，给男孩的双颊上晕染出一片绯红。

四

"你不常出来玩吗？"

"是啊，倒是经常有人邀请我，可是我不喜欢和她们出去。"

"为什么啊？"男孩有些不解，疑惑地看着身旁的小嬛，在酒精的作用下，她的话似乎比平日多了不少，"她们不是你的好朋友吗？为啥不愿意和她们一起出去啊？"

"正因为是好朋友，才不能一起出去。"小嬛郑重其事地说着，

"我喜欢玩，喜欢喝酒，喜欢出去蹦迪，就是不喜欢和熟人出去玩。"

"为啥啊？"

"因为她们会觉得你的形象被破坏了，平常我就给大家一个很文静的印象，一个很保守很传统的少女的形象，这样我才能找到男朋友啊。"

"可是不去在意这些，也有可能找到喜欢你的人啊。"

"那样会遇人不淑的，我要找到全世界最好的男人，然后把他变成我的老公。"小嬛看了看还在开心聊天的众人，又看了看自己身边的男孩，"和我出去溜达溜达，一会儿真喝多了，嘿嘿嘿。"

"好啊，我扶着你。"

两个人缓缓地下了楼，感受着温暖的夜风轻轻吹过自己的脸颊。

"真凉快！"小嬛由衷地感叹着，往前走了几步，坐在饭店外面的马路牙子上。她伸手解开衬衫的扣子，露出里面的洁白吊带，光滑的脖子白皙而柔嫩，跟天边的月亮一样皎洁。

"为了处一个好对象，我都五六年没有穿过短裙和凉鞋了。"

"你这样不累吗？"

"累吧，但是我发过誓，一定会找到世界上最好的男人的，我一定要做到。"小嬛咬了咬牙，把自己的手捏得咯吱作响，"五六年都这么过来了，这日子应该不远了。"

"人啊，难道不应该为自己而活吗？我也喜欢过一个女生，她大我八岁，是一个外省大学的辅导员，我们是网恋，当时的我很喜欢她，她也很喜欢我。"男孩叹了一口气，目光沉静如水，"我给她买了很多东西，口红啊、面膜啊，各种化妆品。每天我都想着如何去哄她开心逗她笑。可是最后，我们还是没能在一起。"

"为啥啊？"

"她觉得，我们的年龄差得太多了，她接受不了别人的看法。"男孩看了看旁边的小嬛，一脸温柔，"从那个时候我就知道，人啊，其实还得为自己而活。"

"为自己而活？"小嬛想了想，又看了看身旁的男孩，若有所思，"你听过这句话没有，其实这个世界上，从来都没有一个人活着，那些活着的人，只是披着别人给他们披上的衣裳。在别人眼中，我已经等同于一个红着脸傻笑的女孩了，虽然那不是真正的我，但在别人眼中，那就是我。哆啦A梦里的静香，你知道吧？她喜欢烤红薯，可是她觉得吃烤红薯的样子太不雅了，于是她从不告诉别人她喜欢烤红薯的事实，后来她成了大雄心目中的女神，和大雄在一起了。取长补短才更好吧，活出自己来，只会让别人发现你有那么多缺点。"

"呃……"

"谢谢你请我吃这顿饭，生日快乐啊，好久没这么痛快了。"小嬛站起来，理了理自己的裤子，转过身看着男孩，轻轻地系上衣服扣儿，"我回去了，今天晚上我什么都没和你说过啊。"

男孩一阵错愕，还是点了点头。

五

男孩送小嬛回了寝室。在寝室楼下，两个人停住了脚步。

"你上去吧，我回去了。"男孩微笑着朝小嬛挥了挥手，"以后还出来吗？"

"不了吧，咱们熟了，你就不是陌生人了。"小嬛像陌生人一样，与男孩擦肩而过，"我上去了，今天谢谢你了。"

"你是个特别的女孩。和我认识的女生都不一样。"

"我也这么觉得，嘿嘿嘿……"

"做我女朋友吧。"男孩顿了顿，目光中迸射出一种强烈的期许，"我会对你好一辈子的。"

"你……"小嬛停了下来，回过头微笑着看着手足无措的男孩，"眼光不错。"

"我回去了。"男孩红着脸，不知道该说些什么，小嬛微微一笑，上楼了。

如今，这个男孩就在我面前。

"这就是你说的追她失败了？"我看着身旁的男孩，苦笑了一声。

"你说的镜花水月啊、偶像剧情啊，我都理解。可是当我成为故事的主角时，我还是手足无措啊。"男孩看了看我，一脸的不解，"表白之后，我和小嬛也就失去了联系，她白天依然腼腆，是楚楚可怜的小丫头，晚上就魔法上身，去和陌生人玩通宵。她依然是那个扮演自己的少女，而我也仍然是那个活得很失败的男孩。"

"你想听听我所了解的小嬛吗？"

"说来听听。"

"有一次，她在我的店里喝多了。我跟她说，让她的室友来接她回去，可是出乎意料的是，她摇了摇头。她说她不想去联系室友……就像和你说的那样，她不是和她的室友关系不好，而是她厌恶熟悉的人。"

"为什么啊？"

"我也不太理解。我原以为她是羡慕她的室友，小嫣啊、韶华啊，她们拥有可以称得上完美的爱情。可是渐渐地，我发现不是这么回事。"

"那是……"

"我发现她很自卑，只有在酒后，她才可以卸掉自己所有的伪装。当我拿走她桌上的酒杯时，我突然听到了她的哭声，她跟我说，别动那个酒杯，她好怕……"

"怕什么？"

"不知道。听她的室友说，她家里其实并不富裕，可是她即使省吃俭用，也要隔三岔五地买大量新衣服、新鞋，然后穿过一两次就不穿了。吃东西也是，总是嚷着减肥，却还是吃各种奢侈的食物。"

"这能说明什么？败家？"

"如果说这是小嬛真实的行为，我觉得可以称得上败家，可这是小嬛扮演的自己，她为什么要给别人营造一个败家的形象呢？只是为了找男朋友吗？"

六

那天，也不知道为什么，小嬛一个人点了很多酒，也没有点零食，只是一个人在一个小包间里，喝得烂醉如泥，一边哭，一边说着胡话。

"你怎么了？别喝了。"

"没事，我没醉。我还可以喝的。"她坐在包间的地上，浑身都是洒出来的酒水，"你知道吗，为了活得比你强，我想尽了一切办法，抹去了我上大学前所有的记忆。每天扮演成一个你不喜欢的人的样子，就是想找一个真正优秀的男孩，可以代替你。"

"你喝多了，别喝了……"

"别拦着我，我没喝多。"小嬛把手边的一个凳子忽地推开，将凳子扔在地上，发出了咣啷一声巨响，"你说你喜欢我光脚的样子，我就再也没有穿过凉鞋。你说你喜欢我的大长腿，我的衣柜里就只剩下了长裙、长裤。你说你厌了，不喜欢我了，你就转身走了。你就这么走了？"

"小嬛，别喝了。小嬛……"

"你知道那个男孩对我多好吗，我有那么一瞬间，就想接受他了，可是我又想了想你，于是拒绝了他。不是他不够好，只因为他不是你。"

"小嬛……"

"我恨你，同时也恨我自己，恨我自己找不到一个比你优秀的男孩，让他来取代你；恨我自己都到了现在这个时候，还是忘不了你；恨这世上所有的男孩都不是你。"

七

从那之后，男孩就再也没来过酒舍，倒是总有一个低着头涨红了脸的女孩，坐在酒舍最偏僻的角落里。

"又来了？这次还要野格吗？"

"嗯，再来一个水果拼盘、一盘薯片。"

"好，一会儿给你端过去。"

"老板你说我怎么就没有男朋友呢，嘿嘿……"

第十三章　凛冬散尽，星河长明

一

在酒舍周边的大学里，有这样两对全系公认的最恩爱的情侣，其中一对是小嫣和她的男朋友，而另外一对中的女孩，也来自小嫣和小嬛的寝室。

女孩叫小华，在"四千年美女"刚刚火起来的时候，小华还曾被评为系里十年来最漂亮的女生。男孩叫小阳，文文弱弱的，看上去倒有几分秀气。

小阳和小华是在迎新晚会上认识的。作为系里为数不多的男生之一，小阳跟几个好哥们儿一起排练了一个小品，一举获得了审查老师的青睐，成了晚会的压轴节目。而小华则因为她的嗓音，直接成了辅导员钦点的晚会主持人。

"你们准备得怎么样了？"已经换好了晚礼服的小华，询问着每一个节目的演出人员，给予每一个人安慰和鼓励。"好好演啊。"其实，别人不知道的是，这也是小华第一次主持如此大型的晚会。作为一个跳级生，小华其实要比她的同班同学小很多。因而，在初中、高中时，有什么大型的活动，老师往往不让她来负责。

"没啥问题了。"小阳丝毫没有注意到身后走过来的小华，仍是打着赤膊，低着头一遍一遍地背着台词，听到有人说话，便顺嘴回答，"最后再把词背一背，就没啥问题了。"

"你、你怎么光着膀子啊？"小华走得近了，看到小阳，不由得一声惊呼，本就有点婴儿肥的小脸腾地就红了，"你不冷吗？"

"啊？"听到小华问起来，小阳忽地意识到自己还没穿外套，便赶忙背过身去，从地上抓过一件短袖套在身上。"我……我一会儿得套其他的道具,所以里面是不穿衣服的,我以为没人过来,就没穿……"穿好了衣服的小阳挠了挠头，转身看了看面前的小华。四目相对，两个人都一愣。

相逢却似曾相识，未曾相识已相思。小阳忽地理解为什么宝玉要摔玉了，无论多么名贵的玉佩，在这少女面前都一文不值。

穿着晚礼服的小华美极了，一张无可挑剔的脸透着粉红，像是马上就要流出夹心的草莓大福，白皙光滑的肩头引人侧目，整个美背暴露在空气之中，清晰流畅的线条像一道瀑布一泻到底。在高跟鞋的作用下，两条纤细的玉腿变得更加美丽，粉嫩的肌肤吹弹可破，像是一个可爱的瓷娃娃。

"你……你好。"小阳盯着女孩瞅了一会儿，意识到自己可能有些冒失了，便朝着她憨憨地笑了笑，"今天你真漂亮。"

"哦。"小华慢慢把目光从小阳身上移开，摸了摸自己有些发烫的脸颊，便逃也似的跑开了，"谢谢，一会儿见。"

"好漂亮的女孩。"直到小华跑出屋子，在走廊的尽头消失不见，小阳才恋恋不舍地收回目光，喃喃自语着。

暮色降临，天边的云彩竟呈现出了淡淡的粉色，像极了小华的脸的颜色，也像极了爱情的颜色。

二

"下面请欣赏小品，表演者小阳。"小华极为温婉地向观众鞠了个躬，转身正准备下台，双眸之间忽然映满了小阳的样子。

"大家说，咱们的主持人漂不漂亮？"盯着小华看了半天的小阳，快走了几步，接过了小华手里的麦克风，跟观众席互动起来。

"漂亮！"本就激动不已的观众席，立马就"炸"了，那些倾慕小华的男生，有的甚至站了起来，疯狂地挥舞着胳膊，"小华，小华！"

"好了好了，安静。"小阳示意大家静下来，同时回过头朝小华挤了挤眼睛，"一会儿如果有时间的话，我就请主持人上来配合我一下。"

"好！快演吧！"观众席又一次爆发出了雷鸣般的回应，同时夹杂着男孩们开心的尖叫，"快演吧，迫不及待了！演吧！"

小阳不知道的是，此时此刻的小华，正躲在上场门的后面，手扒着门盯着舞台中间的他，脸又一次红了。

"怎么了，小华，不舒服？"另外一个女主持人关心地问着，"生病了？一会儿你就别上去了，我替你上去吧？"

"没……没事。"小华朝旁边的女主持人微微笑了笑，伸手朝舞台上的小阳指了指，"刚才他不是还让我上去配合他吗？我得上去啊。"

"啊？你还真上去啊，他不过就是……"劝阻的女主持人还没来得及说完，就被小华一把拉住了，"没事的，我去吧。咱们今天的演出节奏，可是比排练的时候快了不少，一会儿恐怕会空出十分钟左右的时间，我一会儿上去配合他，能拖一会儿是一会儿。"

不一会儿，就听见舞台上的小阳高声跟观众互动，"我的演出已经告一段落，下面让我们掌声有请我们最漂亮的女主持人上场！"

"油嘴滑舌。"小华踩着白色的高跟鞋，缓步走上舞台，一边挥着胳膊回应着观众们的欢呼，一边用右手轻轻地推了一下舞台中间嬉皮笑脸的小阳，小声说，"哪有那么漂亮。"

"有啊，我是真心的。"小阳一脸温柔，一个帅气的回眸，围着小华一个转身，偷偷从兜里掏出了一枝玫瑰，递到了小华面前，"送给你了，你喜欢吗？"

小华有些激动地接过玫瑰，看了看小阳，双颊一红，问道："大家说，他表演得好不好？"

"好！"

"好的话，就把玫瑰送给你们了。"小华嘴角仍带着淡淡的笑意，将手中的红玫瑰高高地抛了出去。

"你……"小阳一愣，一个箭步蹿了上去，想要去抢被扔出去的玫瑰，可还是晚了一步，那枝漂亮的玫瑰已经在空中破裂，飘下几片残破的鲜红……

三

"优美的主持人，请问你愿意和我唱一首歌吗？"有些尴尬的小阳，双看了看身旁的小华，极为绅士地弯下腰，做出了一个邀请的动作，"《冬眠》，怎么样？"

"哦？"小华偏过头，看了看目光澄澈的小阳，低头沉吟。

"大家说，怎么样啊？"小阳往前迈了一步，和小华并肩站在一起，询问着大家的意见，同时借着现场观众的欢呼，低声说，"时间还早，唱一首歌，时间就够了。"

"唱一个！唱一个！"

"真的？"小华转过头。四目相对，小阳可以看到小华眼中的自己，一脸诚挚而温柔的笑容。

"大家想听吗？"

"想！"观众们都站了起来，自发地摇起了胳膊，"唱一个！"

已经有观众在手机上打开 QQ 音乐，来弥补没有背景音乐的缺陷。

"第一次合作，唱得不好，大家多多包涵。"背景音乐响起，所有人都默契地不再说话，静静地看着舞台上面对面的两个人。

"巷口灯光忽明忽灭，手中甜咖啡已冷却……"小阳磁性的嗓音，轻轻地传入观众的耳中，没有过多的炫技，也没有情绪上的爆发，那种淡淡的忧郁，感染了每一个角落。

小华怔怔地看着这个沉浸在自己的歌声里的大男孩，那样的忧郁令她心疼。他绝对是个有故事的人，只是不知他的故事是怎样的。

"其实不爱漫漫长夜，因为你才多了情结。"小阳继续唱着，不像是在舞台上的表演，倒像是在没有多少游客的酒吧里，拿着一把心爱的破吉他，轻轻地对黑夜诉说，"可是蜷缩的回忆不热烈，我如何把孤单融解。"

"你看啊，春日的蝴蝶，你看它颤抖着飞越和风与暖阳倾斜却冰冷的季节。"小阳收了声，小华默契地接着唱了起来。不得不说，小华的嗓音确实悦耳，她刚一开口，就击中了每个人的心。

"她哭了……"小阳看着舞台中间的小华出神，他在侧面的位置，可以清楚地看见小华嘴角破裂开来的晶莹。听着小华婉转的歌声，小阳看到了另一个自己正打着赤膊背着台词，看到自己在走廊里求朋友马上去花店买玫瑰的急迫，看到自己刚刚上场时嘴角的笑意。

"你看啊,仲夏的弯月,你看它把欢愉偷窃,倒挂天际的笑靥……"小华偷偷地看了看正在看自己的小阳,不禁心中怦动,就像是什么东西从心头失去了一样。

"故事里的最后一页,过往和光阴都重叠,我用尽所有字眼去描写,无法留你片刻停歇。"小阳已经走了过去,温柔地牵起了舞台上的小华,双眸之间满满都是温柔,他的声音就像已经陈酿,他一开口,便醉了小华的心。

"你听啊,秋末的落叶,你听它叹息着离别,只剩我独自领略海与山,风和月。"小华的声音悄悄跟了上来,在本就不高的背景音中,两个人的声音居然格外契合,浑然天成,仿佛就是在讲述着他们两个人之间的故事。"你听啊,冬至的白雪,你听它掩饰着哽咽,在没有你的世界。"许是唱得太过于投入了,小华就这么任由小阳抓着自己的手,感受着小阳手掌的宽厚与温暖,她的歌声中也就多了一丝娇羞和妩媚,多了一点儿撩拨小阳心弦的风情。

"我们只见过一面,可是在内心,我怎么觉得已与你相识了好久?"歌声终了,两个人鞠躬下台,其他主持人也做好了上台说结束语的准备,就在这时,小阳在小华身旁耳语着,"做我女朋友好不好?"

四

"这……"小华看了看近在咫尺的男孩,甚至能够感受到他强有力的心跳和呼吸,有那么一个瞬间,她甚至动摇了,可是少女的矜持又不允许她轻率答应他的请求,"我……等过段时间咱们熟了再说吧。"小华的脸红得像是熟透了的水蜜桃,她拼命地摇着头,同时抽出了自己还被小阳握住的手,"我先走了。"

"你……"小阳没想到小华会拒绝自己，一下子就尴尬在了那里，看着小华落荒而逃，赶忙追了出去。"小华，别走啊。"

"小华，你没事吧，刚才怎么跑了，是不是不舒服啊？"另一个女主持人代替小华念完了结束语，便匆匆下台，赶到女生换衣服的房间，果然看见满脸通红的小华，正摸着自己的手发呆，"我们一会儿聚餐，就是和这个活动有关的这些人。你要是不太舒服的话就别去了。"

"没事，我去吧。大家都去了，只有我自己不去不太好。"小华笑了笑，脱掉身上的晚礼服，"演员们也都去吗？"

"你身材真好啊！"女主持人看着小华光滑白皙的肩膀，由衷地赞叹着，"演员里只有几个人去，都说有别的安排，那几个小品演员也都不参加了。"

"小阳也不参加了？"小华叹了一口气，无可奈何地点了点头，她自己都不知道为什么会这么失落，"好吧。咱们也早些过去吧，别让他们等太久了。"

女主持人点了点头。小华关掉换衣间的灯，又走到舞台上，看一看窗户、电源是否都关闭了。忽然，她的目光停留在舞台下，地上躺着玫瑰花瓣。此时此刻，它们已经不知被几个人踩过了，皱皱巴巴地瘫在角落里。小华赶忙跑了过去，将花瓣拾了起来。"你听啊秋末的落叶，你听它叹息着离别。"不知为何，小华的脑海中出现了这样一句歌词，一同出现的，还有一个打着赤膊背台词的男孩，他正微笑着朝着她。

五

"小华来了，你不知道，现在你在咱们系里都火了。"看着小华她们姗姗来迟，已经等在饭店的人纷纷迎了上去，"小华，听说你和小阳在一起了？"

"啊？没有啊。"看着周围过于热情的人们，小华的脸一红，"没，没有啊，我们只是合唱了一首歌啊。"

"小华脸红了啊。"也不知谁嚷了一句，大家便一起哄笑起来，嚷着让小华讲讲两个人的故事。

"我真没和他在一起。"小华赶忙又重复了一遍，可是还是没有人搭理她，没有办法，她只好自己找了个角落坐了下来，无聊地刷着抖音。她的心里，一直有一个声音在劝着她："回去吧，这里的这些人只知道捕风捉影，还有毫无意义的调侃，他们根本就不知道你心里究竟在想些什么。"可是一想到这些人都是一起排练了好久的同学，她又生不起气来，甚至有点同情微博上她最近比较关注的一对男女了。他们可能并不喜欢对方，却因为节目组的策划而被迫去和不喜欢的人撒糖秀恩爱；也有可能他们早已暗生情愫，正是朦朦胧胧的暧昧阶段，本可以慢慢地处成一对甜蜜恩爱的情侣，这份暧昧却被毫不知情的外人轻而易举地说破，这层窗户纸被戳出个大窟窿，外面的风吹了进来，把两个人之间好不容易升起来的温度又吹得降了下去，就像她和……

"小华，你要清醒点，你已经拒绝了他，别花痴了。他的玫瑰只是道具而已，并不是他送给你的礼物。"小华摸了摸自己发烫的脸，在心里一个劲儿地劝说着自己，"你要矜持，不能刚和他见一面，还不了解他，就和他在一起！"

"要不，和他在一起也行，他的目光好清澈，还有他的腹肌……"小华的心里又有一个声音响了起来，"这么好的男孩，也许错过了一次，就错过了一辈子啊。"

小华左右为难，想了半天也没法确定心里的两个声音哪个说得对，只觉得脑力消耗得太大了，口干舌燥，也没管面前的杯里是饮料还是酒，咕咚咕咚便灌下去两大口。

"小华好酒量啊，给小华满上。"一个男生像是发现了什么新闻一样嚷了起来，同时把餐桌上的开瓶器拿在手里，"再拿两瓶酒，今天聚餐咱们要尽兴啊。"

"别，我不能……"

还没等小华说完，男生已经给她倒了满满一杯："华姐，这一杯我敬你，今天你主持得真好。"

"谢谢。"小华拒绝不了，为了让自己显得不是太过于不近人情，便微微颔首，伸手把酒杯举了起来，"干。"

"华姐霸气，我也干了。"

"小华，那个小子敬你酒了，我也得敬你，这次活动多亏了你最后唱的歌啊。"

"别说了，我也要敬我小华姐，真是太优秀了。"

"小华，你嗓音真好，这次谢谢你了。"

觥筹交错，没怎么吃东西的小华，喝了一肚子啤酒，不一会儿便醉了。

六

"小华，要不别喝了，你喝得够多了。"

"没事，我还能喝，今天开心嘛，演出顺利完成了，这是大家的功劳，应该好好庆祝一下。"

"小华，你喝好几瓶了，今天可以了，再喝就喝太多了。"我走过去在她身旁低语着，作为这个大型晚会的演员之一，我也应邀参加了这次饭局，就是在这个饭局上，我听另一个女主持人给我讲述了小华和小阳的故事，"要不，我给你室友打电话，让她们来接你吧。"

"不用，我还能喝！"

"你听啊，秋末的落叶，你听它叹息着离别，只剩我独自领略海与山，风和月……"就在说话的这个空当，小华的手机响了起来，熟悉的音乐悠然响起，小华的眼泪簌簌而下。在酒精的作用下，小华终于做出了选择。

"给他打电话，我想见他了。"

"好。"我接过了小华的手机，在通讯录的收藏里，找到了小阳的名字，"小阳，小华现在喝多了，她和我说，她想见你。"

"你送她出来吧，我一会儿就到。"那边的小阳简单询问了地址，便匆匆挂断了电话。

"他来吗？"见我挂了电话，小华抓着我的袖子，着急地问着，眼泪止不住流下来，哭花了她为了活动精心化好的妆，"我想见他……"

我扶着小华出了饭店，静静地走在深夜的街上，不知为何，今夜过于冷清，连月亮都隐藏在乌云之中。小华还是没有止住自己的眼泪，哽咽着断断续续地唱着那首有些伤感的歌："你听啊，秋末的落叶，你听它叹息着离别，只剩我独自领略海与山，风和月。你知不知道，这落叶不如你，海不如你，山不如你，这风和月都不如你……"

"我来晚了。"街道的那一侧，传来了小阳的声音。

"你喜欢我吗？"

"嗯。"

"可我们只是第一次见面啊，而且即使今天不是我来当活动的主持人，你也会把玫瑰给其他女生吧，找其他人和你一起唱歌吧？"

"不会。"

"花言巧语。"

"只对伊人。"

七

就这样，一见钟情的小华和小阳，有情人终成眷属了。笑容温柔的小阳成天陪伴在小华身边，陪着小华一起上课，一起学习。而被称为系里十年来最漂亮的小华，也变成了一个幸福的小女孩，每天一大早，傻笑着守在男生寝室楼下，等着将小阳最喜欢吃的早餐送给他。

当时他们是全系公认的最恩爱情侣，大家甚至把他们当作"郎才女貌"的最好诠释。

所有人都觉得，他们一定可以一路恩爱地走到最后。

"如果快乐太难，那就祝你平安。"相识一年多，两个人忽然断了联系。这是小华在网上说的最后一句话。个中缘由，或许只有当事人才能说得清吧。

"你听啊，冬至的白雪，你听它掩饰着哽咽，在没有你的世界。"

"再没有你的冬眠。"

八

"故事完了？"

"完了啊，你以为呢？"我看着双手插兜站在酒舍门口的小阳，轻轻地叹了一口气，"你们之间最后……"

"不说了，都过去了。这段时间我想了很多，或许有些事情，我们都能想通，也都能接受，但还是会很难受。"小阳走进来，看了看正打扫酒舍的我，犹豫了一下，还是淡淡地开了口，"那天的那束玫瑰，谢谢了。可惜最后她也不知道，那束玫瑰是我特意托你买给她的。"

"或许她知道吧。"我看了看面前的小阳，面色憔悴，形容枯槁，"这个，或许是给你的。"我蹲下，从柜台后拿出了一个崭新的笔记本，笔记本中间夹着一片已经枯萎的玫瑰花瓣，笔记本上还留下了这样的一段话：

"一见钟情，或许只是荷尔蒙作用下心弦波动导致的不管不顾。可是，真正的爱情，不是靠着这冲动维系下去的。让我们重新来过，就像这个笔记本一样从崭新开始，好不好？"

"这……这怎么可能？"小阳愣了一下，难以置信地看了看我，眼泪止不住地落了下来，"这个真的是她给我的？"

"其实，她认识我比你认识我要早得多，当小嫣带着一群朋友来酒舍喝酒的时候，我就认识小华了。那天，她准备妥当，上场前看着我匆匆忙忙拿着花去找你，就什么都明白了。而且，没有我跟着，你觉得她会喝多了去找你吗？"

第十四章　何时樽酒，却说如今

一

我的酒舍开在我所在的大学附近，毗邻我们学校的东门。几乎每一个从东门经过的人，都会打量一下酒舍的大门，正是因为如此，酒舍的生意一直很好。

其实，酒舍的招牌并不大，屋子也没有其他快餐店那么敞亮，一直透出暗黄色灯光，放着并不符合这个时代年轻人审美风格的蓝调。这与周边那些吆喝声不绝于耳的奶茶店、鸭货店，有着很明显的区别。

我是不大喜欢吆喝的，总觉得那种抛头露面的宣传，与我的酒舍的格调大相径庭，加之我这个人又属于比较慢节奏的，因而我的顾客也是随缘者居多。

"你也不去经营经营，能挣钱吗？"身边的人总是这么问我，每一次我都认真地听取了他们对于经营酒舍的建议，但是用不了几天，嫌麻烦的我就把他们提的建议忘到了脑后，直到一个人的到来改变了这种状态。

"老板，你这儿雇人吗？"那是一个并不太冷的冬日早上，酒舍的门被推开，进来了一个看上去很朴素的女孩子，"我想在你们这儿做兼职，你看……"

"做兼职？你怎么想到来酒舍做兼职的？"听见有人进了酒舍，我收拾妥当，从里面走出来，打量着这个女孩。四目相对，我与女孩皆一愣。

"蔻蔻？"

"学长，这是你的店啊？"女孩见到这儿的老板是我，很惊讶，随即马上兴奋地跳跃起来，"让我在你这儿打工吧。"

"为啥你打算来我这儿打工啊？"我看着面前的蔻蔻，不知道该说些什么好，"你现在不是才高二吗，正是学习紧张的时候，来我这儿多耽误学业啊，而且这要是让你家长知道了，我也不好交代啊。"

"没事，我家长不在家。"蔻蔻推了推眼镜。"其实，我还怕卖酒的地方不安全，要是这个酒舍是你的，那就太好了。学长你一定要答应我啊。"

不可否认，蔻蔻说得不无道理，让她去别的酒舍，确实无法保证她的安全，可是，让我贸然去接受一个高二的学生在我这儿做兼职，也确实会产生不必要的麻烦。

"答应你可以，但是你得告诉我，你为什么要兼职啊？"我让蔻蔻在桌前坐了下来，递给她一杯刚泡好的菊花茶，"钱倒不是问题，可要是让校长知道了，我收你在我这儿打工的话，校长也饶不了我。"

其实，我和蔻蔻认识已经有一年的时间。比我小三岁的蔻蔻和我来自同一所高中，当我进了大学，蔻蔻考到了我所在的高中。蔻蔻的语文老师，恰好是我的语文老师——我们高中的校长、小黑父亲。

蔻蔻开学前夕，校长联系了我，让我回母校参加一个开幕式，并且作为校友代表发言，鼓励鼓励刚上高中的这些学弟学妹们，正是通过这个机会，我认识了蔻蔻。

蔻蔻作为新生代表发言，与我所了解的学生发言不同的是，蔻蔻的发言中并没有套路化的语言，以及对于新学期"假大空"的展望。她甚至没有拿发言稿，只是实实在在地讲述了自己中考取得的成绩，以及为什么会选择这所高中，听起来虽然没有那么有号召力，但让人感同身受。

"你很优秀。"看着蔻蔻走下台，我对她点了点头，"讲得很好。"

"谢谢。"蔻蔻莞尔一笑。

二

开幕式结束后，蔻蔻跟着我一起去食堂吃饭。聊到高中生活的点点滴滴，蔻蔻看上去格外兴奋。

"听校长说，你写作很厉害，都发表过很多文章了？是真的吗？"蔻蔻一直兴奋地看着我问这问那的，桌上的饭都没吃上几口。

"还好吧，都是玩的时候写的。我觉得都是些不入流的东西，我也没想到会有人喜欢。"我一边吃着饭，一边说着，"现在学校的展览墙上还有一些我的作品，你可以看看。我觉得其实写得也都一般。"

"以后我就想当一个写手，没事时自己随便写点啥，既可以当作娱乐，又可以挣钱。"蔻蔻见我承认了，更加激动了，连筷子都放下了，专心致志地听我说着，"或者，当一个图书管理员也可以，天天除了看书就是看书，多惬意。"

"好好学习，以后想干什么都容易了。"我笑了笑，"我那儿还有一摞高中时期的笔记，我留着也没有什么用，你要是能用的话，我就都送给你。"

"谢谢学长！"从那之后，我和蔻蔻就逐渐熟识了。蔻蔻偶尔会用微信联系我，聊一聊她在学习上遇到的困惑，以及写作方面遇到的问题。能解答的，我也都给她解答了。

蔻蔻其实一点都不像这个时代的少女，现在的女孩们化妆、追星，喜欢快节奏的歌曲和快节奏的生活，永远都是躁动的。而蔻蔻则是不同，她永远是温婉得像一幅水墨画，喜欢喝茶、看古书、听古筝、汉服和唱戏。眉眼间的万千柔美，颇有我心中李清照的神韵。

蔻蔻喜欢写诗。她写的是古体诗，学习范成大和杨万里的笔法，细心地描绘着她眼中的世界。"豆蔻梢头春色浅。新试纱衣，拂袖东风软。"大概就是清明节过后没几天，蔻蔻在朋友圈发了一组清明节踏青的照片，我在下边评论了这句话。词是宋代词人谢逸的蝶恋花，配上蔻蔻穿着汉服的模样，倒是相得益彰。"很有意境呢。"蔻蔻很快就回复了，同时给自己起了一个昵称，就叫蔻蔻。

"学长，我最近喜欢了一首词，是张炎的《八声甘州》，那一句'何时尊酒，却说如今'，真的是写得太好了。"

"学长，我最近在学习《照花台》，真的是太有韵味了。"

"学长，你给我的那份笔记真的太细致了，我们老师都没细讲的好多东西，在你的笔记上都能找到。"

那段时间，她问了很多问题，我也谈了自己对于高中生活以及文学创作方面的很多观点和主张。但是，蔻蔻从来都没有提过她要到酒吧兼职的这件事。

三

"你就收我在这儿打工吧，我不要太多的工资。"看见我还有些犹豫，蔻蔻连忙说，同时伸出右手抓住我的袖子，"你放心好了，校长他们不会知道我在这儿打工。"

"你要这工资干吗啊？"我挠了挠头，不解地问着，"你也不像是花钱大手大脚的人啊。你要是赚钱为了买化妆品、买你喜欢的汉服，我是不能答应你的。"

"我……我只是不知道为什么要继续下去。"蔻蔻郑重其事地看着我，同时缓缓地站起来，直勾勾地瞅着我，半晌没有说话。蔻蔻的眼睛其实很漂亮，眼中有一种很纯粹的美，那是一种长时间熏陶后形成的灵性。有一些没什么文化却突然一炮而红的女明星，她们的眼睛其实也都很漂亮，在美瞳和眼影的衬托下，显得更加美丽，可是那种灵性她们是不会有的。

良久，蔻蔻对着我深深地鞠了一躬，几滴晶莹的泪滴划过她的脸颊。

"我家其实就在这个小区里，我和爷爷一起住，奶奶在我出生前就过世了，我也不知道她是什么样的女人，只是在爷爷的口中知道，她长得很美，也很温柔。爷爷说，我长得特别像我的奶奶，我们一样温柔，一样美。"过了好一会儿，蔻蔻直起身子，又坐了下来。泪痕让她看上去有一种不属于她这个年龄的沧桑。"在我小的时候，爷爷养了一条狗，那条狗叫玲儿，那是我奶奶的名字。"

"怎么……"我的眉头皱了起来，刚想把心中的困惑问出口，蔻蔻继续说了："当时包括我爸，还有我的几个姑姑，他们都不理解，为啥爷爷会把奶奶的名字给一条狗，甚至认为爷爷已经是老糊涂了，要不就是对奶奶有恨意。但是，爷爷还是执意给那条狗起了这个名字，就叫玲儿。因为我父母平日总是忙来忙去的，几个姑姑平常也都不怎么来看爷爷，所以除了我以外，就只有玲儿陪着爷爷。"

"'玲儿，吃饭了。''玲儿，你喝不喝水啊？'这是爷爷最常说的两句话。没啥事的爷爷，总是去楼下买一盒黄鹤楼牌香烟，在楼下和棋友好好地杀上几盘象棋。而玲儿就安安静静地趴在爷爷的脚下，看着爷爷并不太利落的腿脚。"

蔻蔻缓缓地说着，嘴角露出了甜甜的笑容，那是一种发自内心的喜悦："爷爷的腿一直都不太好，听说里面还有一小块破碎的弹片。爷爷是老兵了，扛过枪打过仗。有的时候，爷爷就跟我感慨，那个时候啊，奶奶一个人在家里等他回来，一等就是三年。爷爷说，奶奶总是怕他死在她前边。结果啊，到底她先走一步。每次爷爷说这句话的时候，都用他的大手一遍一遍地摩挲着大狗的毛，一遍一遍叫着玲儿的名字。

"爷爷说：'我知道，你是在生我的气，埋怨我三年来都没回家看看；埋怨我匆匆忙忙就上了战场，把你们娘几个扔在家里；埋怨我不体谅你带孩子的苦，一个人的累；埋怨我不理解当家人不在家，你的那种无助与心酸。孩他娘，难为你当了三年的柳银环。我知道你还生我的气，你也想让我等等你，我明白，别说三年了，三十年我也等。等到孩子们出人头地，等到孙女上了大学，等到我有了重孙子，我就去找你，去找你……'"

四

"唉！"听着蔻蔻念着她爷爷写给她奶奶的信，我不禁鼻子一酸，无可奈何地摇了摇头，想要安慰安慰蔻蔻，可是又不知道该说些什么好。

"我上高中之后需要住校，家里就只剩下爷爷和玲儿了。我以为爷爷会和玲儿继续着我在家时的生活。但是，很快，爷爷就又买了一只鸟，这只鸟叫蔻蔻。每天爷爷都会架着鸟笼子去楼下遛弯，然后自言自语：'蔻蔻，别太贪玩了。蔻蔻，咱们回家了，玲儿在等咱们呢。'跟棋友说：'老孙，今天不玩了，我还得陪我们蔻蔻遛弯呢，明天再玩。我让你车马炮的。'我知道，爷爷只是太寂寞了。"

"你想回来陪爷爷？"听了蔻蔻的话，我大概也明白了蔻蔻的想法，"可是爷爷不会同意你放弃学业啊。"

"不。"蔻蔻摇了摇头，继续说着，"其实，玲儿不是一条狗，蔻蔻也不是一只鸟。"

"我知道啊，玲儿其实是你奶奶，你就是蔻蔻啊。"听着蔻蔻的话，我有些蒙，"你强调这个干吗啊？"

"不，我不是这个意思。"蔻蔻严肃地看着我，"玲儿是很多狗，它们长得差不多。蔻蔻也是同样的情况。最开始养这些小动物，爷爷也并不是很会养，所以其中一个玲儿死了。有的时候，这些狗不知道自己跑到哪儿去了，最后就丢了。但是爷爷很快就会买差不多的狗回来，也给它们起名叫玲儿，然后继续养。"

"这样啊。"我点了点头，示意蔻蔻说下去。

"我的成绩其实并不理想，因为高一的时候还有物理、化学、生物，本就对理科不擅长的我，成绩差得一塌糊涂。每次考得特别差的时候，我都不敢回去，不想看见我的爷爷。"

"你爷爷打你吗？为啥不敢回去啊？"

"恰恰相反，他从来都不打我。"蔻蔻耸了耸肩。

"每次我考得特别差的时候，爷爷都会给我做一桌特别丰盛的晚餐，然后开一瓶白酒，给我倒上一小杯，再给自己倒上一大杯。'丫头，爷爷知道，你不笨，你像你奶奶，你奶奶聪明着呢，你可以考好。

我和你奶奶都在给你加油。'爷爷总是会说上这么一句，然后用他的酒杯来碰我的酒杯，'你可以的。下次考试你一定没问题。'"

"这不是很好吗？"我有些疑惑，"我不觉得有什么问题啊。爷爷都不批评你，你为啥还不敢见他啊？"

"可是我总是不知道，那一顿丰盛的晚餐我吃的是什么，直到我发现家里的狗不是之前的那一条了……"

"爷爷他……"我瞪大了眼睛，蔻蔻郑重其事地点了点头。我耳边浮现出了蔻蔻爷爷和蔼的笑容："丫头，爷爷知道，你不笨，你像你奶奶，你奶奶聪明着呢，你可以考好。我和你奶奶都在给你加油。"

五

"每一次，我考得不好，爷爷都是摆上一桌大餐，然后给我倒上一杯白酒。就这样大概持续了一年多，直到两周前的时候。"

"两周前，怎么了？"我问着。

"两周前，我因为身体有些不太舒服，提前回家了。爷爷并不知道我要回来，也就没有准备晚餐，可是我并没有发现我家的狗。'爷爷，狗呢？'我询问着狗的下落，当时我都能感受到自己的声音在颤抖，我怕爷爷用残酷的现实戳破我的幻想。但是，我必须得问。'狗怎么不在了，是丢了吗？''死了，出车祸撞死了。'爷爷的声音有些冷漠，让我开始怀疑他这句话的真实性。但是看着爷爷不太利索的脚步，我又无法继续问下去。爷爷毕竟已经老了，他是那样爱我。"

"你爷爷也不容易啊。"我叹了口气，感慨着。作为一个上过战场的老兵，有着杀猪宰羊的身手很正常，而爷爷对孙女的那种爱，更是容不得我有任何怀疑，"我理解他。"

"我也理解他。"蔻蔻盯着酒杯中自己的倒影，苦笑着晃了晃酒杯，随着杯子的移动，酒杯里的倒影很快便破裂了，"那天我想了很久。晚上，我站在爷爷面前，对他说：'爷爷，我考试了，临时测验，这次我的成绩挺好的，比之前进步了不少呢。老师跟我说，我有进步空间，要是周末他免费给我补习补习，就可以让我的成绩稳定。'其实我爷爷不知道，我打定了主意，就考这个学校的艺术专业，听说这儿的艺术专业比较容易考。这段时间，我就不去学校了，用你的笔记巩固文化课，白天去学校蹭课，听听艺术专业的理论知识，晚上在这儿打工挣钱。我父母和姑姑们总是忙这忙那的，一年也不来看爷爷一次，那我陪爷爷，作为一个人去陪爷爷，而不是作为一只不会说话的鸟。"

"学校知道吗？"听明白了蔻蔻的打算，我点了点头，"别让学校觉得你失联了。"

"我把事情和我的好朋友说了，并且给校长写了一封信，等回学校的时候，我就让她把那封信交给校长。"

六

就这样，蔻蔻留了下来。我也没有让她忙太多的事情，主要还是让她在收银台，用我的笔记学习文化课。

蔻蔻也就在我这儿待了一天，校长就找到了这里，看见店主是我，校长也就释然了。

"她在这儿？"

"嗯，待了一天多。"我点了点头，"现在应该是在屋里写作业呢，我给她留的，学业毕竟不是小事，她要是在这儿耽误了学业，你饶不了我。"

"嗯，我确实饶不了你小子。"校长听到我的话笑了笑，点了点头，"你怎么看？"

"说不上来，没有想好解决措施，我只是觉得错的不是蔻蔻。"我想了想，"她家长知道了吗？"

"知道了，她爸爸在往这儿赶。"校长看了看手表，"看样子也快到了。"

"校长，您好。"正说着，一个大腹便便的男人推开酒舍的门走了进来，伸出手跟校长握手，"我们家蔻蔻给您添麻烦了。"

"不麻烦，应该的。"校长谦虚着，而我则自觉地退到了收银台后面，听着他们的对话。不一会儿，校长就把事情的大概原原本本地告诉了蔻蔻的父亲，蔻蔻的父亲一个劲儿地自我批评着，说他太忙了，没有照顾到父亲和孩子的生活。

又聊了一会儿，蔻蔻的父亲和校长都进入里面的房间。

"蔻蔻，爸爸来接你了。这件事都是爸爸的不对。"

"我想好了，"看见父亲和校长进入房间，蔻蔻愣了一下，但是很快就下定了决心，"我打算就考这个大学，然后陪我爷爷。你对爷爷不负责任，我可不能和你一样。"

"蔻蔻，不行！"

"那我就不走！从小到大，你只知道对我说不行，我喜欢汉服，你说不行；我喜欢文学创作，喜欢写诗歌，你说不行；我说我要学古筝，你说那玩意没用，不行；我说我要学唱戏，你说那玩意太老套了，不行。你什么时候在乎过我的感受？我喜欢的不是你一个月打一次电话和偶尔打钱，我喜欢的是天天陪在我身边的活生生的人！"

"你怎么不懂事呢，我忙……"

"究竟是谁不懂事啊？你觉得钱真的那么重要吗？我觉得对你而

言，钱在我和爷爷的面前应该一文不值。你知道为啥爷爷养的狗是奶奶的名字，爷爷养的鸟是我的名字吗？为啥没有你和姑姑们的名字，你知道吗？你什么都不知道，因为你的眼里只有钱！"

"我不挣钱怎么养你！"

"你总说在乎我，总说要养我，总说是要为我好，可是你从来都不懂我。我要的从来都不是两百万的房子和六十万的车，我要的是，哪怕是在租的房子里都会有的欢声笑语，而这些，你给不了我！"

七

经过一番争吵，蔻蔻的父亲终于向女儿妥协了，他给蔻蔻报了一个附近的艺考培训班，并且同意了她考家对面的这所大学的打算。蔻蔻同意了父亲让她不放弃文化课学业的要求，一家人终于重归于好。我和校长看着他们开心的样子，相视一笑。

"对了，孩子的奶奶是怎么……"我忽然想起来。

"孩子的奶奶啊，是出车祸去世的。因为我父亲腿脚不太利索，有一次他们老两口过马路的时候啊，眼看就要被车撞了，孩子她奶奶用力地把她爷爷推开了，结果自己就走了。"听到我问了起来，蔻蔻的父亲一愣，但还是回答了，"也正是因为这个原因，孩子她爷爷总是对她奶奶有点愧疚。"

"车祸？"蔻蔻听到后愣了一下，心急火燎地朝家里跑去。

蔻蔻的家里再也没有养过狗。

第十五章　时间尚暖，浊酒可温

一

一般入冬之后，酒舍的生意就不如夏天了。这天寒地冻的时节，大学生们也没有几个出来的，大部分人都选择像冬眠的松鼠一样，蛰伏在寝室里，蜷缩在被窝中。

在酒舍的桌子上有一块小小的木板，上面扎满了来这儿喝酒的顾客们想说的话。在木板的最外侧，是这样一句话："你知道吗？酒越喝越暖，水越喝越寒。"听顾客们说，这句话出自一个知名导演的电影，不过，我第一次听到这句话的时候，确是因为一个大学里面的女孩。

大概是两年前吧，我还只是这所大学一名最普通的新生时，认识了她。

实话实说，女孩长得还算挺好看的，天生的双眼皮，显得她的眼睛格外有灵气，高挑的身材更是羡煞旁人，只是那些廉价化妆品给她减了不少分。

我认识她的时候，也是差不多要入冬的时节，操场上没有多少学生，有限的几个学生都裹着大衣，快步朝教学楼跑去。在一群人中，只有她轻轻地哼着歌，不紧不慢地踱着步子。

"你怎么不着急呢？"

"我？我为什么要着急？他们一会儿还有课，我又没有课。"女孩抬起头看看我，又低下头看了看自己脚上能提到小腿的黄色长袜子边儿，"走得太快了，这校园内的落叶，落给谁看？"

"你不冷吗？"我有些好奇地询问着，同时忍不住搓了搓自己冻得通红的手。

"冷啊！"女孩点了点头，同时抬脚踢开了自己脚底下的落叶，飘起的落叶像极了春天的栀子花瓣，纷纷扬扬地落回了地面，我的耳畔又响起了女孩的声音，"可是，走到了前面，前面就不冷了吗？"

"我……"看着我支吾着，女孩小声地笑了笑，伸手从地上抓起了一片落叶，吹了吹上面的浮灰，轻轻地塞进了我的手里，然后嬉笑着离开了。叶子其实很普通，没有绚丽的颜色，也没有完整的形状，它的一角还破了一个小口，可是我却把它塞进了我的口袋，和我的身份证、学生证夹在一起。

之后的日子里，我和她又见过好多次面，也互送过很多有意思的礼物，可是我印象最深的还是那片落叶。

毕竟，那是那个秋天我在意的唯一一片落叶。那片叶子至今还保存在酒舍最中间的柜子上，夹在一个厚厚的日记本里。

在日记本的第一页有这样一句话：

"我不是不难过，只是我已经明白，泪水与怨恨，从来不能够解决任何问题。"

二

　　我第二次见到女孩，是在学校附近的一家旋转小火锅店里。女孩坐在旋转台的最里面，看到进来的人是我，急忙朝我挥了挥手，同时拍打着旁边的凳子。

　　"你也喜欢吃火锅？"女孩见我走近，有些激动地扯住了我的胳膊，"火锅真的太好吃了。"

　　"嗯。"我点了点头，在她身边坐了下来，许是她在火锅店里已经待了有一会儿的缘故，一股沁人的暖意从她的身上蔓延出来，驱赶了我一身的寒意。

　　熟练地开了火，择了几样自己喜欢的食材，一股脑儿地下进火锅里。我看着火锅里咕嘟作响的泡泡，百无聊赖地拨弄着自己手中的筷子。

　　这火锅等的时间还是太久，要是下进去马上就熟了该有多好。我在心里嘀咕着，同时悄悄打量着一旁的女孩。

　　女孩吃火锅吃得很精致，用一个颇为时髦的词来说，女孩吃得很"小资"。随着她右手指尖上下舞动，串串的签子一根接一根被抽了出来，像法国人品尝蜗牛一样。女孩用筷子轻轻地夹起小火锅里的食材，放入口中品尝起来，一根根绿色的菜茎被送入了她的嘴里，她的腮帮子渐渐地鼓了起来。

　　"嫌时间长喽？"女孩像是知道了我心中所想一样，侧过头询问着，"有些事急不得，欲速则不达。"

　　"嗯。"被窥破了心事的我，只得点了点头，慌乱地把头转了过去。

　　"火锅啊，我觉得吃的是一种情调。"女孩似乎根本没有在意我的反应，依旧自顾自地说着，"人活一世，还是得学会享受。"

"享受？"

"对啊，看落叶是一种享受，吃火锅也是一种享受。人活一世，要是只在意结果的成败，就会忘记享受过程的美妙。"女孩微微欠身，从面前的旋转台里拿出了一枚鸡蛋，在碗沿轻轻地磕开，将鸡蛋打进了小火锅，白色的蛋花慢慢地漂了上来。"邻居家永远在装修，公交车永远在你到车站的时候驶离车站，掉在地上的面包永远是刷奶油的一面扣在地上，下雨之前总是刚刚刷完车……人生中永远充满这样那样的不如意，只是怨天尤人的话，岂不是活得太累了？"

"呃……"我挠了挠头，不知道该说些什么。

见我语塞，女孩也没好意思继续说下去，便继续涮她的食材。不得不说，女孩吃小火锅的时候，有一种特殊的仪式感。她似乎对小火锅有一种特殊的敬意，无论是挑食材、涮食材，还是将食材蘸酱料和油碟，动作都那么一丝不苟，认真而严肃。

"你真的涮每一个串都要读秒吗？"我又偷偷观察了她一会儿，还是忍不住询问，"这么有讲究吗？"

"倒也不是讲究，我只是经常过来吃，慢慢就有了一套自己吃火锅的顺序。煮这么长时间，这些食材就会有最好的口感。食材煮得不到时候，吃起来就会生一些；而过了时候，食材便老了。这个度啊，最不好把握。"

"过犹不及？"我深以为然地点了点头，"你懂得挺多啊。"

"多？也不多。"女孩夹起碗里的青菜，轻轻地咬住了青菜的一端，然后像一只兔子一样将青菜吮入了口中。女孩心满意足地抬起了头。"吃饱了，我要回去了。"她掏出纸巾擦了擦嘴，同时递给我一张，"有缘再会。"

"怎么称呼？"

"叫我兔兔吧。"女孩已经跑远了，只留下一声渺远的回答，像是火锅散发出的气息，若有若无地撩拨着周遭人的味蕾。

三

最初我还以为，兔兔这个名字来源于她的生肖。为此，我还一个人欣欣然好久。毕竟，同届学生普遍属龙，能找到一个与我同岁的属兔女孩，是一件不太容易的事情。

不过，后来发生的事情显然和我最初的预想大不相同。

我第三次遇见兔兔是在夜市。初秋时节，夜市的人流已经比盛夏时分少了不少，逐渐走低的气温，轻而易举就扼杀了人们对于美食的渴望。只有极少数馋得不行的学生，才会在被凉意浸透的晚上，来此寻觅美食。而兔兔正是其中一个。此时此刻的她，正一脸兴奋地守在一家卖麻辣兔头的小摊前，看着老板熟练地将兔头装袋打包，依次递给附近的学生们。

"老板，我的兔头要辣一些的，太冷了。"兔兔一边对着两只手不停地哈着气，一边探头嘱咐着老板。

"好久不见。"我快步走过去，轻轻地拍了拍兔兔的肩，"原来兔兔也吃同类啊。"

"起码不只吃草。"兔兔伸手接过老板手里的麻辣兔头，随手又递给我一只一次性手套，"你也过来尝尝。这是我的标配，我的室友们就管我叫兔兔。"

"不了。"我终于明白兔兔这个昵称的由来。看着兔兔手里的兔头，我不由得有些头皮发麻。作为一个属兔的人，一直以来，我都把那些兔子当成我的伙伴，因而也就从没有产生过吃掉它们的想法。面对那些毛茸茸的玩物，我实在没有办法提起吃掉它们的兴致。

"你吃吧。"我谢绝了她的邀请。

"没劲。"兔兔白了我一眼，随手把包递到我的手里，"没谈过女朋友？"

"没……"我有些尴尬地笑了笑。

"难怪，都不知道帮女生拎包。"兔兔将一只兔头夹起来放在嘴里咀嚼着，"压马路吗？"

"什么？"

"遛大街！"兔兔抽出一张纸巾，将残渣一股脑儿吐到了纸上，"走不走？"

"走！"

一路前行，一路无话。兔兔在前面自顾自地吃着兔头，而我则有意地与她保持着一定距离，跟在她后面。不一会儿，天黑透了，所幸月色还很皎洁，能照亮前面的小路。偶尔也有些风，风吹过来的时候，我觉得没有刚出门时那般冷冽了，只带来一种令人舒适的凉意。

"啊，好辣啊！"兔兔在前面自言自语着，把纸巾扔进一旁的垃圾桶里，"有水吗？"

"没有，谁大冷天出门喝水啊？"我看了看兔兔，思索片刻，又补上了一句，"在这儿等着，我去给你买。"

"算了吧。谁大冷天的出门喝水啊？"兔兔晃荡着自己的胳膊，敷衍地笑着，"兔兔喜欢吃兔兔，这是不是很残忍？"

"没……只是我看你火锅里涮的都是青菜，还以为你是不吃肉的，才会叫兔兔。"我挠了挠头，有些紧张地看着兔兔。此时此刻的兔兔，即便是过于粗心的我也能看得出来，她的情绪并不太好。她身上的那种从容，已经在不知不觉之中消失了，取而代之的是一种压抑感。

"要不，我去……"我嗫嚅着。

"没必要了。"兔兔摇了摇头，我忽然发现，她的眼睛红红的，眼角还有些许已经风干的泪渍。

四

从那之后，我好久都没有看到兔兔。我开始经营我自己的酒舍，身边多了小朔、仲夏等一众好友，兔兔逐渐淡出了我的生活。

我会和仲夏一起去学校附近的小火锅店。看着仲夏轻车熟路地在小火锅里打着鸡蛋，涮着各色食材，我就会想起兔兔，那个立志去享受生活的女孩。可是，我注定没有兔兔的那种情趣，我总能吃成失意人吃盒饭的样子，填饱肚子成了第一要义，所谓的享受也早就荡然无存了吧。

我注定只是一个俗人，过着柴米油盐的生活，没有兔兔那样的情趣，却也比她活得舒坦。

转眼已是早春三月，虽然春寒料峭，但学校附近的夜市逐渐恢复了营业。在一个傍晚，我又一次见到了兔兔。

她还是之前的模样。高挑的身材，灵动的双眼，还有一头飘逸的长发，手里一如既往地捧着她最爱的一袋兔头。似乎是早就知道我会来一样，她轻轻地把包递给我："走吧。"

"走。"我点了点头，刚想问她这段时间都去了哪里，却发觉她已经走得远了，只能默默地在她身后跟着。

"去超市逛逛吧，买点儿东西。"半晌，她回过头，轻声说。她的嘴角微微上扬，却没有一丝一毫笑意。风拨弄起她的头发，在她的发梢间灵活地翻滚着、摩挲着。

我们慢慢地踱着步子，到了超市门前。也没有推车，两个人便急急忙忙地跑了进去。

进了超市，我能够感觉到，兔兔的情绪明显地缓和了。她的注意力很快就被超市里琳琅满目的商品吸引了。她开始沿着货架，认认真真地挑选她需要的东西，不时地还揶揄着学校里的杂货店："同样的面包，在学校里居然要贵两块钱，它怎么不去抢啊？"

"大小姐，咱可没拿车。今天咱就少买点儿吧，这跟搬家一样购物，到时候可拿不了啊。"看着兔兔一箱一箱地搬着酸奶，一种不好的感觉忽地涌上了心头，我赶忙跑过去低声制止她。

"没关系，要不也不会带你来了！"兔兔欣慰地拍了拍我的肩，便又扭过头去寻找其他商品了，只留下我和一地她挑选的东西。

五

"快来快来！别傻站着了！"我刚回过味儿来，打算搬东西，就听见不远处兔兔的惊呼。我连东西也没拿，急急忙忙跑了过去，却看见她正站在超市的水产箱边，一脸兴奋地打量着里面。

"你看，这个是螃蟹！"

"我知道，我……吃过。"

"它在和我打招呼啊！"兔兔蹲下身去，让自己的视线和螃蟹的视线持平。她伸出手朝着螃蟹象征性地挥舞着。那几只不甘寂寞的螃蟹，似乎是第一次见到这般"嚣张"的顾客，便也不甘示弱地挥舞起自己的钳子，颇有要和兔兔来一场决斗的意思。

"这个这个，是大龙虾！"可惜，兔兔终究没有如愿以偿地和螃蟹们比试一下，她把目光转向了旁边的水产箱。两只巨大的龙虾慵懒地躺在水底，不时地用长须子搅动几下过于平静的水面，以此来宣示它们的主权。

"还有那个，是石斑鱼……"

"行了，我知道了。咱们还是去买其他东西吧。"察觉到周围顾客异样的眼神，我赶忙将沉浸在水产中的兔兔拉过来，"你这把水产区当水族馆逛可不行啊。"

"好吧。"兔兔依依不舍地跟水产区里的每一条鱼、每一只虾蟹告别，然后顺从地跟在我身后，向里面走去。

"我想吃水果，买一点儿水果吧。"还没走出几步，兔兔悄悄地扯了扯我的衣袖，"学校里的水果真的太贵了，超市里这么便宜，不如多买一些吧。"

"嗯。"看着兔兔撒欢儿地跑进了水果区，我一阵苦笑，想要说些什么来嘱咐她，却又不知道该说些什么，只能默默地在一旁，看着她挤入人群之中。

说来奇怪，兔兔给我的感觉其实和其他女生给我的感觉完全不一样。成熟的时候，她比那些女生们要明事理得多；而可爱的时候，她又像是一个长不大的孩子，充满了天真与童稚。在不认识兔兔时，我一度认为这是女生性格的两种极端，它们很难同时出现在一个人的性格中，直到我认识了兔兔。

"怎么了，想什么呢？"不知道什么时候，兔兔已经跳到了我面前，伸手将一个大柚子和一兜苹果递到了我手里，"拿着！我再去拿点儿橘子。"

"你……不觉得你拿得有点儿多吗？"

"没事，寝室里分一分就好了嘛。"兔兔回过头，给了我一个大大的笑容，随后轻拍了一下我的肩膀，"加油，你可以的。"她头也不回地跑回了人群之中。

"喂……你少买点儿，兔兔……"

六

在水果区边上等了好一会儿，我终于还是放心不下，挤进了人群中，看到了有些无助的兔兔。

"人太多了，排不上队……"看到我也挤进了人群，兔兔急忙跑到了我面前，一脸委屈地扯着我的袖子，"咋办啊，我还想……"

"好了好了，我想办法。"我轻轻地拍了拍兔兔的肩膀，把手里的水果递回她手中，随后扯过一段塑料袋，走到了放橘子的货架旁。

"您好，麻烦您让一下……"许是我的声音比较洪亮，人群缓缓地分开了一个小口，让我和兔兔得以挤进来。

"这橘子不错啊。"兔兔轻轻地揉捏着橘子的叶脉，刚才的不快一扫而空。只见她大半个身子都趴在橘子堆上，将两旁的橘子用力地朝自己的身下一揽，怀里就多出了一大堆橘子。也不管橘子上有没有叶子，她一股脑儿地把橘子捧入袋子里。

"走吧，去结账了！"她招呼道。

"等下，你这个得把叶子拽一拽……"

"没事，带上叶子也没贵多少。"

兔兔兴高采烈地准备离开，我赶忙伸手扯住了她的衣袖："你得和人家大娘学学，这样更省钱的。"

"小姑娘一看就没怎么买过水果吧？"大娘听我提到了她，便微微偏过头来，笑盈盈地看着我们两个说话，"虽然这点叶子省不下来多少钱，但是这钱啊都是一点一滴省下来的，把钱省下来，让你男朋友给你买点儿啥好吃的，不是挺好的吗？"见兔兔把自己的话听进去了，大娘笑了笑，走到了她面前，拿起一个橘子，对着橘子的顶端轻轻一拧，便让橘子与枝叶分离了。

"强扭下来的橘子也挺甜的。"大娘说。

兔兔看了看大娘手里的橘子，也不搭话，只是默默地把橘子拿起来，学着她的样子轻轻地拧着。她噘着嘴，眼中似乎闪烁着晶莹的泪光。

"兔兔，你……"

"没事。"兔兔笑容恬淡，嘴角微微上扬。

一路无话。

出了超市，我依旧大包小裹，跟在兔兔身后不远的地方，看着她在前面蹦跳着，哼着我没听过的外国歌曲。

"你生气了？"

"没有。"

"那你怎么……"看着有些心不在焉的兔兔，我有些不知道怎么把话说下去了。

"我真的没生气，真的。"兔兔转过身，像一只小兔子一样轻轻地蹦了蹦，便又朝前头跑去。

"别跑太……"我刚想追上去，让她慢点儿，她却又转过了身子，"逸哥，你们怎么都对我这么好啊，凭什么对我这么好啊？"

声音不大，却是嘶吼。

七

嘶吼过后，我们俩安静地对视。她在哭，眼泪止不住地流出来，顺着她的脸颊滑落。

"我……"

"你走吧，我这个无可救药的人，不配你对我好。"听到我出声了，兔兔立刻害怕地向后退了几步，随后装出一种很平静的语气，"你才见我几面啊，你凭什么对我好啊？"

"因为你和其他女生不一样。"

"她们比我身材好、长得漂亮，比我家庭幸福，比我有钱，比我会享受生活。我是和她们不一样。她们可以一直活在象牙塔里，听着闺蜜虚假的赞美，看着舔狗送的鲜花、礼物，浏览着网店最新潮的衣服、包包和化妆品，花着父母赚的血汗钱，来做她们小公主的梦。末了，还要对那些为爱付出的男生嗤之以鼻，以充满优越感的口吻，来和他们比层次、比三观。我就是和她们不一样，我就是一个没人疼没人爱的人罢了。"

"兔兔，你……"我试探性地向前踏了一步，兔兔立马敏感地后退了好几步，一脸委屈地望着我。

"你真想知道？"

"嗯。"

"我来自单亲家庭。我父亲在我很小的时候就去世了，我和我妈生活。"兔兔抬起头，看着街道上昏黄的灯光，她缓缓地抬起胳膊，拥抱着这路灯下最后一点光芒，"明天我妈就结婚了，我没有家了。"一片枯叶缓缓飘落，正落在了兔兔的手掌里，她轻轻地握住叶柄，将枯叶小心翼翼地擎在手里，"男方不知道我的存在，我妈也压根没想跟他说。我知道，我去找她也未尝不可，可是到头来，不自在的人只有我。"

"那你……"

"怎么活不是活，就是命不好呗。"兔兔没有在意我究竟说了什么，只是自顾自地把那片枯叶扯了个粉碎，"我一定是造了什么孽，连亲情我都留不住。"

"你受苦了。"我慢慢地走到她身后，轻轻地拍了拍她的头。

"一直以来我都以为，如果世界以痛吻我，我将报之以歌。我有足够的能力应对这个世界的风风雨雨，我将享受生活给我的磨难。无论火锅里的菜熟了还是没熟，是夹生了还是煮老了，我都可以笑着吃进肚里，然后擦干泪水，琢磨出一套应对的方法，来让自己的生活看上去更滋润些。可是后来我发现，我做不到。"

八

那天过后，我便再也没有见过兔兔。

那个享受生活的小姑娘，似乎不会再出现在火锅店了。她就像是一阵风，轻轻地吹过我身旁，留下一阵麻辣兔头的香气。

"你知道吗，逸哥，我曾经特别害怕吃兔头，总觉得我的同类正在看着我，但是我知道，这生活已经让我不得不残忍，这世道已经让我不得不坚强……慢慢地，我就爱上了兔头的味道，它可以辣麻我的神经，让我的记忆里只有肉香。互相伤害的都是同类，最后关心我的反倒是陌生人，可笑吗？多可笑……"

我最后得知的关于兔兔的消息，在她的朋友圈里："新租的这个房子是租金是一年付一次的，给钱的日子定在我的生日。不为别的，以后房东来要账的时候，我好知道，生日还有人陪我一起过……"

第十六章　旧林羁鸟，故渊池鱼

一

"前两天同学聚会，叔，你怎么没去呢？"晚上，小晴给我打电话，"咱们现在都大二了，不在一个地方，也有四五年没聚了。我弘哥的意思就是大家平常聚少离多，这次好不容易有个机会，咱们几个关系好的，也能好好聚一聚。"

"得看店啊。现在是假期，我店里的员工都回家了。店里现在只有我自己，我去了，酒舍怎么办啊？"我看了看没有多少人的酒舍，叹了一口气，"现在是假期，也没有多少客人，再不着调点儿，我这儿的房租可都要付不起了。"

"好吧，你们都忙。"小晴的语气明显失落。其实，我和小晴也好久没有联系了，只是听说她去了南方的一所大学，也不知道她在那边怎么样。

"都谁去了啊？清明去了吗？"

"没有，很多人都没来，都说自己忙，找理由推脱了。清明好像是要参加省里的比赛，她现在是省队的球员，忙着训练，准备参加比赛，也没什么时间能出来。"

"这样啊。"我点了点头，之前我因为参加活动，到了清明的大学所在的城市，还约她一起吃饭。本来她都答应得好好的，可是临近吃饭的时候，她被教练拽去了，没有办法，我们俩只能在体育馆里匆匆地见了一面。那时候的她比之前清瘦了很多，但是肌肉结实，一看就是运动员的状态。"她忙她的吧，毕竟是学体育的，忙点儿正常。"

"不只是清明，小航也没来。听弘哥说，机缘巧合，小航认识了一个经纪公司的人，听说现在快出道了，在组织什么女团，听说好像没在国内。"小晴继续说着，"咱们班女生来得不多，除了我以外，就小舒来了。"

"小舒？"听到这个名字，我愣了一下，脑海中逐渐出了那个打扮有些艳丽的女孩，"她也不是咱们班的啊，她来干什么？"我对小舒这个女孩没有什么太好的印象。

"现在她和弘哥在一起了。"小晴有些不屑地说。

"弘哥？"我不由得吓了一跳，手机挣脱了我的手，一下子掉到了地上。

二

在我上初中那会儿，弘哥绝对可以说是校园里的风云人物，他成绩好，为人又仗义，很有个性魅力。

弘哥在学习上很有天赋。作为赫赫有名的"睡神"，他还能有优异的成绩，这不是天赋，是什么呢？

"你咋天天都这么困呢，以你这个能力，要是好好学习，成绩不是会更好吗？"那时候放学，我总是会和弘哥走在班级的最后面，看着他大梦初醒的样子，随意地聊着天，"你这样不就荒废了吗？"

"你学习是为了什么？"弘哥沉默了一会儿，抬头看着我，"你文字能力强，以后会当个作家吧。"

"倒是也没想好，未来的路不是还很远吗？老师说我们不用想太多，只要好好学习，考个好高中就行了。"

"好高中？然后呢？"

"然后？那自然就是好大学了。听咱们班主任说，到了大学不就可以放松一些了吗？"

"再然后呢？"

"再然后？那就是读研？听长辈经常说什么硕士、博士，应该是比大学生还要高级的身份吧。"我抬起头痴痴地想着，实际上那时年少的我，最远只能想到后天中午吃什么，别说研究生和博士了，就连高中的生活都是我不曾想过也不敢去想的，"弘哥，你问这个干吗啊？"

"读研？"弘哥重复着我的话，并没有回答我的问题，"然后呢？"

"你今天很奇怪啊，为啥问这些啊？以后就是去工作挣钱呗。"

"工作？挣钱？"弘哥饶有兴趣地看了看有些蒙的我，"你怎么不想着去当宇航员，当科学家？"

"出人头地这种事，毕竟太少了。我觉得人就应该现实一点儿，要不然从梦境中跌落的时候是很疼的。"我把我手背到脑后，叼着一根已经发黄的狗尾巴草，慢悠悠地走着，随意地踢着小石子，"当个普通人，工作挣钱养家糊口其实就好。"

"你和别人不一样，好一句'工作挣钱养家糊口其实就好'。"弘哥跑了几步，把胳膊架在了我的肩膀上，"那你说，如果我们最终的目的是工作挣钱养家糊口，那我们为什么不直接挣钱呢？为什么我们还要经过高中、大学这么多中间步骤呢？"

"我、我不知道。"听到弘哥的话，我顿了一下，潜意识里觉得弘哥的观点并不正确，但是又说不出什么反驳他的话，便只是慢慢地摇了摇头，"可是怎么挣钱呢？"

"只要你肯努力，就一定会挣钱的。"弘哥像一个老大哥一样拍了拍我的肩，留下了一句模棱两可的话，便离开了。

那一天，我看着弘哥离开的背影，一个人站了很久。我从内心仍然不是很认同弘哥的话，但是有另一个声音回荡在我的脑海深处："也许我们的路并不一致，但是不可否认，我们的未来都会很精彩。"

三

弘哥是一个画师，而且是个在国内绘画圈小有名气的画师，很多桌游、页游，包括一些公司的标识设计都出自弘哥之手，这一切我是在读高中时才知道的。

当时我和朋友意外地在漫展里看到了弘哥，他正在给一个女孩化妆。看到我，弘哥愣了一下，对那个女孩说了一句"等我"，便朝我跑了过来。

"你在这儿干吗？"我有些好奇地问道。

"我是个画插画的，有时候也帮别人画画动漫妆，平常接几个单子，也能挣不少钱呢。"弘哥笑了笑，"其实我觉得自己画得并不好，但是他们都喜欢，慢慢就火了。"

"你学过吗？"

"素描、国画之类的，都学过，但是画插画啊、画动漫妆啊，其实都是我自己摸索出来的。也许真的像他们说的，这就是天赋吧。后来认识了一些画师，他们教了我一些方法，现在多练练，慢慢也就成型了。我师父是个日本人，他画插画特别厉害。"

"多练？你一般都怎么练啊？"

"一天除了吃喝拉撒睡，都在画。最多的时候我连续画过三十七个小时。"弘哥笑了笑，摸了摸头，"累是累，但是进步也确实快。"

"还去学校吗？"

"去啊，不过我不在原来那所省重点中学了，去了一个私立高中。"他顿了一下，"过来看看我化妆吧，还有人等我化妆呢。"

"算了，我还有事。你忙你的吧。"我想了想，还是拒绝了弘哥的邀请。

"以后有事记得找我。"我看了看不远处的弘哥。最终也只留下了这么一句话，不咸不淡，像是在敷衍。而弘哥没有言语，只是站在那儿看着我，半晌，朝我缓缓地挥了挥手。

四

挂断了小晴的电话，我又想起了弘哥，那个有着淡黄色自来卷头发，总是一脸睡不醒的样子的弘哥。

"怎么样啊？好长时间不联系了。"思忖再三，我还是拨打了弘哥的电话。"听说你有女朋友了。"

"是小晴说的吧？"听起来，弘哥还是睡不醒的状态，他含糊地说，"都是假的，我和小舒并没有在一起。"

"那是咋回事啊？"

"你是不是在你那个酒吧呢？我过去找你。"弘哥打了一个大大的哈欠，似乎是从椅子或是床上站起来，碰到了旁边的茶杯，发出叮叮当当的响声。

听着电话里弘哥有些沧桑的声音，我赶忙答应了下来，并吩咐蔻蔻："蔻蔻，你去隔壁鸭货店买点儿鸭货，再整点儿小拌菜，我有个朋友一会儿要过来。"

"老有朋友来，怪不得你这店不挣钱。"柜台后的蔻蔻斜着眼睛看了看我，小声嘟囔着，把脚上的拖鞋踢开，放在一旁，光着脚，也不穿袜子，直接将运动鞋踩上，"好不容易挣点儿钱，都让朋友喝去了。"

"辛苦了，蔻蔻。"我苦笑了一声，其实我知道她说得对。小朔、素素，还有高中和大学那些室友们，任谁来了，我也不能让他们花钱，这一来二去，实际上酒舍并没有挣多少钱。但是，一想到一会儿过来的人是弘哥，我又不好收他的钱。我跟蔻蔻补充道："一会儿来的这个人，不一样。"

没多大一会儿，弘哥就来了酒舍。也就三四年未见，他比原来整整瘦了一圈。看见了柜台前的我，弘哥没怎么言语，只是张开双手朝我走了过来，同时嘿嘿地笑了笑："打扰我兄弟的买卖了啊。"

"蓬荜生辉。"我赶忙迎了上去，和弘哥紧紧地抱在一起，只一瞬间，弘哥的眼泪就涌了出来，"兄弟，好兄弟。"

"别哭别哭，弘哥，怎么了？"看见弘哥一见面就落了泪，我吓了一跳，赶忙把纸巾递过去，"不顺心？"

"我……"弘哥用他的大手紧紧地攥住了我的胳膊，半晌没有言语。我知道，弘哥其实是一个外冷内热的人，长时间黑白颠倒的作息，使他很少与人接触，这就让他看上去并不是那么善于交际。

"你在哪个学校呢？"我问道，"之前我只知道你去了私立高中，大学我还不知道你去了哪儿呢。"

"我啊，去加拿大了，自费去了一所加拿大的大学。"弘哥看上去特别萎靡，原来的意气风发不见了，取而代之的是一脸愁容与逐渐后移的发际线，"我在那个私立高中上到高三就不去了，当了一段时间的游戏主播，挣了点儿钱，还为了生活打过一段时间的职业联赛，有时候还去给别人代写一些东西，能挣点儿是点儿，就是活着呗。"

"那你父母……"

"父亲？那是什么？我没有父亲，我父亲早就死了。"弘哥坐了下来，看着窗外逐渐浓重的夜色，从兜里掏出了一包"黄鹤楼"，给自己点上了一根，"我妈就是普通公务员，赚不了太多钱，还得照顾我姥姥和姥爷，我从初中开始就在花自己挣的钱。"

"这就是你说的，越过中间那么多步，直接工作赚钱养家糊口。"我笑着点了点头，"那个时候我就羡慕你，你说你在初中的时候就能赚到四位数，而我当时满打满算一个月的零花钱都没有两位数。"

"都过去了。"弘哥低着头，"要是每天都是之前那种无忧无虑的日子多好。"

"过去了？"

"是啊，过去了。我已经好久不画画了。"

"为啥啊？你画得不是挺好的吗？"

"和画得好不好没关系，我发过誓了，这辈子不会再画了。"弘哥苦笑着，伸手给自己倒了一杯酒，痛苦地摇了摇头，"我师父死了，他让我别走他的老路了。"弘哥掏出手机，给我看了看图册里那个笑容很和蔼的男人。照片里的他在一个饭店里，手握着一个鳗鱼卷，十分温柔地笑着，"他今年只有三十四岁，在日本漫画界，他应该是一颗闪亮的新星。"

"发生什么了？"

"自杀。因为被各式各样的客户催得太急，加上他们提出的要求过于严苛，没有办法，他选择了这条路。"

"谁都不容易。"看着神态萎靡的弘哥,我跟着苦笑了一声,抬手将杯里的半杯酒尽数泼洒在地上。随着酒水四溅,弘哥的泪水也流了出来。"你不知道,我师父就像是前辈一样对我。平日里有些生活上或者绘画上的问题,从来都是他教我怎么解决,我实在是没有想到,他就这么突然地走了。"

"前辈?你是想说就像你父亲一样吧?"

"不不不,不是父亲,我没有父亲,我父亲早就死了,就是前辈。"

"你和小舒是怎么回事啊?"

"我喜欢她,很喜欢。"弘哥看了看我,直言不讳,"她不喜欢我,但是我还是很喜欢她。"

五

听弘哥介绍,他和小舒是几年前在私立高中认识的。那时的小舒,已经是那所高中首屈一指的"女神"了,而刚刚转学过来的弘哥,在机缘巧合之下成了小舒的同桌。

当时他们是彼此信任的好朋友,相处得很愉快,我以为他们的关系就是在那时打下了一个很好的基础。我问弘哥:"所以后来你们就……"

"没有,她看不上我。她喜欢的是那种可以领得出去的'高富帅',我不高也不帅,倒是有点儿钱,但也扛不住她那巨大的开销,一来二去,我们也就渐行渐远,还没开始就已经结束了。"

"那你还喜欢她?"

"我给不了她想要的,是我的失职,我为什么不能继续喜欢她?"

"你……"

"为了让她喜欢我，我拼了命地努力，每天疯狂地锻炼，去学弓箭、篮球、武术还有田径，就是为了能够得到她的心，哪怕只是一会儿也好啊。"弘哥抬起头，他提到小舒的时候，我能看到他眼睛中迸发的光芒，"然后就是玩了命地挣钱。我发过誓不画画了，没有挣钱的路子，我开始听别人的劝说，转行去当游戏主播。为了练技术，我给自己制定目标，一天打多少局游戏，甚至在玩游戏的同时还学着去记笔记，总结经验。就这样坚持了半年，我终于收到了当主播的第一笔打赏金。我把两千元打赏金一股脑发给她，可是她连句谢谢都没有，只是不冷不热地嗯了一声就不理我了。"

"她……"

"从我给了她两千元打赏金之后，我被前前后后的几拨人围追堵截，那些人对我的态度出奇地一致，他们都让我离小舒远一点儿，否则我就要废了。"

"然后呢？"

"都被我废了。"弘哥十分平静地说着。

"她为什么这么对你？"

"就是烦了吧。我的存在会让她失去很多新的追求者，她也就少了很多获利的渠道，所以她自然而然就不愿意我出现在她面前了。可是，我没想到的是，我打倒了其他追求者之后，小舒却并没有像之前一样继续为难我。"

"那不是好事吗？说明她心里有你啊。"

"大概过了一周以后吧，有一个自称小舒的闺密的女孩联系了我。女孩告诉我，小舒其实过得并不是那么开心，她父亲是一个官员，母亲是一个年轻漂亮的女人，没有工作，只是安心地做一个家庭主妇。在这样的家庭环境中成长起来的小舒，极其高傲与自信。可惜好景不长，小舒的父亲因为违法乱纪被判刑，她家里失去了唯一的经济来源。养尊处优的母亲没有工作能力，很快就改嫁了，只留下小舒一个人在空荡荡的房间里。小舒的性格变得越来越极端，对待感情的态度也慢慢发生了变化，她开始认为感情只不过是交易而已。"

"谁的人生也不是一帆风顺的。"

"那个女孩劝我，天涯何处无芳草，其实没有必要单恋小舒这一枝花。她告诉我，她听小舒提过我很多回，她觉得我和其他男孩不一样，比其他男孩更温柔，也更执着。她认为我可以拥有更好的，我可以去找一个值得我爱并且也爱我的女孩，这样可以不让我这些年的所有努力付诸东流。最后她还问我，能不能和她在一起。"

"你怎么说的？"

"我没答应她，我说我忘不了小舒。女孩也表示理解，说我可以随时找她，她会一直等着我的。"弘哥陷入回忆之中，"虽然我俩没在一起，却变得无话不谈。我和她讲我和小舒之间发生过的趣事，她讲述着她眼中的我是个什么样的男孩。她给我发了她的照片和视频。她是个很漂亮的女孩，温柔体贴，知性温婉，我几乎想要答应她，可是一想到小舒，我还是没能答应她。"

终归是故渊羁鸟、旧林池鱼，即使努力地变成她理想中那个人的样子，最终也只是黯然收场罢了。

六

"既然她不喜欢你，你还缠着她干什么啊，这样对你有什么好处？"听着我俩的谈话，正在一旁学习的蔻蔻走过来，看了看弘哥，"你图啥啊，你在人家眼里啥都不是！你这么追求人家，没有一点意义。"

"我也知道啊，可是，我放不下啊。"弘哥抬起头看着蔻蔻，声嘶力竭地反驳起来，可是到最后，他的声音还是弱了下来，到最后变成了小声自言自语，"我能理解她。我年少的时候就是没有人陪，为了让自己不孤独，我开始拼命挣钱，只有挣钱可以让我感觉不到孤独，也可以减轻一点儿我妈的压力。但是，我知道，在内心深处，我是不愿意挣钱的。我更愿意像你们一样，做一个没有任何压力的人，可是我做不到啊。"弘哥看了看我，有些虚弱地笑了笑，"越长大，我越害怕孤独，可是到头来，我确实越来越孤独。我的师父离我而去了，我的母亲因为压力太大而生病住院，就连小舒也离开我了。你知道吗，这条路我已经走厌了，我自己都厌恶被困在这条路上出不去的自己。所以当我意识到小舒走上这条路的时候，我只能拼了命地不让她孤独，尽我所能地给她爱，给她快乐，尽管我知道她并不喜欢我。"

　　"以后有事记得找我。"我看了看面前的弘哥，想要好好地劝一劝他，可是开口也不知道说些什么，最后只是说出这么一句话。而弘哥也没有言语，只是静静地看着我，半晌，朝我缓缓地挥了挥手。

　　"大概就是我和女孩聊了一个月之后吧，我和女孩的大量聊天记录被翻了出来，包括我给她发的自拍照。我的一切都被暴露在阳光之下。从那天起，我再也不是那个有很多钱的'睡神'了。从那天起，我只是一个苦追小舒却被她嫌弃的'舔狗'，只是一个花上千金都不能博得心上人一笑的可怜人。我就是一个不孝的垃圾人。"

　　"等等，你俩的聊天记录被翻出来？"我愣了一下，总觉得这件事有那么一点儿似曾相识。

　　"不孝又是怎么回事啊？"蔻蔻也在一边插话询问着，"你对你妈不是很好吗？怎么不孝了啊？"

　　"这你还不明白吗？"弘哥看了看我，苦笑着将满杯的酒一饮而尽。"根本就没有所谓的她闺密那个女孩，那个女孩就是小舒扮演的，她在现实生活中拒绝了我，然后用一个小号向我表白。其实她的目的，也只不过是让我的过往全部暴露在所有人面前，让大家看一看我是个什么样的人。"

"可你不是个坏人啊。"

"对不起，是我骗了你。"看着还在坚持说他不是坏人的我，弘哥又一次潸然泪下，"我父亲没死，他还活着。"

七

"活着？怎么回事啊？"蔻蔻急不可耐地问着。

"在我父亲还是个小职员的时候，我妈就义无反顾地嫁给了他。他因为穷，成了一个入赘女婿，花的都是我姥姥、姥爷的钱，就这样，我妈陪着他在职场一路走了上去。因为我姥爷的财力支持，加上我父亲的努力，他在事业上很快就有了起色，手里的钱也多了起来。可是，他却嫌弃起年老色衰的我妈，和一个他很早就在外面包养的女学生在一起了，最终被我和我妈捉奸在床。"

"渣男！"蔻蔻在一旁愤愤不平。

"后来他们就离婚了，我父亲把我叫了出去，说我要是跟他，他就带我享尽荣华富贵。他让我别管我妈他们了。那一天，暴怒的我把他狠狠地打了一顿。他说我不孝，我让他滚。"

"渣男就该打，打得好。"蔻蔻在一旁附和着。

"然后呢？"我扯了扯蔻蔻的袖子，让她别瞎说话。

"能怎么样？他要心机，用手段，关了姥爷的店铺，还说姥爷的店铺存在各种问题，需要缴纳罚金。之后，他就再也没有在意过我们。

别说给生活费了，他见都没见过我一次。我以为这件事会被我深埋内心，没想到和小舒扮演的那个女孩聊天的时候，我还是忍不住告诉了她，最终被小舒搞得人尽皆知。"

"她都这么害你了，你怎么还这么向着她，远离她不就好了？"蔻蔻还是很不理解，为什么弘哥还是对小舒一往情深，"你贱吗？她都已经这么对你了，你还非要对她这么好！"

"蔻蔻！别瞎说！"

"不，她说得对！"听了蔻蔻的话，弘哥忽地站了起来，用尽全力嘶吼着，他的头疯狂地晃动着，让他看上去像极了一个困兽，"我就是贱啊！"

"弘哥，不是这……"

"我没事的。"弘哥摇摇晃晃地走到酒舍门口，朝我摇了摇手，"谢谢，你们俩说的话我都懂了，也许我真的是贱吧。"

"弘哥，我错了，你别……"蔻蔻被弘哥这副模样吓坏了，躲在我身后探出脑袋，看着摇晃的弘哥。

"你没错，是我错了。"弘哥走过来，伸手摸了摸蔻蔻的脑袋，然后摇晃着离开了，"我就是贱的啊，她要不是那个老王八蛋的女儿，我凭什么对她这么好啊！"

"老王八蛋？谁啊？"蔻蔻看着摇摇晃晃离开的弘哥，不大理解地把头转向了我。

"没啥，去把鞋穿上，回屋去吧。"

八

"你非要用这个方法对待他吗？"在一个巨大的天台上，衣着笔挺的小初走到天台边上，看了看不知在想什么的小舒，也跟着她坐了下来，"他毕竟是你哥啊。"

"他不该对我这么好。"看着车水马龙的街道，小舒喃喃自语，"之前是我爹欠他的，现在是我欠他的。"

"那你还用我那一招？"小初扭过头，看了看旁边的小舒，一脸的不解。

"我们不行，我们是兄妹。我这个扫把星，只会伤害他。趁现在，用了最狠的方法，让他彻底地断了念想，不好吗？"小舒扭过头迎上了小初的目光。"钱送过去了吗？"

"送去了，这些年他花在你身上的钱，一分没差，都给了他妈。现在他妈住院，也没有收入，那些钱应该可以解决燃眉之急了。"

"谢谢你，小初。我爱你。"

"我也是。"

第十七章　山盟虽在，锦书难托

一

"最近咱们这儿怎么总有一种臭味啊？"又是一个没有多少客人的晚上。由于放暑假的缘故，这段时间客人一直都不是特别多。此时此刻的酒舍里，光着脚的蔻蔻拿着拖布清理着酒舍的地面，嘀嘀咕咕："好像是有人在这儿上厕所了一样。"

"都有人在我这地板上上厕所了，你还在这儿光着脚？也不嫌脏。"我坐在柜台后，随意翻看着柜台上的书，是一本古龙先生的小说，叫《天涯明月刀》。我倒是没有看过这本书，不过看过据此改编的电视剧。在电视剧里面，玉面神医齐一心全身全意地爱着周婷，可是周婷只爱男主角傅红雪。而齐一心这份爱意被周婷知道时，他已经死了。

"怎么，最近开始看古龙了？"

"周婷和明月心的打扮，想想就觉得好看。我以后买汉服，我也要扮一次明月心看看。"蔻蔻抬头看了看我，"爱而不得的感觉，可是太惨了。"

"是啊，蝴蝶为花醉，花却随风飞。"我叹了口气，有些感慨。

这世上只见过一面便私订终身的男女终究还是少数，有情人终成眷属慢慢成为一种流于形式的祝愿，真正的金玉良缘又有多少呢。"以后，你谈朋友的时候，还是找一个更爱你的人吧，爱你的人有时候比你爱的人要强得多。"

"学长，听你这么一说，好像跟我找不到跟我相爱的人了似的。"蔻蔻嘟着嘴，叉着腰嘟囔着。就连挂在客厅里的鹦鹉蔻蔻，也跟着叽叽喳喳地叫着："学长，找不到，找不到，学长。"

"你可真会抓关键词。"蔻蔻被气乐了，拿起拖布杆，去击打鹦鹉的笼子。这只鹦鹉其实才买来没多长时间，上一次那只鸟，因为小金在酒舍的喊叫而吓坏了，没过几天就死了，蔻蔻的爷爷才去买了这只鹦鹉。最近这段时间，蔻蔻爷爷的身体大不如前，下楼要喘上好一会儿，眼神也不大好，要买蓝点颏，却错买了一只鹦鹉回来。

"学长，刚才你还没告诉我，咱们店里的臭味该咋办呢，长此以往，客人可就更不来了！"

"这味道不是店里本来的味道，不是外头飘来的，就是哪个客人带来的。"我确实能够闻到一股若有若无的臭味在店里弥漫着，"先开窗户放一放吧，这两天你盯着点儿这些客人，留心一下，看看是谁把气味带来的。"

"好，真是的，谁让你是老板呢。"

二

"老板，我发现这味儿的源头了。"第二天上午，柜台后的蔻蔻很快就闻到了那股熟悉的臭味。循着那味道来到酒舍的一角，就看见了一个瘦瘦高高的女孩正赤着脚丫坐在座位上，看着学校考试的复习资料。女孩看上去很好看，大大的眼镜框架在白皙的脸上，挡住了大半张脸，两颗小虎牙清晰可见，显得格外可爱。

"你去和她说吧，你是女孩，你去更合适一些。"我朝蔻蔻努了努嘴，"别说得太重，她也不是故意的。"

"知道了。"蔻蔻白了我一眼，光着脚丫快速地跑了过去，"你好，同学，你可以把鞋子穿一下吗，这个味道有些……"

"啊？"女孩摘下耳机，看了看站在自己旁边的蔻蔻，笑了笑，"不应该啊。"女孩说着，把脚丫捧了起来，抬到了自己的鼻子边，同时用力地吸了两下，"不臭啊。"

"可是，我们能够感觉到……"蔻蔻也觉得这么直白地说，可能不太好，便也有些吞吞吐吐。

"不是我啊！一点都不臭，妹妹。不信的话，你闻闻？"女孩偏着头，露出了灿烂的笑容，同时把脚抬起来，朝蔻蔻的鼻尖伸去。蔻蔻吓了一大跳，赶忙后退了几步。

"妹子，闻到了吗？我就说不是我吧，而且妹子，你不也没穿鞋吗，兴许是你的味道呢。"

"我？我脚不臭……"蔻蔻意识到自己也是光着脚的，贸然阻止女孩光脚，或许她并不会答应，于是只能低着头小声地说，"不是我，我洗过了……"

"好了，妹子，开个玩笑。"女孩大大咧咧地扯过蔻蔻，让她在自己身边坐了下来，同时挽起了自己的裤腿，露出了光滑的小腿。蔻蔻注意到，女孩的小腿上似乎用布条绑着些什么东西。"我这个人就是这样大大咧咧的，你别介意啊。"女孩颇为豪放地笑了笑，解开了腿上的布条，拿出了两大块布条里包裹的榴梿肉。顿时，酒舍的味道更加浓郁了，而女孩对此依旧浑然不觉。

"给，尝尝。"女孩拿过一块榴梿肉，开心地咬上了一大口，同时将另一块递给了一旁的蔻蔻，"我叫莹莹，请多指教啊。"

"我叫蔻蔻，你好。"蔻蔻目瞪口呆，看着莹莹大口地吃着榴梿，半晌，才小声地提醒着，"莹莹姐，你这个……"

"这个啊，榴梿啊。跟你说啊，我特别喜欢吃榴梿，还有螺蛳粉和臭豆腐，带点臭味的美食简直是人间美味啊。我这衣服又没有兜，我就想到了这个法子，每天带几个布条，把喜欢吃的榴梿都绑在身上。"说着，莹莹大大方方地撩起上衣，露出没有任何赘肉的肚子。果不其然，在莹莹的腰上，蔻蔻又看到了两三块用布条绑好的榴梿。

"怎么样，是不是很方便？"

"可是，你这个味道有一点点……"

"哦，对啊，这个味道有些大，怪不得你说我的脚有味呢。"莹莹点了点头，自言自语着，同时伸手一点点开始解开自己身上的布条，"妹妹也是不愿意穿鞋啊？"

"是啊，舒服。"

"哈哈哈，我也是。我就不喜欢拘束的感觉，放飞自我特别好。"听到蔻蔻的话，莹莹开心地大笑着，环视着四周，见周围并没有人看向自己，便把自己的衣服又往上撩了一大截，朝蔻蔻得意地晃了晃，马上又把衣服拉了下来，"无拘无束，凉凉快快。"

"你……"蔻蔻已经彻底被面前的莹莹打败了。

"妹妹，你和那边那个男的啥关系啊？"莹莹爽朗地笑着，丝毫不在意蔻蔻的表情，拍了拍她的肩膀，指了指柜台后的我，"这两天，我一直在这儿看书，你和他关系不错啊？"

"还行吧。"

"男朋友啊？姐姐我看着那男的也不错啊，你们俩真是郎才女貌啊。”

"什么啊？他是我老板。"蔻蔻脸腾地就红了，低着头不去看莹莹好奇的表情，"学长有喜欢的人了，那架钢琴上面的照片上的人，就是学长喜欢的学姐。"

"这样啊，呸。有眼无珠。"莹莹朝我这边做了个鬼脸，装模作样地啐了一口，"我也是，我喜欢我班一个男生，可是他不动心，就知道追我班另一个女生。"

"不，不是……"

"姐姐懂的。"莹莹抛过来一个"我什么都懂"的表情，笑嘻嘻地看着蔻蔻。"男追女啊，不好追，可是女追男隔层纱，你懂吧，只有咱们偷偷……"

"我可都听见了啊。"我的声音不合时宜地响了起来，吓得莹莹一哆嗦，一不留神，手里的榴梿掉在地上。

三

"你谈过男朋友吗，莹莹？"

"其实还没有，倒是相中过几个小帅哥，人家都不喜欢我，哈哈哈……我都习惯了。"

"那你还教蔻蔻？你俩真是一个敢教，一个敢学啊。"我看着面前两个光着脚低着头的少女，一脸的无奈。不得不说，她们两个人的性格比较相似，都没啥主意，风风火火的性子。只是与莹莹相比，蔻蔻的直爽多了一份诗意，这让她看上去更为英姿飒爽，而莹莹则多了一些天真无邪的直率。

听到我的话，莹莹憨憨地挠了挠头，小声地嘟囔着："我不也是为了蔻蔻好吗，都是网上的那些'大神'的方法。"

"有用吗？"蔻蔻在桌子下用脚丫踢着莹莹的脚丫，"我最近也看到了，有些人可以通过看一个人的微信头像，就能猜到这是个什么样的人呢。"

"有用吧，好多人都信呢。"莹莹用力地点了点头，同时不忘在桌子下面也用力踢回去。不一会儿，两个人就闹到一起去了。

"莹莹，你用过网上的方法吗？"

"用过用过。我最近就一直在用。"莹莹立马就变得激动起来，无处安放的胳膊，也激动地来回挥舞着，嘴角的口水差点淌到地上，"怎么说呢，给了我一个新的思路吧，这些方式我以前想都不敢想。"

"都有什么啊？"

"不告诉你，我要去回去吃午饭了。"莹莹一脸坏笑地看了看蔻蔻，站起来，从包里掏出她的运动鞋，也不穿袜子，和蔻蔻一样趿拉着，"也不知道中午吃啥，要是有个人请客可就好了。"

"请客？"蔻蔻立马捕捉到了莹莹话里的关键词，赶忙伸手抓住了她的胳膊。"我这儿就是酒舍啊，我这儿有炸鸡啊，还有薯条呢。炸鸡特别好吃啊。"

"不要，吃炸鸡太胖了。"莹莹斜着眼睛看着蔻蔻，内心一阵狂喜，但是仍旧一脸平静地去扯自己的袖子，"我还是回去吧，寝室里还有好吃的呢。"

"寝室，好吃的？"蔻蔻想了想，又看了看桌上的榴梿肉，忽地站起来，扯过莹莹就往酒舍后面跑。不一会儿，两个人来到了酒舍里面的房间。平日里蔻蔻总会在这个屋子里看书或者打游戏，因此这个屋子我也不常进来。

"坐下，等我。"蔻蔻示意莹莹在房间里的小床上坐下，便又噔噔地跑了出去。不一会儿,蔻蔻就拿着两个大碗跑了回来:"我们酒舍里好像还有自热的螺蛳粉,我去给你拿,这顿就算我请的,好不好?"

"这还差不多。"莹莹奸计得逞,得意地笑了笑,开心地用筷子敲着面前的两个大碗,"有饮料的话拿一杯饮料。"

"这顿饭从你工资里扣啊,蔻蔻。"我站在门口,看着在库房里找螺蛳粉的蔻蔻,"加上饮料的话,就算你五十元吧。"

"学长,你……"蔻蔻直起身子,朝着我捏了捏她的小拳头,然后无可奈何地点了点头,"莹莹姐,我太难了。"

"我才太难了吧,每天你在店里吃的薯条和炸鸡,我都没给你算钱。"

"之前都没算,这次也别算了,好不好?"蔻蔻可怜兮兮地凑了过来,两只手搭在我的胳膊上,来回地摇晃着,"求求你了,学长。"

"不能助长这种拿店里东西的歪风邪气。"

"那我给你也泡一包螺蛳粉吧。"

"成交!"

四

莹莹心仪的男生叫小智,和日本动画《宝可梦》里的男主人公小智重名,只可惜,他身边并没有皮卡丘,只有很多和莹莹一样的"迷妹"们。

小智可以说是全校的风云人物。作为校篮球队队长,他不但身体健壮得像头牛一样,相貌也很耀眼,可以和电视上正火的男明星相媲美,再加上天生的"低音炮"嗓音,很多时候他只要碰一下麦克风,周围的女生就激动不已。

作为"迷妹"大军中的一员，莹莹很快就以她的直率与泼辣，闯出了一片天地。很多女生对一些问题欲说还休，积极主动的莹莹很快就脱颖而出，得到了小智的注意。可是，莹莹的过于豪爽，还是让小智选择了敬而远之。

"莹莹姐，你都是怎么出招的？"大口吃着螺蛳粉的蔻蔻，一脸兴奋地问着，"对方是什么反应啊？"

"我第一次给他送花，他还给我钱了呢。"莹莹憨憨地笑了笑，从包里掏出纸巾，擦了擦脖子上的汗，"我在网上看视频，说送花是表达爱意的最好方法，我就给他买了一盆玫瑰。"

"玫瑰啊？你好浪漫啊，莹莹姐。"

"还好，教程里还说送花的时候，最好从楼上扔下来，满天的花瓣雨，要多漂亮有多漂亮。"

"哇！太浪漫了！以后我结婚的时候，一定也要有玫瑰雨！"蔻蔻根本没有停下自己的嘴，一直嗍着碗里的螺蛳粉，同时一脸羡慕地点了点头。

"对方同意了吗？"我也好奇地看着一旁的莹莹，"你挺用心啊。"

"整体上都不错，就是有一个小瑕疵……"

"什么瑕疵啊？花瓣不够多吗？"蔻蔻赶忙问，"花瓣少点儿其实也可以。"

"不是，我忘了，我买的玫瑰是盆栽……"

"嚯！"我和蔻蔻异口同声叫起来。

"还好，小智跑得快，没有砸到他。"莹莹有些尴尬地挠了挠头，"他给了我一百块钱，告诉我想去哪儿就去哪儿，只要从他眼前消失就可以。"

"他没报警就已经很对得起你了。"我心有余悸地感叹着，多亏没有让蔻蔻跟她学，不然以后可就有大麻烦了，"没关系的，莹莹，一次失败其实无所谓。"

"那当然，一次失败就死心，岂不是显得我太弱了，我还给他做过便当呢。为了他，不会做饭的我特意做了四菜一汤。"

"这个好，学长也说过，要想抓住一个男人的心，首先就得抓住他的胃。"蔻蔻附和着，"你做的什么啊？"

"没有螺蛳粉和榴梿吧？"听了莹莹的话，一种不好的预感又一次笼罩了我。

"没有啊，那些东西味道太大了，我做了一道红烧鲱鱼。为了做这道菜，我特意浪费了我最喜欢吃的鲱鱼罐头呢。除了这个，还有拌鱼腥草、土豆炖排骨和炸实蛋。汤的话，是我最喜欢的老北京豆汁儿。"

"呃……土豆炖排骨还不错。"

"他怎么说啊？"蔻蔻依旧兴致勃勃地问着莹莹，"他是不是夸你了啊？"

"他还没来得及夸我，就住院了。"莹莹歪着头笑了笑，"我记得医生好像是说，是因为他吃的土豆发芽了……"

五

"那时候，我每天都给他写信，和他讲一讲我在学校里遇到的人，遇到的事。尽管他不会回我，但我还是会写，然后让他的室友帮我把信带给他。他从来都没回过我，我也不知道他看到信之后是什么样的反应，但是给他写完信后，我却会变得很安心，就好像以后的生活有了方向一样。虽然他不愿意搭理我，但我还是想谢谢他。我总是傻乎乎的，想要对他好一点儿，却总是闹笑话，不是差点儿砸死他，就是把他送进医院。但是相信我，我真的很喜欢他啊。"

"我知道。"看着有些激动的莹莹，我重重地点了点头，"他会知道的。"

"但愿吧。我知道，我不是他喜欢的那种大家闺秀，我不能做到柔柔弱弱地去喊他帮我拧瓶盖，也不能做到楚楚可怜地依偎在他身边。但是，他不开心的时候，我可以陪着他喝酒。他郁闷的时候，我可以和他一起去压马路。只要他想，只要我能，我都可以。"

"他有心上人了吧？"

"那怎么了？只允许我喜欢他，不允许他喜欢别人岂不是太霸道了？他喜欢他的意中人，想要去许给她山盟海誓和地老天荒，那是他自己的选择，我干涉不了。我能做的，其实只有默默地爱着他，不计一切后果地爱着他。"

"他会明白的。"

"我有过很多机会，但是都错过了。下雨天，他撑着一把伞来接我，要送我回宿舍，但是我拒绝了，然后脱了鞋，在雨里拉着他蹚水蹚了半个小时。最后我没啥事，他却病倒了。还有一次是我们上专业课的时候，着凉的我发烧了，他说他要送我回寝室，为了不让他担心，我硬是在走廊里跑了三圈，还咬着牙做了五十个仰卧起坐，最后一个人扛着三脚架和照相机回了寝室。他的生活有诗和远方，而我永远是那个不解风情的人。"

正说着话，小智给莹莹打来电话："我找你有点儿事，你在寝室吗，我请你去吃饭去。"

"功夫不负有心人啊，快答应啊。"蔻蔻在旁边赶忙碰莹莹的胳膊，"太好了！"

"吃不下了，我刚吃过螺蛳粉了，要不咱俩去洗脚城洗脚吧。"

莹莹激动地坐直了身体，盘着的双腿来回摇摆着，"你先去，我随后就到。"

"还是算了吧，你吃过饭了，咱们就改天再说吧。"电话那边的小智沉默了几秒，还是拒绝了莹莹的建议，随后便挂断了电话。

"他又推脱了，没法子，随缘吧。"莹莹叹了一口气，擦了擦嘴，从包里拿出了两本厚厚的教材看了起来。

"你是法学专业的啊？这么厉害啊。"蔻蔻看着教材上各式各样的法条，一种崇拜之情油然而生，"好厉害啊。"

"我？我是学摄影的啊。我之前不是和你说我拿三脚架和摄像机了吗？这是他的专业，我打算以后考他们系的研究生。他要是也考本校研究生的话，我们就是同学了，想想就很开心。"

"那要是考不到一起呢？"一直没出声的我开了口，"异地，你想达成目标，可就更不容易了。"

"以后，和他应聘同一个单位呗，只要我把法学学得好一点，就一定会成功的。"莹莹双手捧着自己的双脚，让自己像一个不倒翁一样来回旋转着，笑嘻嘻地说着，"等大学毕业之后，说不定我就是智嫂了呢。"

六

从那天之后，莹莹就再也没来过酒舍，但是她和蔻蔻成了很好的闺密。没事的时候，她就约蔻蔻一起去吃饭，因为怕身上的异味影响酒舍的生意，莹莹说什么也不来酒舍了，每次都托蔻蔻问候我。

有时候，莹莹也带着蔻蔻，一起去找小智，可惜闹出了不少笑话。不是她精心布置的蜡烛，在小智出现之前就被大风吹灭了，就是她亲手做的奶油蛋糕送给小智后，她才发现打发淡奶油的时候，应该加的白砂糖被错放成了盐。

好在小智似乎感受到了莹莹的内心，渐渐开始和她约会。一来二去，两个人的感情迅速升温，在校园的各个角落都能看到他们的身影。高大帅气的男生斜靠在墙边，一脸温柔地看着那个穿着肥肥大大的运动服，挽着裤脚，脚踩在运动鞋上，正傻笑着吃冰棍的莹莹。

"别傻笑了，快吃。"小智永远是一脸温柔。

"好啊……"点头傻笑的莹莹忽地被针扎了一样跳起来，伸手擦拭着滴落在自己脚面上的"冰棍汤儿"，"这也太凉了吧。"

"我给你擦一擦……"她身后的小智温柔地蹲了下来，拿出衣兜里的手帕，伸手擎住了她的脚丫，轻轻地擦拭着，"没事吧，一会儿再去买一根。"

"不了不了。一会儿买块榴梿就行了。"莹莹傻傻地看着面前的小智，嘿嘿地傻笑着。

"好啊。你想吃啥都好。"小智抬起头看了看脸红红的莹莹。

"真不敢相信啊，咱们居然能走到一起，我还以为你会……"

"都是年纪小不懂事嘛，兜兜转转，发现还是你最好。这些年一直都没有答应你，委屈你了。"

"不委屈，多少年都是值得的。"莹莹的泪止不住地流了下来，在她的脸上汇聚成了一条清澈的小溪。

"莹莹，我想和你说件事……"

七

小智和莹莹在一起大概一个月之后，蔻蔻告诉我，莹莹失踪了。

起初我们并没有在意，只是以为她回了老家，暂时不在学校里，直到学校的寻人启事贴了出来，我们才意识到，莹莹真的是失踪了。

　　"你觉得莹莹会去哪儿呢？"自从莹莹失踪以后，蔻蔻就变得闷闷不乐起来。早上没有客人的时候，她就坐在屋里的小床上，低着头看着自己的脚丫。

　　"不知道啊。要不然去问问小智吧。"

　　"走！"二话没说，我和蔻蔻来到了小智的寝室楼下，看到了刚打完篮球回来的小智。

　　"莹莹失踪了。"蔻蔻面无表情，我在她的脸上看到了一种我从未见到过的冷意，"她去哪儿了？"

　　"我不知道。她失踪的前一天，我俩就分手了。"小智无辜地耸了耸肩，"要是没有别的事，我就回去了。"

　　"等一下。她失踪前一天？你们发生了什么？"我伸手拦住了小智，"你们分手了，她就失踪了？你确定她的失踪和你没关系？"

　　"我跟她借钱了，我最近手头紧，没有多余的钱了。她借了我五千，然后她好像是去打工挣钱了吧。"小智吞吞吐吐地说着，下意识地把手上的手机塞进裤兜里。说时迟，那时快，蔻蔻一个抬腿踢在小智的右手上。小智吃痛，手机自然脱手，被我一把抢到手中。

　　小智的手机里有一张电子欠条："我是北疆大学摄影系的莹莹，通过××平台借款五千元，一个星期后归还，逾期后果我自己负责。"

　　小智的手机重重地落在地上，手机屏幕上，皮肤白皙的莹莹一点点地碎裂开来。

第十八章　如人饮水，冷暖自知

一

"蔻蔻，醒了，该营业了！"我从床上爬起来，看了看已经高悬的太阳，不由得一愣，踩上拖鞋走到蔻蔻的屋子门口，开始敲门。蔻蔻爷爷生病住院以后，她就搬到了酒舍里，她家屋子也因此闲置了。"蔻蔻，别睡了，一会儿客人就来了。"我挠了挠头，看了看床边的钟，现在是八点二十四分，比每天的开业时间八点，已经晚了二十四分钟。"我先洗漱了。我洗漱完，你可就该起床了。"其实我并不是个赖床的人，每天甚至不到六点就起床了，最迟也没有超过七点钟。蔻蔻通常七点钟也起床了，要是洗头的话，可能会起得更早一些。

"真是的，昨晚喝太多了。"到了卫生间，我看了看卫生间的镜子，头发乱七八糟，胡子也有几天没刮了，已经能摸到下巴上一些坚硬的胡子茬了，它们不甘示弱地生长出来，宣示着对我下巴的主导权。蔻蔻还没醒吗？我瞥了一眼卫生间对面的房门，心里寻思着。以往，我只要在门口喊上一声，蔻蔻也就起来了。她虽然有严重的起床气，也会对我的大嗓门抱怨两句，但是并不拖沓，很快就光着脚丫跑过来跟我抢着洗漱。

蔻蔻不会病了吧？洗完脸的我，一边用毛巾擦着脸上的水，一边走过去敲了敲门，可是这一次，我的敲门声并没有得到任何回应。"蔻蔻？怎么了？你不舒服吗？"然而，我的话仍像石沉大海一样，没有任何回音。"蔻蔻？你在吗？"我又敲了敲门，还是没有动静。我思忖再三，还是尝试着拉了拉门把手。令我意外的是，门并没有反锁，我只是轻轻地搭了一下，房门便缓慢地打开了。

　　"蔻蔻？蔻蔻？"推开房门，映入眼帘的是已经叠得整齐的被褥，屋子里被细心地打扫过，看上去格外整洁。她的淡蓝色拖鞋和我送她的双歧翘头履，并排放在了床下。床头的闹钟下压着一张纸条，屋子里并没有蔻蔻的身影。

　　这丫头这么早干吗去了？我拿起了蔻蔻放在桌上的纸条，字迹工整而娟秀：学长，我想请个长假，我也不知道什么时候回来。我爷爷不行了。

　　我早该想到。看着一尘不染的屋子，那张纸条被我一点点地捏了个粉碎，扔了出去。

　　其实，蔻蔻这次离开，是有一点预兆的。昨天晚上，酒舍里所有的客人都走了之后，蔻蔻忽地拉住了我，非要和我喝一点儿。我本来不善于喝酒，只当是蔻蔻开心，便答应了。我给蔻蔻做了些炸鸡排，又给她倒了杯啤酒，可是她说啤酒就应该搭配烤串或者鸭货，啤酒搭配炸鸡太奇怪了，硬是把酒换成了野格。我俩慢慢地喝，慢慢地聊。她和我讲，初中时的同桌小宇要和她在一起，问我的想法，不知她该不该同意。我跟她聊我和清明、我和小彤之间的故事。

　　"学长，咱们玩真心话大冒险吧。"蔻蔻喝得小脸通红，笑嘻嘻地看着我，"我一定不会输的。"

　　"蔻蔻，你醉了，今天早点儿休息吧。"

"没关系的！我开心！玩一会儿吧，不然干喝酒也没意思。"

"少喝点儿吧。过两天，店里没事的时候，你也去看看你爷爷吧，他挺疼你的。我先预支给你一个月工资，然后再给你拿五百块钱，你替我给你爷爷买点儿补品，买点儿水果。"

"钱就算了，我爷爷有钱。今天不说那不开心的事了，咱们玩真心话大冒险吧。"蔻蔻把鸡翅塞进了嘴里，大口咀嚼着，"第一局你输了啊，选真心话，是吧？你最喜欢的女孩是谁，清明还是小彤？"

"小彤。"我看了看钢琴上小彤的照片，沉默了一会儿，缓缓地开口，"遇到清明的时候，我们对爱情的理解还是太肤浅了。遇到小彤之后我才对爱情有了更深的理解。"后来，迷迷糊糊的我就没了任何印象，包括我是怎么回的自己的房间，都没了一丝一毫记忆。而蔻蔻是什么时候离开的，我完全不知道。

二

我并没有联系蔻蔻，她没有当面跟我告别，一定是有自己的打算了。思前想后，我还是给她转过去了五百块钱，跟她说了一句"注意安全"。看样子，很长一段时间，酒舍里应该是只有我一个人了。

"酒舍有人吗？我想去找你们。"刚把钱转给蔻蔻，一个连我自己都已经遗忘了的微信群，忽然有消息提示。这是我高中毕业前心血来潮建立的群，叫"星隙诗文社"。群里都是我周围喜欢文字的人，最初的打算是通过我们这些人的文字，打造一个文学公众号，主要是写一点儿自己喜欢的东西。可惜因为上了大学之后，大家都忙着自己的事情，打造公众号的事情一再搁浅，最后也就不了了之了。群里的同学好久都没有说话了。尤其是作为群主的我和作为管理员的蔻蔻，都忙于酒舍的工作，一天到晚地忙碌，很少去经营这个群，慢慢地，这个群也就沉寂了。这一次，时隔一年多，说话的是另外一个管理员。我只知道她姓宋，是一个很高挑的女生。

我跟小宋只见过一次面，是在我的第一本诗集的发布会上。在我父亲的介绍下，发布会在一家书店里举办，那天很多嘉宾到场，还有附近的中小学组织起来的一两百名学生，而作为去书店买书的路人，小宋凑巧赶上了这次活动。

发布会结束以后，小宋找到了我。没有任何介绍，也没有任何评价，她直截了当地拿起手机对着我："加个微信。"

我抬起头看了看面前的小宋，她的个子其实很高，几乎要赶上我了，有些苍白的脸上没有任何表情。我注意到的是她的眼睛，虽然在镜片后面，但是我能够轻而易举地感受到这双眼睛眼迸发的光芒，这目光让我想到了一个人——小彤。她们的眼里都有光。

慢慢地，我和小宋熟识了。正是她，第一个赞同我建立诗文社的打算。和我一样，小宋也是一个写手。诗歌、小说、散文，她几乎都涉猎。而加我微信的缘由，也不过是想体会一下和高手博弈的感觉。像小宋这样一个浑身上下充满了傲气的女生，是绝对不会允许有人在自己喜欢的领域超过自己的。

可惜，我们的博弈简直一言难尽。她把我的诗贬得一无是处，特别是押韵的方式，而我觉得她那种模仿顾城先生的朦胧诗，实际上根本没有人能够理解得了。所以，我俩每一次讨论文学艺术，几乎都是不欢而散。可是这并不影响我们俩下一轮讨论与切磋。每次两败俱伤以后，想要去说服对方的念头，就在我们俩的心里又一次燃了起来。

除了文字，小宋在生活上也都不想落于人后，无论是学习，还是生活中的方方面面。她总是抢着做到最好。就连谈恋爱，她都下定决心，一定要找到最好的那个人。然而，在这个几乎完美的女孩面前，追求者的任何问题都无处遁形。因而，虽然追求者众多，但小宋一直没有找到自己眼中最好的男生。

三

大概下午三点钟，小宋按照我发给她的地址来到了酒舍。这次我见到的小宋，并不是我印象里高挑漂亮的样子。她穿着厚厚的大衣，带着毛线织的帽子，还裹着厚厚的黑白相间的大围脖。现在是初秋，看她这身装扮，还以为已经是腊月了。她的容貌发生了很大的变化，原本瘦得可以反手摸肚脐的腰，已经不存在了，取而代之的是过于臃肿的身材，她看上去像被吹起来的气球一样。她的眼镜也没有原来那样有神了，耷拉着眼皮，盯着自己的脚面。

"小宋？"我吃了一惊，不大确定地问着，"是你吗？"

"嗯，是。"小宋点了点头，"是不是觉得我和原来不一样了？"

"是。"我老老实实地点了点头，把小宋请进了酒舍的包间里，"你这是怎么了？"

"死了一次，又活了。"小宋跟着我的脚步进了包间，伸手摘下围脖。能感觉到她已经非常疲惫了，只是这几步路，就已经气喘吁吁了，瘫在凳子上，喘着粗气。

"只有你自己？蔻蔻呢？"她问道。

"蔻蔻啊，她爷爷去世了，今天早上跟我请了长假。"我给小宋递了一杯水，在她对面坐了下来。"你这……"

"说来话长。原来的我，觉得自己是整个世界的中心，我享受那种用实力征服别人的感受，可是现在我才知道，在这个世界上，我什么都不是。"

"你和原来不一样了。"我看着对面的小宋若有所思，"我说不出来哪儿不一样了。但是我觉得今天的你，已经不是之前的你了。"

"我说了，我死了一次，又活了。"小宋朝我笑了笑，弯下腰用力地抓起自己粗壮的小腿，用力地把小腿挪到另一条腿上，形成一个跷二郎腿的姿势。"我记得是认识你之后半年左右，我就住院了。因为住院，我休学两年。所以别看我比你大两岁，但是我现在跟你是同年级。"

"什么病啊？"

"精神分裂。"小宋推了推眼镜，努力地挤出一个看上去很温暖的笑容。"我吃了很多药……"

"怎么会……"

"怎么不会？活着很容易吗？那么多折磨和负累，死了或许就解脱了吧。"

"你怕死吗？"看着面前苦笑的小宋，我自问自答，"其实，我怕，特别特别怕。原来我觉得历史小说里动辄就可以死成千上万的人，死亡真的可以很容易。随随便便呃，一个人就这么死了，在历史的洪流里消失了，没有回音，也没有影子。眼睛一闭，不睁，一辈子也就没有了。后来我发现不是这样的。2020年元旦，那天我一宿未眠。我的父母是六〇后，而我是九〇后，到了2020年意味着，父母要奔六十岁了。原来我觉得六十大寿都是给老人过的，可是，不知不觉地，我父母就要六十岁了。而我，还没有赡养他们的能力。所以从那一刻开始，我怕死了，不只是怕自己走，也怕他们离开，怕身边我认识的人从我的记忆里溜走。在历史的洪流里，没人会记得他们，也没人记得住我。但是在我这里，我不能没有他们。所以我越来越坚信，我面前的这条路，哪怕是泥泞的沼泽，哪怕是无人的沙漠，哪怕没有阳光，哪怕没有希望，我也得走下去，咬着牙走下去。"

"我……"

四

事实证明，在打开窗户站在窗台上的时候，小宋的想法和我的想法是一样。也正是因为这一点儿最后的执念，她没有选择放弃自己的生命，而是坚持着挺了过来。

"我忽然觉得，我以前喜欢的生活没有了任何意义。争第一有什么用？纵有良田千顷，不过日食三餐；纵有广厦万间，不过卧眠七尺。那些得失成败，又有什么用呢？"

"你说得有道理。"我点了点头，"及时行乐其实也是一种活法，把每一天当作自己生命中的最后一天，未尝不能享受到人生的精彩。"

"不是我说的，这句话出自《庄子》，你个文盲！"小宋撇了撇嘴，不屑地看了看我，"而且，及时行乐也不是那么好。"

"你到底是个啥态度……刚才还说及时行乐是好事，这会儿又说不那么好了，说变就变。"

"说变就变？像个'渣女'，对不对？"小宋拿起杯子，轻轻地抿了一小口，润湿了自己的嘴唇。"刚得病那会儿，我确实以为及时行乐特别好，所以得病之后，药物导致我大幅度增重，我也没有太在意，甚至还自暴自弃地大吃大喝，天天通过炸鸡和奶茶来安慰自己，告诉自己身材不重要，只要开心就好了。慢慢地，身体没有好转，身材倒是彻彻底底地垮掉了，原来身边的追求者也都没有了。"

"从一开始，他们就是贪恋你的美貌，哪个是真懂你的？"我跷着二郎腿，"患难见真情，看来这话不假啊。"

"Afriendinneedisafriendindeed（患难见真情），"小宋点了点头，"不过，也不是所有的追求者都和我不来往了，还有一个人和我来往。"

"哦？"

"他叫瑾瑜。听他说，他的名字来自三国时期的周公瑾。他是一个很温柔的男孩，一个只会笑的大男孩。"

"瑾瑜啊，确实是好名字。不单是周瑜，三国时期诸葛亮的哥哥诸葛瑾，也是字子瑜。"我点了点头，"我记得在北齐颜之推写的《颜氏家训·省事》中也有记载：'今世所覩，怀瑾瑜而握兰桂者，悉耻为之。'"

"和你这出过书的人聊天，就是比和别人聊天舒服一点儿。这你都知道。"小宋笑了笑，打开微信给我看了看她的昵称，正是"兰桂"。

"这情侣名真高级。"

"他有时候会有些小孩子气。最初我生病之前，也因为这一点，很看不上他，可是现在看来，也是挺不错的。我生病之后，其他人都不再接近我，只有他一直在我身边。在我答应了和他在一起后，他给我换了各式各样的情侣昵称，恨不得让全世界都知道我是她的女朋友了。"

我不禁莞尔。

五

我认识的小宋并不是一个容易服软的人，脾气也不太好。在生病之初，病痛的折磨，以及逐渐无法成为"第一"的巨大失落，让她变得焦虑与烦躁。而陪着小宋一路走过来的人，只有瑾瑜。

　　那时的小宋身材已经臃肿不堪，肥肉从她的衣服里挤出来。除了体重大增，她的失眠情况也变得越来越严重。每个深夜，所有人都睡着的时候，只有小宋一个人一边吃着蛋糕，一边数着羊。

　　"其实，睡不着的感觉我觉得还好，我可以在此时构思我的诗歌，可是思绪越延展越分散，脑袋就越清醒，最后一点儿睡意都没有了。我也试过在晚上自己做点儿什么别的事情，比如玩游戏，比如拼魔方。可是到头来，游戏打得七零八落，魔方没拼成功，只是让自己的黑眼圈更重了而已。"

　　"那你父母……"

　　"就是一天到晚地忙呗，平日里都是我一个人生活，其实我也理解他们。我是他们唯一的女儿，他们俩不多赚点儿钱，怎么养我啊？说到底，都是我这个废物太没用了。"

　　"不是啊！你其实也很厉害的。"我看着对面的小宋，"你的诗歌写得比我好啊。虽然我不太理解你的风格，但是你的诗确实很出色，我确实不如你。"

　　"你知道吗？你和瑾瑜真的特别得像。"小宋听到我的话，像是早就知道似的点了点头，"他要是还在我身边的话该多好。"

　　"他……"

　　"他离开了，但我不怪他。"小宋从包里拿出一张照片递给我。照片中，那个叫瑾瑜的男孩蹲在地上，耐心地给小宋系着鞋带。"我们是在一个微信群里认识的。他有一些和我相同的爱好，我们一样书生气，一样不服输。因为相同的爱好，我们越聊越熟，越聊越火热。大概一个多月之后，他向我表白了。他送了我一个鱼缸，跟我说，本来想送我一鱼缸的小鱼，然后大声地告诉我，鱼在水里，我在他心里。可是，鱼都被他养死了，没有办法，只能送我一个鱼缸了。我可以在里面再养点儿鱼，这样我就可以还在他心里了。听着他的表白，我犹豫了好久，最终还是没能答应他。"

"怎么？"

"当时的我觉得，他还是太孩子气。"小宋又递给了我一张照片，这是一张文身的图片，"YS"这两个字母的图案很漂亮。听小宋说，这两个字母在瑾瑜的心口处，代表着"瑜"和"宋"。"在被我拒绝后，他还是选择腻在我身边，死皮赖脸地纠缠我，送我各种各样的礼物，通过各种方式向我表白，期待获得我的芳心。而我也对他越来越厌烦，慢慢地，也就失去了联系。"

我想要说些什么，可是张开嘴又不知道说些什么才好，只能附和着叹了口气。

"我生病之后，脾气越来越不好，也变得越来越自卑。那个时候我想不明白，为什么我这么优秀的一个人，会变成现在这个连我自己都看不下去的模样。所以我自暴自弃，以为这一辈子就这样了。但是，瑾瑜不知道通过什么方式，又一次找到了我。他没有嫌弃我现在的相貌，也没有对我之前的态度有丝毫气愤，只是温柔地待在我身边陪着我。我父母忙的时候，他就过来给我做饭，不让我去点那些高热量的外卖；吃完饭，他监督我出去跑步，我的鞋带开了，他会弯下腰给我系上。那段时间真的很好很好……"

"很好，很好。"柜台上的鹦鹉也跟着叫了起来，"时间，很好，很好。"

"他……"小宋站起身，从包间走出来，看着柜台上开心地飞来飞去的鹦鹉，泪泪泪而下，"真的很好很好……"

"那你们俩又是怎么……"

"我的脾气太糟了，猜疑、敏感，对很多无所谓的事斤斤计较，因此和他吵过很多次。大多数时候，他都是在一旁低着头，默默地听着我骂他。"小宋拿起一张手纸，擦着眼角的泪，"后来有一次，他说要带他妹妹去看病，我便觉得他一定是以看病为借口去干别的了，便对他大发雷霆。那一次，他真的生气了，我俩大吵了一架，最后不欢而散，他就这样从我的世界里消失了。"

六

"你喜欢他吗？"

"喜欢吧，最初并没有觉得我有多喜欢他，可是在他离开之后，我忽地发现，他已经渗透了我的生活，我的世界里已经不能没有他了。拧瓶盖的时候，我会下意识地等着他过来；系鞋带的时候，我会下意识地伸出脚等待着；吃饭的时候，我会下意识地拿两双筷子；睡觉的时候，我也习惯了会有一个人，在我熟睡后给我掖被子角。原来，相处日久，真的可以生情。"

"生情，生情！"鹦鹉蔻蔻也跟着附和。今天鹦鹉似乎格外活跃，一刻都不停歇地在笼子里飞舞着，嘴里一直絮叨着。

"是啊，真的可以日久生情。"一个充满磁性的嗓音从屋外传了进来，一个笑容洋溢的大男孩推门走了进来。男孩进了屋，先上下打量了我一眼，转过头又看了看一旁的小宋："宋，我要结婚了。"

"结婚？"小宋看着面前的瑾瑜，一时还没有反应过来，"你？"

"是啊，我比你大两岁。我已经二十五了，工作一年多了。"瑾瑜朝我笑了笑，从旁边搬了一把椅子，坐在小宋旁边，"你现在还在上学，我可是得养家糊口了啊。"

"你的未婚妻是个什么样的人啊？"再一次看见瑾瑜的小宋，乖巧得像一个孩子，一动不动地看着面前的瑾瑜，"瑾瑜先生的妻子，想必也是人中翘楚吧。"

"她啊，还好。我们是一个单位的，一起竞聘上岗，一起在单位附近租了个房子。最初我俩就是普通的合租室友，每天我骑自行车带她去上班，她呢，则负责每天的晚餐。就这样过了半年，我俩自然而然就在一起了。"

"你真幸福。"小宋有些酸溜溜地说，"可惜我还是没有人喜欢。"

"瑾瑜，我还是有一点不太懂，最后你为什么会离开小宋啊？"我在一旁好奇地问着。

"因为那个女孩其实不是我妹妹，她其实是我捡来的。"瑾瑜笑了笑，不敢去看小宋的眼睛，"那个女孩身体特别虚弱，身上还有血，在路上坚持着走，马上就要不行了，我就把她送去医院，打电话联系不上小宋，我便跑过来跟她解释。太过仓促，我也着急了，就和她发了火，后来离开家之后，我一气之下删掉了小宋的联系方式，之后也就联系不到她了。"

"哦，那时候我应该是休学结束，回学校上学了。"小宋点了点头，"我还以为你再也不来找我了。"

"是啊，后来，我去找工作了，也就逐渐和小宋失去了联系。"

七

"那你是怎么找到我的啊？"小宋好奇地问着，"你是怎么知道我在这个酒舍里的？"

"因为我也在'星隙诗文社'的微信群里啊，这次你要是不在群里说话，我也许真的就再也找不到你了。"瑾瑜拉着小宋的手，"以后，虽然我有了未婚妻，但你一直是我妹妹。我把你的情况和她说了，以后你有什么事就来找我和你嫂子。"

小宋黯然地点了点头。

第十九章　将子无怒，秋以为期

一

"大哥，打游戏吧。你一个人在酒舍里有啥意思啊？"电话那头的老三嬉笑着。

我看着酒舍里稀稀拉拉的顾客，问道："一起打游戏的人都有谁啊。"

"我、南哥，还有南哥的女朋友。"

"好。"我点头应允着，其实我对游戏并不是很擅长，很少和朋友一起打游戏。由于上大学前从来不接触游戏，我对游戏也一直没有太大的兴趣。电脑里面一个游戏都没有安装。上大学后，在室友们的轮流劝说下，我才下载了几个手机游戏，没事的时候，和他们一起玩上几局，主要是凑个数。

"上号吧，南哥他俩已经上线了。"老三见我答应，急忙开心地说着，生怕我变卦了一样，"微信区的。"

"好。"我挂断电话，打开了那个很久都没开启的游戏。我记得上一次玩还是和小洛、小黑、小默。那还是上一个寒假的时候呢，后来随着开学，小默忙着学习，小黑也有自己的事情，我们也就不再一起打游戏了。这一晃，已经过去大半年了。

打开游戏，匆匆忙忙地领取了游戏发给我的回归奖励，南哥和老三的声音已经从耳机里传了出来："好久没联系了啊，逸哥。最近你咋样啊，刚才他和我说你开酒舍了？真的假的？"

"是真的，也没指望能通过酒舍挣多少钱，把吃饭的钱挣出来就行。有空来我这儿坐坐。"

"好的，好的，那必须去看看。"南哥顺嘴答应了下来。我和南哥其实关系还不错，虽然没有我和老三那么熟悉，但是平日里开个玩笑、聊聊天的交情还是有的。我和南哥上高中时并不在一个班里，我去了文科班，而南哥和老三他们则在理科班。

我认识南哥，也是通过寝室老三的介绍。由于意气相投，他们两个人很快就打成一片。

二

"这是逸哥，我高中同学。"南哥对队伍里唯一一个女生账号说着，"逸哥，这是我女朋友。"

"叫我小菅就好。"女孩的声音很温柔，没有北疆的粗犷，倒有江南水乡的温婉和秀丽。

"小菅啊，我还以为叫小管。"老三的声音响了起来，"还有菅这个姓呢。"

"明朝有菅怀礼，我记得现在的明星也有这个姓的。"我解释着，"在咱们这边，这个姓不是很常见，在山东和河北的一些地方，似乎有很多姓菅的人。"

"听我爸说我家就是山东那边来的。我妈是这边的，上大学那时候认识了我爸，后来我妈回北疆，我爸就跟着过来了。"小菅解释道。

"厉害啊，大哥，我都不认识那个字。"老三的声音传了过来，"南哥，开吧。"

"宝贝，准备。我开游戏了。"南哥冲小菅说。

"啧啧啧，"老三酸溜溜地说，"你让我们这两只单身狗怎么办？"

"你是单身狗吗，老三？"我有些好奇，"那小双呢？"

"早就分手了。"老三笑了笑，并没有表现出不开心，"其实我之前就猜到我和小双最后会是这个结果了。她在国内上大学，我一个人在欧洲留学，两个人一年都见不了一次，我倒是无所谓，但对她太不公平了。她也应该和她那些室友一样，等男朋友下课，然后两个人手挽手、肩并肩地去食堂吃饭，下午没有课的话，一起去逛街，吃最好吃的小吃、喝最甜的奶茶，晚上一起去自习室，回寝室后再煲个电话粥，生活不过如此吧。这些对她的室友来说习以为常的生活，我给不了她。她也该像别人一样幸福，在我这儿终究是亏待她了。"

还没等我们回话，南哥已经开了游戏。作为一款时下正流行的游戏，一句脍炙人口的"大吉大利，今晚吃鸡"让它很快从各种游戏中脱颖而出，成了很多年轻人娱乐的首选。

随着游戏的大火，玩游戏的人越来越多，这款游戏也开发出了各种新奇的功能。因为游戏建模出色，游戏载具过于逼真，这个游戏进入了驾校的考题之内，很多考驾照不会倒车入库的人，都可以通过这个游戏来练习倒车入库。而游戏中各个房型的构造，也成功地吸引了一些房地产商的眼球。蛋糕店通过制作游戏同款地图形状的蛋糕而提升销量。玩具店通过制作游戏的各种同款手办而维持营生。甚至因为这一句"大吉大利，今晚吃鸡"的口号，这款游戏还拯救了不少烤鸡店。这在过去那种把游戏当成小孩子瞎玩的时代，是根本无法想象的。

三

不得不说，在打游戏方面，南哥有无与伦比的天赋。在南哥的带领下，我们四个人接二连三地赢得战斗，段位慢慢地从普通的白银、黄金打到了铂金局。

"逸哥你来打突击。三儿负责远程狙击。"打了几局之后，南哥开了口，"刚才这几局里，逸哥近战伤害更高一些，三儿的远程还可以，我负责开车，小菅负责后勤补给。"

"咱们找人打就得了，我觉得啊，咱也不用分近战远战，看谁伤害高谁厉害就得了。"老三满不在乎地说着，"南哥，你枪法也挺好啊，你把车给小菅开，你和我大哥一起突击不是更好？"

"这叫战术。段位高了之后，敌人也精明了不少，盲目瞎打容易吃亏。"南哥嫌弃地说着，"可不能让我家小菅开车，她考驾照科目二都没过呢，她要是开车，咱们就折在自己人手里了。"

"你……"小菅气鼓鼓地打断了南哥的话，"你个煮鸡蛋清！"

"啥玩意儿？煮鸡蛋清是啥啊？这是什么新奇的骂人的话吗？"老三好奇地问着，"我怎么没听过？"

"没听过正常，这都是她自己发明的骂人的词，什么煮鸡蛋清，什么大芹菜，什么破烂山药，只要是她不喜欢吃的东西，就都用来骂人了。"南哥憋着笑，给我和老三解释着。

"你个打卤面！"小菅哼了一声，也就不再言语了。

"科目二没通过啊，那还好，我科目一还没过去呢。"我赶忙给他们打圆场，"要不让小菅开车也行。"

"还是男生给女生开车更好一点儿吧。"老三想了想说着，"让女生给咱们仨男生开车，总感觉不是那么回事。"

"好。"我顺口应了一句，没有再说什么。

南哥开着车，行驶在游戏当中崎岖的山路之上，和老三谈着我们高中时候的事："你还记得你的英语课吗？"

"我咋了？"老三一愣，思考了一会儿，也不知道究竟是什么事，"啥英语课啊？"

"你不记得了啊，那我让你好好长长记性。"南哥停下车，从游戏背包里掏出手榴弹，对准刚刚下车的老三，"记得了吗？"

"啥事啊？我忘了啊。"老三懵懂地看着南哥，凭借着自己灵巧的操作，躲过南哥扔过来的一颗又一颗手榴弹，"是我上课玩你手机，结果手机被没收的事吗？"

"不是！"南哥嚷了起来，"原来玩我手机被校长没收的人是你啊！你原来不是不承认吗？"

"我错了，哥，别闹了。"老三自知失言，撒腿就跑，但还是被手榴弹炸到，血条顿时少了一大半，"好好玩游戏吧，别闹了。"

"我和你闹了吗？你再想想，英语课上你都干啥了！"南哥笑着走过去，又拿出一颗手榴弹对准老三，"我给你五个数！"

"是我以你的名义给英语老师写信，劝他抓紧脱单吗？"老三犹犹豫豫地询问着，但是马上又排除了自己的答案，"这个好像是以我大哥的名义写的啊。"

"啥？"我也下了车，朝老三走过去，"我怎么不知道这个事？"

"不是，大哥，啥也没有，我啥也没说。"老三惊慌失措地躲避着，"到底是啥事啊？这会儿我真不知道了。"

"你给跟我说是烟花，然后骗我在英语课上点鞭炮，是不是你干的？"南哥越说越气，把手榴弹一股脑地扔了过去，伴随着连续几颗手榴弹的轰炸，老三被击倒在地，"记得了吗！"

"记得了，记得了。我错了。"

"别闹了，来敌人了。"一旁笑得花枝乱颤的小提醒着，"我开车过去接你们。"

话音未落，车已经结结实实地撞在了一旁的树干上。

四

救起被炸倒的老三，我们很快就找到了敌人的位置，马上投入了战斗。因为能力悬殊，率先开火的南哥很快就歼灭了对面的小队，送他们集体去开了下一局游戏。

"我就说小菅开车不行吧。"南哥把车倒出来，所幸载具破损得并不是很严重，"以后还是我来开车吧。"

"大芹菜！"

"宝贝，又来人了，小心。"南哥对小菅说着，"你往树后躲。"

"我就在树后。"还没等小菅说话，老三已开了口，同时拿出AWM 狙击枪，抬手就狙击了对面的一个人，"小心。"

"南哥喊小菅，你答应什么？"我也结果了对面的一个，朝着老三笑了笑，调侃着。

"我也是宝贝，不行啊？"老三仍嬉皮笑脸的，面前这几个没啥能力的野队，不值得我们几个认真地对待比赛，"她是大宝贝，我是小宝贝。"

"滚。"南哥又扔过去一颗手雷，小菅走了过去："打卤面，决斗吧。"

"错了错了，南哥救救我，小菅救救我。"又一次被击倒的老三欲哭无泪，只能坚持着朝不远处的小菅爬了过去。

"不，他的宝贝，只能是我。"小菅看着面前被击倒的老三，一字一顿地说着，"谁都不能把他从我身边抢走。"

"老三就是开个玩笑。"

"但我是认真的。"

不知何时，游戏里慢慢起了大雾，雾霭像极了蓬松的云朵，覆盖在每个人身上，周围的南哥他们都变得影影绰绰的。许是因为大雾弥漫，抑或是小菅离话筒有了一定的距离，她的声音变得朦胧了很多。

"谁都不能把你从我身边抢走。"

"不会的，永远不会的。"

五

"你和小菅是怎么认识的啊？"由于小菅的家长对她玩游戏的时间有限制管，没玩多大一会儿，她就退出了游戏。少了一个队友，我们仨也没有新开一局游戏，只是在游戏登录界面开着语音聊着天，"她对你很好啊。"

"是吗？还好吧。"南哥笑了笑，"不过，她确实和其他女生不一样。"

"不一样？"

"是的，不一样。"南哥点了点头，"以前那些女生给我的感觉，和小菅我的感觉完全不一样。以前，我主要是享受被异性关注的感觉，现在我的想法也渐渐成熟了，主要是想着以后怎样生活。原来，那些女生每天和我探讨的就是去哪儿吃，去哪儿喝，去哪儿玩，去哪儿逛街，有了分歧就是我错了，动不动就嘟着嘴耍小性子，一生气就对我不理不睬。而小菅和他们不一样，不是说和她在一起后，我就不研究去哪儿吃喝了，而是我忽然就对我们俩以后的生活有了规划，从健身、考驾照，到我家房屋出租时和租户产生的经济纠纷该怎么处理，我们俩每个月的钱该怎么利用……我第一次觉得，未来是需要我们两个人一起努力的，而不是我来努力得到她。"

"等我一下。"老三沉默了好一会儿，忽然开了口。

"去干吗？"

"给小双打个电话。"老三苦笑了一声，"也不知道她怎么样了。"

"我和小菅是在驾校认识的。那个时候我考科四，她考科二。"趁着老三出去打电话的空当，我和南哥新开了一局游戏，南哥讲起他们的故事，"因为我们学校的学生会和驾校有合作，我们学校的学生去考驾照有优惠。我和室友都去那个驾校报了名，就在驾校认识小菅。她是学生会的，我也是学生会的，但因为我们分管不同的部门，以前只是听过对方的名字，却并没有见过面。"

"嗯。"我应了一声，示意南哥继续说下去。

"去驾校报名的学生实在太多，大部分时候我们都是在排队。她排在我前面。因为太晒了，温度还高，排了不大一会儿，我就热得大汗淋漓了。所幸，我带了一把遮阳伞，你猜怎么着？"

"她来跟你打一把伞了？"

"是的。"南哥点了点头，"因为太累了，她坐在前面的地上，用这游戏练习着倒车，感受到我把遮阳伞打开了，她往后挪了挪屁股，直到整个人都挤进了我的遮阳伞里。从那天之后，我们也就熟识了，一起打游戏，一起去考驾照。她叫我南哥，我叫她妹妹。最初的时候，我也并没有想要去追求她，她也没说喜欢我，只是普普通通的好朋友，一起去吃个饭、上个网吧。"

"我打个电话的工夫，你们怎么就新开了一局？"正赶上我和南哥这一局游戏结束，老三的声音在游戏里传了出来，"再来一局。"

"好。"南哥答应着，又开了一局游戏，熟练地落了地，捡了捡装备，便在路边开了一辆车，载着我们前往新的地区，"过了一个多月，我考完科四，拿到了驾驶证，而小菅没通过科二的考试。为了训练她，在游戏里我一直都是让她开车。"

"那怎么现在是你……"老三好奇地问着，可还没等说完，就被南哥打断了，"也是因为我的这个举动，我差点儿害死她……"

六

听老三介绍过，南哥家里是经商的，甚至说在北疆的商界都有他家的一席之地。南哥考完驾照没多久，家里就给他买了一辆车。南哥取车后做的第一件事就是开车去驾校，向还在考科二的小菅炫耀。结果炫耀不成，南哥还多了一个任务，那就是每天接送小菅去驾校。

有的时候，看着路上没人的时候，南哥也会试让小菅开车。因为知道自己还没有通过科二的考试，小菅开车的时候总是很慢，因而也就显得格外稳。试了几次以后，小菅也就慢慢熟悉了操作，得心应手起来。

"那天天气很好，她和我说，要借我的车去找她的闺密，闺密在另外一个区，开车一个小时完全可以到。我觉得她也练得差不多了，就放心大胆地把车借给了她。"

"然后呢，然后呢？"老三一听到有故事，马上兴致勃勃起来，"然后怎么了？"

"她是下午三点借的车，说是晚上要去和闺密一起吃饭。但是一直到晚上十点，她还是没有回来。我给她打电话，却打不通。我在她的 QQ 空间找到了她的闺密的联系方式，可是闺密说，小菅没怎么开过夜路，所以很早就从她那儿离开了。我这才意识到，小菅出事了。"

"不会吧？"

"我从我朋友那里借了车，沿着她走的路线去找她。我的车坏没坏其实倒是小事，只要她不出事就好。那一刻，我忽地意识到，原来她在我心中是如此重要。我给交通台打了电话，工作人员告诉我，从我们学校到她的闺密的学校，这条路线在这一时段内没有车辆肇事。以我对小菅的了解，她也不是那种会另辟新路的人。那她失联了这么长时间，都不去下车找其他人，来联系我和她的闺密，只能说明她在某个路口拐错了位置，现在把车开出了市区，到了没有多少人的郊区。于是，我看了地图，找到了她最有可能拐错的路口，开了过去。果不其然，在出了市区不远的玉米地里，我看到了我的车。在意识到自己的方向错了之后，她倒车失败，车进了玉米地里。"

"人没事吧？"

"没事，只是车头被秸秆划了一下。她没事，只是惊吓过度。"南哥笑了笑，"当我走过去敲车窗的时候，她疯了一样跳下来，跑到我身边紧紧地抱住我，从那天起，我们就正式在一起了。因为害怕她再出现这样的情况，我就再也没有让她开过车。我怕她从我身边就这样溜走。"

不知为何，我感觉南哥的游戏角色也跟着笑了笑。这个背着两把突击步枪，穿着和小菅的角色同款情侣装的游戏角色，熟练地握着载具的方向盘，头随着汽车的摇晃而上下起伏，他的嘴角微微上扬，如沐春风。

七

小菅在战场上复活了。随着我们四个人配合得越来越默契，我们的段位也越来越高，从铂金段到星钻局、皇冠局，最终一直打到了王牌局。

"这局可是王牌局晋级赛了，大家稳点儿打啊。"南哥按照惯例，还是在开场前祝福我们几个。"丁零零……"南哥的话音未落，他那边便有电话打了过来，他匆匆忙忙地下线了。

"估计是我们学校学生会又有什么活动吧。他们就喜欢这个时候安排任务，真是一群炸黄花鱼。"小菅听着南哥没了声音，马上解释着，"好好打吧，也不知道他什么时候能回来。"

"嗯。"我和老三答应着。

"我这里有 M416 突击步枪。"小菅从容不迫地带着我们跳到一个房区，然后模仿着南哥的日常指挥，"逸哥，你来拿这把枪。三儿，你手雷扔得准，这有手榴弹给你。我这儿药和枪械配件都有很多，你们要是没有，就和我说，我给你们分。"

"有人，小心。"房顶上的老三，拿着一把栓动狙击枪，来回瞄准着，"这次让南哥看看咱们仨的实力。"

"我来开车。"小菅说，"你们负责在车上开枪。"

令我们意外的是，小菅的车开得居然格外稳当，就连南哥口中她不擅长的倒车，也操作得十分规范和流畅。

"小菅，你……"

"那个大猪蹄子已经这么努力了，我还有什么资格不努力？我不想开车，只是因为我在车上的时候，觉得他就在旁边的驾驶位上保护我，无论前边有什么，他都会载着我一路向前。"

第二十章　戏子入画，一生天涯

一

"戏子多秋，可怜一处情深旧。满座衣冠皆老朽，黄泉故事无止休。"

不得不说，蔻蔻走了以后，我忽然觉得在酒舍无聊了许多，我似乎已经习惯了身边有一个光着脚丫蹦蹦跳跳的小丫头。和南哥他们打了几局游戏，小菅就去睡了。老三也要出去夜跑，我和南哥就没有了继续打游戏的兴致。闲聊了几句之后，我也就退出了游戏，百无聊赖地敲着摆好的酒杯，哼着酒舍外放的歌："戏无骨，难左右，换过一折又重头，只道最是人间不能留。"

"我更新了，给我点赞。"忽然，微信里来了一条消息。看这不客气的态度，我也能猜到是谁了。

"你说你也不露个脸，一个劲儿发那些蹦迪的视频，我给你点赞有什么意思？"我回复着，"你不是要直播吗，咋没播呢，小朔？"

"放弃了，本来我直播就是打游戏，也没想露脸。之前试了几次，也没有人气。我天天在那儿坐着，又坐不住，现在也就放弃了。有那时间还不如去蹦迪呢。"

"行，我现在就去给你点赞。你就不能少去蹦跶，他那儿的酒还能有我这儿酒好啊？"

"那里有小哥哥，你这儿啥也没有。"小朔冷哼了一声，撇了撇嘴，"去那儿，我还能挣钱。去你那儿，得花好多钱，我才不去。"

"不来拉倒，我少赔点儿。"我退出了聊天界面，按照小朔的要求，进入小视频的程序，给她点个赞。虽说小朔已经经营了一个月左右，但"粉丝"还是只有那么二十几个人，她发的小视频一直不温不火的。

不得不说，这些逐渐兴起的小视频，还是有一定可取之处的，人们只要点进来，就会情不自禁地刷上几条，大数据模式下的精确推送，轻而易举就可以勾到大家的兴趣点上，促使大家进一步刷下去。而一个人待在酒舍，无聊到不行的我，更是轻而易举地就被小视频平台攻陷了，不知不觉就刷了起来。

就在这时，一个化着淡妆，长得很漂亮的女孩进入了我的屏幕之内。女孩叫司忆，是我们学校的学生，学习表演的她，曾经多次在学校的歌舞比赛上摘得桂冠。因而，在学校里，司忆也称得上表演系的风云人物，收获了一大批拥趸。

随着短视频平台的火爆，这些本就比较外向的表演系学生，争先恐后地去尝试，争取能在高流量的短视频方向，博取一定的热度，而其中的佼佼者便是司忆。

二

倒不是说司忆已经获得了很高的人气，只是相比于其他学生的浅尝辄止，她坚持了下来，每天都会发跳舞的视频，虽然每次都只有为数不多的几个赞，但是她从来都没有想过放弃。

　　每天傍晚四五点钟，司忆都会上传一段跳舞的视频，或是在家里，或是在江边，或是在没有多少人的小广场上。伴随着背景音乐响起，那个穿着红色帽衫的女生，都会跟着节奏跳街舞。也许每一条视频的点赞数都不多，但是司忆从来都没有暂停过，风雨无阻。

　　"她又发视频了啊。"我习惯性地点了进去，打算看一下她今天的视频内容。尽管我知道，一定还是千篇一律的换装和跳舞。令我意外的是，许是点错了的缘故，这一次我并没有点进小视频里，而是进入了一个直播间。

　　"欢迎且听风吟。"屏幕那边的司忆化着很淡的妆，看上去格外淡雅。在屏幕右上角的观看人数处，我看到她的直播间里目前只有我一个人。鬼使神差地，我就在她的直播间里停了下来，没有再去其他直播间。"你不是闪电侠啊？"看着我的头像停在了她的直播间，司忆开口对我说，"我的直播间全是'闪电侠'，今天一直没有人在我的直播间里长时间停留。"

　　"'闪电侠'？"我迟疑了一会儿，缓缓地打出了三个字，带着大大的问号。

　　"就是在同城里刷到我的人，他们一般点进来看一眼就离开了。所以，在我们主播圈里，就叫他们'闪电侠'。"见我回了她的消息，司忆打开了话匣子，"我还以为你是在我直播间挂机的呢，你要是不挂机的话，陪我说说话呗，直播间里也没有其他人……"

　　"好。"犹豫半晌，我还是回复了她。刚才我回话时，她眼神中迸发而出的光芒，还有嘴角因激动而情不自禁流露出的笑意，让我动容。我记得，蔻蔻缠着我半夜给她煮年糕火锅的时候，也有这样开心的笑容。

"那太好了，我是跳街舞的，也会说唱，还有一些流行歌之类的，都可以。你想要听什么，我给你唱。"司忆开心地笑着。这个在学校里叱咤风云的少女，现在就像是一个吃到了肯德基的孩子，脸上写满了开心。

"说说话就好，不用那么麻烦的。"

"不麻烦，不麻烦。"司忆开了口，想要说些什么，可是像是想到了什么，赶忙又把到嘴边的话咽了下去，沉默了好一会儿，才满脸失落地答应着，"好吧，说说话，那就说说话吧。"

"且听风吟，你是怎么进入我的直播间的，是看我的视频进来的，还是怎么进来的啊？"

"视频。"

"那你觉得我今天拍的视频怎么样啊？"司忆把双手都放在桌子上，像是一个等待表扬的小学生，双眼紧盯着屏幕。我知道，她是在等待我回复。

"挺好的，加油。"

"好，谢谢。"

三

只有我和司忆两个人的直播间，终归还是冷清了一点。很快我们也就没了什么新的话题。她放了一首比较抒情的歌，跟着轻声地哼唱，而我也在手机这边忙着自己的事情。

司忆说得没错，对于她这种初出茅庐的新主播，观众还是少得可怜，倒是'闪电侠'总是层出不穷。原来司忆还煞有介事地跟着喊一句"欢迎某某某"，到后来，她都已经习惯了只有我一个观众的直播间。

"且听风吟，你是做什么的啊？"她又唱了一首快节奏的歌，直播间里却还是没有什么人。实在是闲得无聊的司忆，不再接着唱歌，和我有一搭没一搭地聊起来。

"我？学生，业余时间写东西、卖酒。"我想了想，还是回复了，在这个短视频平台上，她还不知道我是谁，只知道我的网名叫且听风吟，"怎么了？"

"没怎么，我就随便问问。卖酒？你是在酒吧做营销吗？"

"不，我自己干。我的酒舍是清吧。"

"清吧啊，清吧也挺好。"司忆点了点头，"我没去过清吧，一般和朋友去酒吧，主要就是去蹦迪，不过，酒吧我也好久没去了。"

"因为贵？"

"因为要直播了。我们平台有规定，每天必须直播两个小时，白天有课，要是晚上再出去玩，就直播不了了。而且最主要的是，我要是因为不直播，掉粉了，这么多天的努力不就都白费了？"

"你直播多长时间了？"

"之前我都是半夜十二点开始播，播到三点左右。晚上八九点钟直播还是第一次。"司忆向我解释着，"他们都说晚上这个时间段人多，但是看上去，人也不多。"

"十二点啊，十二点还是太晚了，我的酒舍第二天还得营业。所以，一般我不能熬太晚，十二点闭店，用不了多长时间，我也就睡了。"我想了想，最后还是又补上了一句，"你要是以后这个点儿播，我还能在，太晚了就不行了。"

"我尽量。"

四

大概过了一个多小时，进入司忆直播间的人逐渐多了一些，不过大部分都是她的朋友，他们记得司忆是在每天半夜直播，特意过来捧场。

"今天这么早？"有人发弹幕询问。

"是啊，明天有事，今天要早点儿睡，就提前播了一会儿。"司忆一边解释着，一边与另一个主播连线，"我连了一个小姐妹，和她聊一会儿。"

"司忆来了啊，好久不见啊，今天咱们比点儿什么啊？"对面的女主播看到连线的是司忆，开心地笑了笑，"要不谁上票谁定？"

"好。"自知没有什么观众，司忆还是点了点头。在这个领域中这很常见，大致的流程就是，在规定时间内，通过一些小游戏或者聊天，进行观众打赏额的评比，输了的主播会遭受一些惩罚。作为一个才艺主播，司忆通常都会被要求来一段说唱，或者跳上一段。

"都是小姐妹，不用打太狠，只要是别平了票就好哟。"对面的主播嘱咐大家，可是她的"粉丝"显然没有放过司忆的意思，不一会就上到了四十多票。"我们这边有人上票了，我就说了，那就做个简单的运动吧。"在规定的上票评比截止时间之前，哪个主播票数暂时低迷，便会被要求去做一些简单的运动，其目的还是在于刺激"粉丝"上票。

"好。"司忆顺从地点了点头，她的表情很淡定，或许从一开始她就知道，她没有任何胜算。

司忆分神去看新进入直播间的人。"欢迎你们，觉得我还可以的，就给主播点个关注吧。谢谢你们的支持。"

最终的结果已经显而易见，没有多少观众的司忆，最终只收获了两票，比对面低了一百多票，这两票中还有一票是对面的"粉丝"过来帮忙打赏的。

"司忆跳一个吧。"对面的女主播依旧是一脸淡淡的笑意，"大家还很想看的。"

"好。"司忆没有多说话，只是缓缓站起来，整理着红色帽衫的下摆。随着音乐响起，她的身体也灵活地舞动起来。此时此刻，跳舞的司忆一脸严肃，她不像是在进行一场娱乐化的网络直播，倒像是在教学生的老师，目光中有的只是对舞蹈的尊重与虔敬。一曲终了，司忆擦了擦脖子上淌下来的汗水，回到了座位前。

"你们觉得这舞蹈怎么样？"

对面的主播没有说话，倒是有一个观众从对面过来，打赏了一个9票的"棒棒糖"。

五

"改天再打，我先下了。"司忆说着便退了，重新与一个陌生的主播连线。

"美女怎么称呼？"这一次接进来的主播是一个三十多岁的男人，乱蓬蓬的头发，一脸痞里痞气的表情。

司忆不禁皱了皱眉头："我叫司忆，咱们玩什么啊？"

对方的一些轻浮的言行很快就引起了司忆的反感。

"对面那玩意，我去骂他！"司忆的一个朋友在弹幕上愤愤不平。

"别了，回来。"司忆叫住了朋友，"算了吧。"

"可是……"

"关了。"司忆苦笑着退出了，"别去骂他，他的'粉丝'要是集体过来骂我，我辛辛苦苦直播这么多天，就真的白费功夫了。惹不起的，我躲就是了。"

"那人怎么这样，一点素质都没有。"又有一个朋友在弹幕里说着。

"正常。很多主播把别人的难堪当作自己的欢乐源泉。"司忆解释着，"很多时候都不是女主播做得多么不好，她们想着把欢乐带给大家，可是，大家对女主播的刻板偏见，就停留在依靠脸蛋来吸引流量，为了红可以毫无底线、不择手段，这对我们这些想给人带来欢乐的女主播来说是不公平的。"

直播间忽地缄默起来，几个刚才还很活跃的人也都不言语了，静静地听着司忆说话。"我们之前还在想着靠自己的努力，扭转人们对于女主播的偏见。可是，连我们的同行都是这么看待我们的，我们又能怎样呢？你们这些关注、支持我的朋友还好，在外人眼中，我们和那些人不过都是一丘之貉罢了，他们只会说，主播这个行业不自爱。可是他们不知道，他们一句不负责任的否定的话，就抹杀了我们一直以来付出的努力。哪有人会一夜成名，不过是成名前的所有黑暗无人知晓罢了。"

六

"你为什么想当主播啊？"又过了好一会儿，司忆的"粉丝"们大部分下线了，直播间里又变得冷清起来，"挣钱？"

"是，也不完全是。"司忆想了想，"我家里倒是不怎么缺钱。但是，能挣一点儿总归还是好的。我有一个哥哥，比我大十岁。我侄女现在六岁，那小家伙从小就缠着我，逢年过节的时候，我也给她买点儿吃的、用的，再给我爸我妈买买衣服，能挣点儿钱自然最好，挣不来钱其实也无所谓。即使不在这儿挣钱，我也有饭吃。"

"那你是为了出名？"

"我从小就不喜欢学习，那个时候我觉得读书太枯燥了。我喜欢电影，我觉得书可以表达的思想感情，电影也可以表达。只要演员的演技足够精湛，电影甚至可以比书籍更让人印象深刻。也是从那时起，我就想成名，不是为了给自己带来名和利，只是为了把欢乐带给大家，如果可能的话，最好还可以带来思考。"

"你会火的。"沉默良久，我回复道。

"我现在的父亲不是我的亲生父亲。在我五岁的时候，我妈和我爸离婚了。我哥跟了我爸，而我跟了我妈，现在我已经记不得那天晚上究竟发生了什么，只是记得哥哥让我躲在书桌底下，给我塞了一本《西游记》，跟我说，我看完了这本书，爸爸妈妈就不会吵了。那是我第一次认认真真地看一本书，我小声地告诉自己，只要我看完了这本书，父母就又会开开心心的了，爸爸不会在阳台抽烟，妈妈也不会在卧室里哭。可是，我把书看了一遍又一遍，他们还是没能和好。"直播间没有多少人了，司忆索性讲了起来，"后来，我被母亲拉进了卧室。哭成了泪人的妈妈，一把夺过了我手里的《西游记》，对我说，别看了，看那玩意有什么用，现在看啥都没有用了，这个家都没有了。当时的我还太小，还不知道这句话究竟是什么意思，但是我知道我妈很难过，所以我也跟着哭。我妈本来已经不哭了，看着我哭，她又跟着我哭，到最后，我也记不得那天晚上都说了些什么，只记得我俩一直抱在一起哭。"

"抱歉。"

"没关系，都已经过去了。"司忆抹了抹眼角流下来的泪水，朝着屏幕挤出了一个笑容，"后来，过了一周左右，我看到我妈在看周星驰的电影，她笑得特别开心。当时只想着让我妈开心，我立刻跑到了她面前，对她说，妈，我也要当明星，我也想给别人带来笑容。我妈没有说话，只是紧紧地抱住了我。"

直播间安安静静的，不时有新的"粉丝"进入，可是大家都默契地没有说话，都安安静静地听着司忆讲述。

"书中自有颜如玉，书中自有黄金屋。可是当我妈哭的时候，书没有让我笑起来。我知道书的好处，也知道书能让人进步。可是，我只是不想再有人哭了。"

七

"孩子们每天都在被家长高标准地要求着。虽然三百六十行，行行出状元，但是望子成龙的家长还是会告诉孩子们，万般皆下品，唯有读书高。只有去最好的小学、初中、高中，才能考最好的大学，成为最优秀的人。多少家长对于特长生不屑一顾，觉得他们只不过是投机取巧，觉得出国留学的学生一定是文化课分太低了。他们认为商人的文化水平一定不会太高，认为明星和'网红'一文不值。但是，我不这么认为。"司忆擦了擦眼泪，语气坚决地说着，"我认为，无论是哪种行业，是不是靠读书出息的，只要是通过自己的汗水和努力，取得了成绩，就值得我们尊重。"

直播间里寂静无声，只有我外放的歌曲，还在不知疲惫地响着。

"戏无骨，难左右。换过一折又重头。只道最是人间不能留。"

第二十一章　清风湿润，茶烟轻扬

一

小怂的寝室一共有六个人。其中有五个都已经是我这里的常客了。小嫣、小嬛、小华，她们几个偶尔会来我这儿喝上一杯，仲夏会和小宸一起过来，而煜煜也会打电话到店里，买她心心念念的黑森林蛋糕。她们寝室里，只有小怂很少来我的店里。

小怂的本名不叫小怂。听煜煜之前说起过一次，小怂出生在九月末，因而父母给她取了一个特别唯美的名字——"沐秋"。最初，煜煜她们还会喊她小秋，可是慢慢地，她的昵称就被改成了小怂。

缘由无他，取个谐音，小秋的性格实在太软弱了。煜煜就多次和我抱怨小怂的性格，无论谁说了些什么，在小怂那里得到的回应都是："好，可以的，行。"因而在关系错综复杂的女生寝室里，性格软弱、擅长和稀泥的小怂，属于比较孤僻的存在。在小嬛、煜煜她们一起出来的时候，小怂一般都会选择待在寝室里，一边织着围脖，一边刷着她的偶像出演的韩剧。

"咱们中午去吃串串香啊。"

"不要，你们去吧。"上铺的小怂从来都不会耽误了手里的针线活。倒也不是因为家里困难，要织些毛线制品维持生活，就是单纯的爱好。用煜煜的话来说，小怂就是喜欢两只手停不下来的感觉。

"你真不去啊？"倘若这个时候，有人抱怨一句，小怂立马就会把针线活扔到一边，穿上外套就跟出去："要不，我还是去吧。"

每每到这时，小怂下铺的煜煜和对床的小嫣，总要叫上几声"小怂"，而小怂总是讪笑地回应着："别叫我小怂了好不好？"

"不好，小怂。"

"那好吧，你们愿意叫就叫吧。"在小怂的默许之下，这个名字也就越传越广，反倒是小秋这个本名渐渐没有人喊了。

二

其实小怂并不是很内向，有时也很健谈，也经常会去酒舍周围的烤肉店，和过来找她的高中同学们吃上一顿。而她很少来我的酒舍，原因也很简单，她不想。

小怂是一个一切任由自己的性子来的女生，她在做的事情，从来都是她自己想要做的事情。这句话看起来很简单，但是实际操作起来就困难得多。同伴要去吃烤肉，她不想去的时候，就说什么也不会去。学生组织聚餐，她要是不想去了，就会直接就放鸽子。虽然如果其他人有了任何一丁点儿火气，性格软弱的小怂就会屈服于别人的选择，但是当这种情况再一次出现，她依然会选择她自己想要去做的事情。

"小怂这么有主见的一个人，怎么会这么软呢？"来酒舍的小嫣，曾不止一次问过我这个问题，她和她的室友们都很诧异，如此极端的两种性格，为什么会出现在一个人身上？可是事实就是，这两种性格在小怂身上完美地融合了。

我还记得，有一次老师留作业，要求准备一个剧本，拍摄作业。当时，班长仲夏便把这个工作安排给了我。为了这个作业，我还把店托付给了蔻蔻三天，整整三天的时间都没有去酒舍。

许是第一次接手这种剧本的写作，加上对于拍摄微电影作业的精益求精，我的剧本写得还是过于复杂了。比较直爽的煜煜，直接就找到了我这里，问我可不可以改一改剧本。就连一向内向的小嬡也给我发私信说，剧本有一些内容，以我们现在的技术，实在是拍不了。而小怂不同，她从来都不会当面和我说剧本有什么样的问题，大多数时候，她都是在寝室里一边织着围脖，一边和她妈妈打电话，谈论学校里发生的问题。即使是她妈妈逼着她找到我提意见，她也只是低着头嗫嚅着："都……都是为了班级服务的，你的剧本也挺好的，嗯，挺好的，一起努力。"

最后我还是修改了剧本。改成了女孩们喜欢的那种简约而容易拍摄的风格。拍摄如期完成，并且取得了还算不错的成绩。在仲夏的提议下，大家在我的酒舍里举办了一场规模不算小的庆功宴。

"这次主要得感谢逸哥的剧本，还有小怂的演技，小怂的演技太好了。"煜煜是她们寝室里最活跃的女生，无论什么时候都是蹦蹦跳跳的，"小怂演那个被人误解的女孩，演得太到位了。"

"我还以为逸哥会让她演被人误解的女孩的母亲。小怂那个永远织毛衣，还唠唠叨叨的样子，我觉得和我妈特别像。"小华也在一边笑着，"不过，让我们班长仲夏演那个母亲也很不错。她演得也挺好的，我都不知道我们这么雷厉风行的班长也能唠叨成这样。"

"还好吧。"仲夏笑了笑，低下头看向了自己的手机。我注意到，仲夏的手机屏幕壁纸，似乎和小宸的微信头像很像。

三

许是因为过于软弱的性格，在大学期间，小怂一直没有恋爱经历。大多数时候，小嫣和男朋友出去玩，小华与小阳在学校公园的长椅上说着情话，煜煜在寝室走廊和异性朋友在电话里聊得火热，仲夏也和小宸去了附近的饭店。小嬛虽然没有处上一个心仪的男朋友，但是也有个南方的小青年，天天在女生宿舍楼下等着她。只有小怂，每天除了织毛线围脖就是织毛线围脖，除了看韩剧还是看韩剧。

"你怎么不找个男朋友啊？"

"我不想。"

"你是怕你和男朋友有矛盾了，以你这个性格说不过他吧？"

"不是，我只是不想。"

"真的吗？我觉得你就是太软。"

"好吧。"小怂连头都没抬，不假思索地回答着，在改变自己的观点时，全然没有任何应该有的纠结与犹豫。

"要不我给你介绍一个吧？"寝室里最为"傻白甜"的小华有点同情小怂，不止一次想给她介绍，却始终没有结果。

记得有一次，小华将她介绍的男孩带到了我的酒舍里，一边同我讲述着给小怂物色对象的经历，一边和我介绍着男孩的特点，希望我可以在小怂与男孩约会时帮上点儿忙。

听小华介绍，这个男孩是我们下届的一个学弟，因为和小阳关系甚好，就被拽过来了。男孩长得很瘦，一米九以上的个子，不过一百三十多斤，看上去像一根细竹竿。听到小华说，要介绍的这个女生是个很漂亮的小姐姐，男孩很开心，把自己打扮得有模有样的。

"逸哥，一会儿小秋姐过来，我第一次和小秋姐见面，该怎么说啊？"男孩在酒舍的角落里坐了下来。能看得出来，他还是有些拘束。两条钓竿般的大长腿，无处安放地抖动着。"小秋姐都喜欢什么呢？"

"织毛衣？看电视剧？其他的，我还真不知道她喜欢啥。"我挠了挠头，给小华和男孩各倒了一杯龙舌兰日出，这款酒酒精度低，口感微甜，小华应该更能接受一些，"要不你问问你华姐。"

"小怂啊，她喜欢摄影。虽然因为不爱出去，没怎么去拍过东西，但是她确实是挺喜欢的。"一旁的小华想了想，"其他的，我就不知道了。"

"这样啊。"男孩有些怅然若失，没有什么共同爱好，他实在不知道该怎么展开话题，"真的没有什么其他的了吗？"

"其他的？喜欢男生算不算？"煜煜也跑到酒舍里凑热闹，"她天天在我上铺捶床，吵着说要找男朋友，像她的偶像那样的。"

"对对对，她的床上到处都是她的偶像的照片，还有同款的衣服。"小华急忙附和着，"前两天她还买了偶像的等身抱枕，每天都抱着睡觉。"

"咳咳。"煜煜扯了扯小华的衣袖，小华自知失言，赶忙闭了嘴，闪到了一边去，"你正常聊就行，小怂还是挺好打交道的。"

不一会儿，收拾打扮完的小怂姗姗来迟。能看得出来，小怂也是比较重视这次见面的，难得地放弃了平日里松松垮垮的运动装，穿了一件点缀着兰草花纹的水粉色连衣裙，斜挎着一个深棕色的小皮包，戴着一副大墨镜，笑容洋溢。

"你就是小秋姐吧？"男孩看着走进来的小秋，只是呆呆地望着她，半晌才开口，"太漂亮了。"

"有眼光。"小秋拍了拍男孩的肩，在酒舍的灯光下，小秋这一嘴的小白牙十分醒目，"老弟怎么称呼？"

"我叫青城。"男孩憨憨地笑着，"学姐平日里都喜欢些什么啊？"

"我啊，看韩剧，看综艺，看电影。你不觉得韩剧男主角都特别帅吗？"小伀想了想，对青城说。她说话的时候，永远都是歪着头，笑盈盈地看着男孩，还没几句话，就把青城臊得满脸通红，"以后我找的男生，也要像他一样优秀。"

许是酒精的缘故，两个人的脸都变得特别红，像极了桌上的龙舌兰日出。

四

"我尽量，我尽量。"男孩像小鸡啄米一样点着头，"我会越来越优秀的。"

"呃，我还很喜欢旅游，喜欢去不同的地方拍照片，我觉得图片的视觉冲击力有时比文字更大。"许是也察觉到了自己的话题让青城不好接下去了，小伀尴尬地笑了笑，连忙转移了话题，"你拍照怎么样啊？"

"我拍照还挺好的。"青城点了点头，有了之前小华和煜煜的叮嘱，他志得意满地说着，同时不由分说，站起来，坐到了小伀这一侧，和她肩并肩地坐在了一起，然后拿出手机放在桌子上，"看镜头。"小伀还没反应过来，青城的左手已经从她身后绕过去，悄悄地抵在她的后脑勺上。"茄子！"伴随着青城低下头，小伀的头也被他的左手压了下去。就这样，两个有双下巴的扭曲表情，就被记录在青城的手机里了。

"怎么样？我拍的照片好看吗？"

"呃……我觉得吧……"

"我就知道你不喜欢，我实在是不太会拍照片，抱歉啊。"

"没、没事的，我、我很喜欢的。"本想发怒的小怂，一看青城这个态度，气也就消了大半，本就软弱的性格，也让她不好再说些什么，"青城，你有什么爱好吗？"

"我喜欢日本动漫。"听到小怂聊到自己，青城明显变得兴奋了起来。"你看海贼王吗，我喜欢里面的特拉法尔加·罗，他太厉害了！"

"呃……"

"这个你可能不喜欢，我还看一拳超人，超人杰诺斯特别帅。"青城兴致勃勃地给小怂讲解着动漫人物，小怂一脸干笑地听着。

"怎么？不喜欢？"

"没……没，你讲，我……我挺喜欢的。"小怂抽动了一下嘴角，附和着，"伽罗我知道，王者荣耀里也有这个英雄。"

"是特拉法尔加·罗，不是特拉法尔·伽罗。"青城一本正经地纠正着，"你不是说你喜欢吗，那你怎么连人名都记不住呢？交朋友难道不是要交心吗，我想要和你交流我的喜好，不是让你在这儿敷衍我的。你这样，还有什么意思！要是我需要人敷衍我的话，我都不如找小爱同学和 siri！"

"对、对不起。"小怂整个人颤抖了一下，马上低下了头，"我……是我的错。"

"行了，以后别这样了。"青城皱着眉，嫌弃地撇了撇嘴，"逸哥，来一份炸洋葱圈。你，吃吗？"

"我都行。"

"那就两份。"青城看了看手表，站了起来，将我手里的一份洋葱圈拿在手中，同时将一张二十元纸币，塞进了我的手里，"我的钱

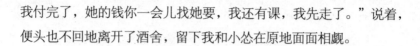

我付完了，她的钱你一会儿找她要，我还有课，我先走了。"说着，便头也不回地离开了酒舍，留下我和小怂在原地面面相觑。

五

"别往心里去，他太直了。"我把洋葱圈递给小怂，坐在她对面，"以后会遇到更好的。"

"他说的特拉法尔加·罗真的很厉害吗？"小怂并没有接过洋葱圈，而是转过头看着我，"动漫真的有意思吗？"

"有人觉得有意思，有人觉得无聊，因人而异。我看得就并不多。"我如实地回答着，而对面的小怂，已经开始在手机上搜索特拉法尔加·罗的详细资料了，"快吃洋葱圈吧，一会儿凉了就不好吃了。"

"其实，我不吃洋葱。"小怂抬起头看着我笑了笑，满嘴的小白牙在灯光下格外明亮，"你吃了吧，我付钱。"

"你说你这样一味地去迎合其他人，到底图些啥啊？"我拾起一个洋葱圈放入嘴里，"一直这样下去，真的好吗？"

"你为什么一直单身？"这一次，小怂并没有顺着我的思路说，而是抬起头来直视着我的眼睛，"以你的条件，不至于一直单身啊，但是你一直单身，不是吗？"

"你什么意思？"我忽然觉得，面前的小怂变得格外的陌生，那个永远不敢反驳别人想法的织毛衣女孩，似乎已经在我的脑海里渐行渐远了。

"小彤的离开，对你造成的伤害太深了。所以现在你也就不敢投入自己的感情了，你害怕失败，害怕其他女生也会像小彤一样离你而去，我说得对吗？面对爱情，你也太软弱了。"

"我……"

"别反驳我，自己先想想。"小怂的语速越来越快，让她看上去变得咄咄逼人起来，"趋利避害是人的本能，你面对爱情软弱，我面对人生软弱，从本质上说，咱们没有区别。"

"面对人生软弱？"

"我不是北疆本地人，你知道，我来自距离北疆最近的地级市。以我的成绩，我完全可以在我们当地去一个不错的学校，我们当地的大学，其实也不比这儿差。但是，我最后还是选择来这里上大学。"

"因为想要离开你家那里？"

"我要是真的想离开，就去南方了。我是真的不想离开，却不得不离开。"

哪有谁想要浪迹天涯，不过是不知道何以为家。

六

小怂的家境还算殷实，但因为父母经商的缘故，儿时的她一直是四个老人在照顾。在老人的溺爱之下，她养成了一股病娇大小姐脾气。无论什么事情，她都只做自己想要去做的那一部分。

"我不吃芹菜，你给我夹，我就不吃了！"

"我不去补习班，你报了补习班我也不去。"

"我就要喝奶茶，你们去给我买！"

那时的小怂，就是整个家庭的主宰，只要是她提出的要求，就总会得到满足。不过，也正是因为这样的性格，她在班级里越来越不合群，朋友越来越少。

"你不懂我，我不怪你。"小怂总是这么安慰着自己。她觉得同伴离她而去，是她们都太有眼无珠了，她们只喜欢虚情假意的吹捧，却不知道谁才是真正值得交往的人。

这个观点一直持续到了她上初三那一年。

因为父母经常外出经商，而老人们又上了年纪，从初中开始，小怂便开始了住校生活，一周回一次家。因为小怂的病娇公主性格，她和室友的关系并不是很好，其他几个室友一起出门玩，她只能一个人守在寝室里学习，于是，她迷恋上了织毛衣。因为在最孤独的时候，只有一段毛线陪伴着她。

初三那年的一天晚上，小怂的室友忽然气冲冲地到她面前："我兜里的 200 元钱不见了。"

她认为其他两名室友都是她的闺密，断然不会做出偷东西的事情，而唯一可能偷东西的人就只能是小怂了。她并没有听小怂解释，而是不分青红皂白地大骂着。事情不一会儿就闹大了，围观的学生越来越多，所有人都只是冷冷地看着，丢钱的女生和她的另外两个室友围着小怂破口大骂，却没有任何人上去制止。反倒是有人小声地劝着小怂："都是同学，你把钱拿出来就好了嘛。一会儿，老师该来了。"

"果不其然，不一会儿，班主任和宿管老师匆匆来了，了解了情况之后，班主任并没有说我到底偷没偷钱，只是当着所有同学的面，翻了我的所有东西，床铺、柜子、行李箱，甚至是我放在卫生间的洗漱用品，还有我刚刚换下来还没有洗的内衣。最后，老师要求我脱掉身上的睡衣，方便检查。"小怂表情凝重，一字一顿，"虽然老师最终也没找到那些钱，但是我知道，在老师和同学们的眼中，我就是一个小偷。"

那天之后，小怂和室友们彻底决裂。小怂的室友开始到处说小怂是如何偷东西的，最终大小姐脾气的小怂爆发了，她狠狠地打了室友一顿，被室友告到了老师那里。

"那天，班里特意开了一场班会，老师当着全班同学的面说，有些人就是一条臭鱼，腥了全班这一锅汤，根本不配坐在重点班的座位上，然后她说出了我的名字。当时的我还不理解，什么是一条臭鱼腥了一锅汤，但是我知道，在我和重点班之间已经产生了一条不可逾越的鸿沟。从那天起，再也没有任何女生找我一起去卫生间，也没有男生主动和我说话，大家对我避之唯恐不及，仿佛离我近一点儿，就会导致他们和我一样，进不了重点班。"小怂端起杯子，一饮而尽，"我从来也没有参加过任何一场初中同学聚会，因为我忘不了当我无助时那些冷漠的脸。

"大一的时候，我的一个初中同学建了一个微信群，把我拉了进去。在群里，有一个人跟我发起了私聊，他跟我道歉，说他当时也觉得，那个老师和那些同学的行为太伤人了。可是当时的他，没有勇气站出来帮助我，他怕和我沦落到同样的地步。他还告诉我，在高中的时候，我的其中一个室友因为偷窃被捉住了，她也交代了，偷 200 元钱的那个贼是她，不是我。可是现在知道了这些，有什么用呢？我在他们眼中，已经和贼画上等号了。我洗不洗白，已经无所谓了。最后，这个男生问我，你还恨她们吗？"她幽幽地叹了一口气。

七

"反正如果是我，我还会恨的。"我想了想之后说。

"我也是这么想的，她们用了整整一个晚上，践踏了我所有的尊严和本该开心快乐的少年时光，我凭什么用后半生再去原谅她们，我只是在花时间来原谅我自己，一个用她们的错误来不断惩罚自己的我。"小怂晃了晃杯子，示意我再去给她倒一杯酒，同时自嘲地笑着，"高中的时候，我去了城市另一端的学校，我已经受够了那种千夫所指的感觉，所以我只能一点点地去顺从她们，希望可以获得几个朋友，我之前毫不在意的朋友。可是，我是贼的消息，不知怎么被传到了我的学校，我身边的朋友也就越来越少，仅剩的几个选择相信我的，我也害怕连累了她们而断了联系。我能做的，其实除了顺从还是顺从，顺从到所有人都觉得我是一个特别好欺负的软柿子，顺从到别人认为我只是一个性格软弱的家伙，这样别人就不会在意我了。我也就不会被千夫所指了。"

"小怂……"

第二十二章　将琴代语，聊写衷肠

一

　　"你怎么知道我来这儿了？"异地的咖啡店里，我看着面前的少女，一脸困惑，"我应该没有和你说过我要来啊。"

　　"小初今天早上和我说的，他说你今天过来，上次咱俩都没聊上几句，这次你要是没什么事的话，就多聊一会儿。"面前的清明笑容清丽，一头乌黑的秀发铺在肩上，气质出众。"最近还好？听小初说你现在是大老板了，可喜可贺啊。"

　　"你跟小初很熟？"我打量着面前的清明，觉得她有了些许变化。在我印象里，初中时的清明几乎是不怎么和其他人打交道的，除了她训练时的那些队友外，就属我和她的关系最好了。在我们关系逐渐变僵之后，她和同班的几个男生关系不错，却从没听说过她和小初的关系也很好。"他咋知道我来这儿的啊？毕业之后我和小初就没有联系了啊。"我有些疑惑。

　　"那就是你们的事了，那家伙最近总是神神秘秘的。我也不知道他是通过什么渠道知道你要来这儿的。"清明摇了摇头，"我和小初，怎么说呢，和你差不多。"

"什么意思？"

清明看了看我，抿着嘴笑了笑："当初的他可比你受欢迎多了。"

是的，与初中时性格桀骜、不服管教的我相比，小初的人生可谓是一帆风顺。许是老来得子的缘故，父母把小初看得极重，比他那个被过继的姐姐重要得多。用清明对他们姐弟的比喻来说，就是他们姐弟在婴儿时期一起去洗澡，结果弟弟洗了两遍，而姐姐一遍都洗不到。

小初从出生那天起，就注定了他的命运与众不同。只要是他想要的东西，父母总会想方设法地去满足。而小初要做的，就是沿着父母为他铺好的道路，按部就班地走下去。

而小初也没有辜负父母对他的期望，他乖巧、成绩优异、长相帅气，一直以来都没有让父母和老师操心过。

"当时你们关系就很好了？我怎么不知道？"我皱了皱眉头，有些诧异。

二

在清明的记忆里，那是一个盛夏，由于在课间和我发生了激烈的争吵，清明没有回教室上课。清明内心委屈，就这么漫无目的地在校园里闲逛。她说，那一天校园里的格桑花开得很鲜艳，山荆子树上结了好多果子，一切都是那么美好。

可惜再美好的天色，还是有阴暗的角落照不到光；可惜再好玩的游乐场，还是会有人忧伤。

"怎么？一个人坐在这儿发呆？"小初走到清明面前，用自己的身体挡住了清明面前的阳光，"这不是你的性格啊。"

"你认识我？"

"我记得看过你训练。"小初嘴角轻微地向上挑了挑，居高临下地看着坐在自己面前有些楚楚可怜的清明。说来也怪，小初身上似乎有一种特别的冷淡气质，给人一种只可远观的感觉。小初半蹲下来，从自己的兜里摸出了一方干干净净的手帕，轻轻地在右手中摊开。"别哭了。"他的声音压得很低，是清明最喜欢的那种"低音炮"声线。阳光又一次直射了下来，清明只觉得脸颊有一些发烫，连忙避开了小初的目光，低下了头。

"听话，不许哭了。"这一次，小初的声音较之前大了不少，他的手帕轻轻地敷在了清明脸上。小初耐心地擦着清明脸上的泪水，很轻柔，就像是江边的晚风吹在脸上。清明注意到，手帕上有一股特别淡的桃子味，正是她最喜欢的味道。

"你知道吗，只有弱者才会哭，因为他们还没找到方法，去改变让他们不得不哭的处境。"

三

说来奇怪，闺密问了那么长时间，都没有问出来的清明不开心的原因，居然被小初轻而易举地问了出来。看着面前的男生，清明选择了和盘托出，将自己这段时间的所有想法全部告诉了他。

令清明意外的是，小初并没有像刚才那样安慰她，而是抬着头，看着她："这样毛毛躁躁地跑掉，你不觉得自己很蠢吗？"

"蠢？为什么？"清明有点蒙。

"不为什么，我觉得那些碰到了问题，不知道该如何去解决问题，反而和自己最熟悉的人大发雷霆的人就很蠢。生活需要的是坚持，而不是不负责任的抱怨，那种抱怨就像是砸向玻璃的石子，没有任何意义，却会给以后的日子留下暗疮，永远无法愈合的暗疮。你能明白吗？"小初站了起来，把头扭过去，不去看清明的脸，"我给你讲个故事吧，关于我自己的。"

"嗯。"虽然不明白小初的反应为什么这么激烈，但清明还是点了点头。

"我有个姐姐，叫小航。没错，就是你想的那个样子，你们班级里那个唯唯诺诺的女孩，就是我的姐姐，我同父同母的姐姐。"

"那怎么……"

"我爸我妈把她扔了，扔给了我小姨。因为我奶奶身体不大好，我爸当时工作也不是很景气，兜里也没有太多的钱，加上给我奶奶买了太多药，渐渐地，家里的资金链就断裂了。为了让我们其他人能活得更好，他们把本就让人厌恶的姐姐送走了。为什么厌恶？因为重男轻女，因为他们所谓的老传统、老观念。"

"唔……"

"我记得那天他们发生了激烈的争吵，而后就是父亲摔门而出的巨响，那个性格软弱的姐姐被吓得小声啜泣。过了没多久，母亲就回姥姥家了。后来过了好久，他们又回到家，可是两个人都是不言不语的，连平常我们一家四口最喜欢玩的扑克，都没有了娱乐的性质。"

"家家有本难念的经。"

"才不是，他们这样冷暴力的行为，和我考试考砸了之后，自己把十六分改成九十六分又有什么区别，一样是没有解决问题的方法，只能自欺欺人地逃避。别说什么生活不易，我姐姐过着那种寄人篱下的日子，不也挺过来了吗？如果只想着发牢骚，没有意义地互相抱怨，那么我们永远都没有办法把问题解决了。"

在洪水将来的时候，一起努力制造大船，永远比质问洪水的成因有用得多。

四

"你很欣赏他吧？"沉默了好一会儿，小初看了看若有所思的清明。"他很优秀。"

"他啊，他就是个笨蛋。"清明低着头，不去看小初的眼睛，右手偷偷地摸了摸校服的衣领。

"有缘再见。"小初看了看清明，便转过头离开了，"你是个有意思的女孩。"

"从那以后，我俩就成了微信好友，偶尔也会聊一聊近况。"清明给我讲述着他们相识的经过。听着她娓娓道来，我甚至有了一种错觉，我们都还是那个没长大的初中小孩，还是那个除了学习什么都不用想的孩子。

"一晃也五六年了。"

"是啊，我们都大了，变成了我们小时候想都不敢想的样子了。"

"上了高中后，我和小初熟络了一些，他就读的高中和我们高中挨着，有的时候我们就一起上学放学。他风趣幽默，班级里好多同学都很喜欢他。"

我们陷入了短暂的沉默。

"过去的就过去吧，不想回忆了，只生活在回忆里的话，会被生活抛弃的。"我微微叹了口气，面对这个自己曾经喜欢的女生，已经没有了任何的心动，"我们终究会在合适的时候，遇到合适的人，只可惜我们认识的时间，并不合适。"

五

告别了清明，我决定去简单吃点什么。

不得不说，盛夏的野外还是比较惬意的，尤其是祖国北部边陲的这些城市，没有南方挥之不去的燥热，反而多了些令人舒服的凉意。沿着街道漫无目的地闲逛着，欣赏着与北疆有些类似又并不完全一致的街景。穿着大背心在街角下象棋的大爷们，路边卖烤羊肉串的大叔，穿得很凉快的学生们，坐在大货车上一边扇着大蒲扇，一边吆喝着卖西瓜的小贩……

忽然，我的目光集中在街角一个蹦跳着的女孩子身上。她的手机架在附近的一个高台阶上，她正对着手机，卖力地跳着。

"她也来这儿了？"我疑惑地打开手机，果然看到了正在直播的司忆，因为舞蹈还没有结束，直播间里只有几个人有一句没一句地搭着话。

"主播也是去找少陵哥哥吗？"

"想不到主播也追星啊，不过少陵确实是个很优秀的人呢。"

"主播可以带我们也见一见少陵吗？我也很想见见他呢。"

"我也想见少陵哥哥，可惜我没有时间。"

"是啊，我也是来找少陵的。我记得以前和我朋友去酒吧的时候，总能看到他抱着吉他自弹自唱。我觉得他本人比网上的照片还好看。"刚刚跳完舞的司忆，擦了擦额头上的汗水，连忙跑到手机旁，和大家互动，"我应该是明天见到少陵，如果有机会的话，我让你们见见他，少陵还是比较好说话的。唉，且听风吟，你在直播间待了这么久，怎么不说话啊？"

"我在。"我推了推眼镜，看了看不远处还在不停擦汗的司忆，"你们是怎么接到少陵的通知的啊？"

"我们微博关注少陵的超话了啊。有一个后援团的团长联系了我们，让我们明天去这儿附近的一个什么广场集合，会有人到那儿联系我们的。"司忆回答着，"怎么？你也想来？"

"我？我就算了，好好玩啊。"我收了手机，又看了看不远处的司忆，她已经按照大家的要求，去跳另外一支舞了。能看到她跳得很认真，一头乌黑的秀发，随着身体的运动而上下跳跃着。

六

"仲夏，酒舍怎么样？"我打电话询问帮我看店的仲夏。

"挺好的，大哥下午的时候过来了，听大哥说，那个在咱们酒舍因为想不开而闹自杀的女生是他们班的一个同学。大哥已经去劝了，估计现在没什么事了。"通过电话能听出来，仲夏应该是在炸一些吃的，看样子酒舍的上座率还是不错的。她跟我保证道："你放心吧，有我呢。"

"改天请你吃饭，今天多亏你了。"

"小意思，咱俩谁跟谁啊。"仲夏一边吃着刚炸出来的鸡翅根，一边笑着说着，"哎呀，烫死了！交给我，你就放心好了，酒舍不会有事的。"

"小怂她们都回去了？"

"是啊，她们在这儿反倒添乱。刚才小华跟我说，在咱们学校的一个微信群里，有两个人发评论，说吃咱们酒舍的炸鸡吃坏了肚子，号召大家都别来酒舍。"

"正常。但肯定不是食品质量问题，应该是他们的肠胃本来就不好，又一直吃炸货喝凉啤酒，他们不闹肚子谁闹啊！"

"行，我都了解。先挂了啊，我还得吃炸鸡呢，你这儿好，还不花钱。"

"喂喂喂……"挂断了电话，我也松了一口气。这个时候，本来就发生了一堆事，倘若酒舍真出了什么事，本不富裕的我可就真的雪上加霜了。还好，最后只是虚惊一场。

点开外卖软件，搜索一下自己的酒舍，果然在下午的时候多了几条差评，和仲夏说的原因大同小异。我也就没当回事，任由他们在下面评论了。

这种"杠精"其实屡见不鲜，之前还有一个顾客买了一瓶红酒后给差评，原因是我们没有送他一整套醒酒器。不过，这只是一小部分人，成不了什么气候。与他们较劲的话，最后惹了一肚子气的只能是自己。

七

"丁零零……"这一次来电话的是蔻蔻。

"你可终于想起我了。我以为你打算一直不回酒舍了呢。"

"我、我回到北疆了，过几天就回酒舍了。"

"行，我知道了。我明天也回北疆了。"我答应了蔻蔻。

"哥，你没在北疆？你干吗去了？"蔻蔻听到我没在北疆，似乎很意外，"酒舍呢？"

"我和你小朔姐来邻省办点儿事，酒舍我拜托给你仲夏姐了。"我解释着，"忙完早点儿回来。"

"我知道了，我尽快。"蔻蔻挂了电话。

八

"逸哥去邻省了。"在北疆的一座高楼的巨大天台上，穿着超短裙的小舒看着下面繁华的夜市，缓缓地说，"你很厉害啊。"

"我要是连这点儿事都算不出来了，我还怎么混下去？"衣着笔挺的小初对着手里的小镜子一点点梳理着自己的头发，"我唯一没有想到的就是那个小服务员，居然离开这么长时间都没有回到酒舍，不过这样正好，她离开，反倒是帮了我的大忙了。"

"你太坏了，不过我喜欢。"小舒回过头，舔了舔嘴唇，"可是，你图些什么呢？"

"我啊，图什么？"小初放下镜子，低下头看着面前的女孩，良久，抬起手抚摸着女孩光滑的脸颊，"我得不到的，他也不应该得到。"

九

"怎么样了？她们都来了吗？"

在这座城市的另一个角落里，一个清雅俊逸的少年，舒舒服服地躺在一张大床上，他赤裸着上身，只在腰间围了一条白色的浴巾。他的右胳膊上，文着一个鲜血淋漓的恶魔，"你觉得，这些迷妹们都会来吗？"

"电话联系，已经来了十四个了。包括后援团的团长在内的六人还没到，我刚刚已经去过电话了，她们表示都会尽快赶到。"

"还没到啊，我可真是期待呢。"他的嘴角勾起了一抹邪魅的笑，"我们真的是好久没见了。"

第二十三章　一身尘灰，一世宿醉

一

机缘巧合，我在这里了解到了一些关于少陵的非常令人不安的事情，我心里忐忑起来，对这个曾是自己学弟的今日"红人"陡然失却了亲切感，也不由得担心起将要去见他的那些"粉丝"们。

但愿是我想多了吧，但还是惦记着给要去见他的司忆发了微信，询问她最近的安排。

"我在宾馆啊，会长通知我们说，少陵哥明天上午八点在城西的温泉酒店与我们集合。会长会在今晚先去酒店给我们踩点儿。"

"这样啊，我知道了。"

"怎么？有事？"小枫将梨水喝了个干净，将碗放在了桌子上。"有事你先去忙，以后你有时间了想来，再过来。"

"好。"我点了点头，站起身准备离开。司忆说的温泉酒店，与小枫偷偷进入的酒店不谋而合，这让我心头更是笼罩了一层阴霾，内心的不安也随之加重了几分。

"丁零零……"

一阵急促的电话铃声，是可儿。一种不好的预感很快就笼罩了我的全身。

"怎么了？"

二

"哥，你现在在北疆吗？嘉儿她可能有危险。"电话那边的可儿语气很焦急，带着哭腔，"快救嘉儿！"

蔻蔻的大名里就有一个嘉字，最开始一直是叫嘉儿的，而蔻蔻这个名字是我给她起的。只有来酒舍的人会叫她蔻蔻，别人都叫她嘉儿。

"怎么了？"听到蔻蔻出事，我撒腿就朝屋外跑去，"嘉儿现在在哪儿？"

"我也不知道。一个小时前，嘉儿和我们说，明天上午八点集合去温泉酒店。她说她今晚先去给我们踩点儿。刚才，刚才我接到了一个电话，是一个叫涛哥的人打给我的，他问我愿不愿意和他的偶像进行真正意义上的零距离接触。他说这是作为'粉丝'莫大的荣耀，让我们好好考虑，说是我们同意了，就会送给我们各种好东西。我接到了这个电话，她们肯定也接到了啊。那去踩点儿的嘉儿岂不是更危险？你抓紧救救她吧，她说她下了火车之后，少陵就会派人接她的。"

"踩点儿？少陵的后援团的团长是嘉儿？"

"是啊，可是现在咱们该怎么办啊？嘉儿现在也不接电话啊。"

"别着急，别着急。相信我，我肯定能把嘉儿救出来。你先联系其他被骗来的女孩，嘉儿的事我来想办法。"

"好！"

三

"她来了吗？"此时此刻，城西温泉酒店里，打着赤膊的少陵正慵懒地趴在沙发上，一个年轻的女孩正卖力地给他搓着背，"再大点劲儿。"

"快到了，涛哥亲自开车去火车站接她了。"女孩一边用力地搓着背，一边小声地回复着，"涛哥已经问了那群女孩的想法，有十一个女孩都是不同意的，有三个是明确表示愿意的，还有七个女孩没有明确表态。"

"只有三个？她们还是太老实了，放不开。"少陵耸了耸肩，"怎么不搓了？"

"少陵哥，你这文的天使……"女孩指了指少陵的文身，欲言又止，"我这不能……"

"信这个啊？那就别搓了。"少陵明白过来，点了点头，缓缓地抻了一个懒腰，"你说你们，都二十一世纪了，还信什么神鬼，都不是我说，你确定你拜的是神鬼，而不是自己的欲望？"

"我……"

"我只信我自己。"少陵坐起来，又给自己倒了一杯酒，"怎么说呢，你所见即是我，好与坏我都不反驳。"

"少陵哥，涛哥回来了。"透过窗户，女孩看到一辆车开进了院子，连忙禀告。

"她终于来了。"

少陵伸手敲了下桌子上自己的手机。手机壁纸上，赫然是蔻蔻的模样。

第二十四章　声色犬马，相忘天涯

一

"这什么鬼天气，说下就下。"还没走出几步，这天便阴了下来，连十分钟都没有，就已经黑成了晚上九点的样子。街上已经没有多少行人了，就连街道上的车都销声匿迹了。暴雨一来，连出租车都不容易打到了，接连招手打了几辆出租车，都没有成功，终于有一辆出租车停在了我的面前。

"城西温泉。"

"兄弟，看样子今儿晚上可是有大雨啊，你现在去了也泡不了温泉啊。"出租车司机把车窗摇了下来，一脸犹豫地看了看我，"你说准了，就去那儿了啊？"

"嗯，我去那儿有别的事。"我点了点头，拉开车门坐上了副驾驶的位置，"我着急，咱快点儿。"

"可真是怪事，这大雨天，你们不在家里好好待着，都非要去那地方。"司机点了点头，朝我咧嘴笑了笑，同时自言自语着，"你说，那地方有啥好的？"

"我……们？"

"可不是，现在的年轻人哪，搞不懂，搞不懂。"司机双手把着方向盘，抬头看着愈发阴沉的天色，皱着眉感叹，"搞不好啊，这关门雨得下一宿。"

"还有我。"伴随着司机师傅的牢骚，一个冷漠的女声从我身后的座位上响起。听声音，女孩应该没多大，顶多也就是和司忆差不多的岁数，但是她的嗓音却比一般的女孩子更为沙哑一点，带着一份淡淡的阴郁。

"你这个娃子是少陵哥的朋友吗？"她问我。

"不，我只是去找我妹妹。"我用余光瞟了一眼身后的女孩。女孩穿着一件过大的白衬衫，下半身是一条没到膝盖的大短裤，一头长发看上去乱蓬蓬的，应该是好长时间都没有洗了。看样子，这个女孩也是少陵的"迷妹"之一，只是不知道她现在来找少陵又是为什么。

"你去找少陵？"

"嗯，有点事儿。"女孩点了点头，她的腿开始不自觉地抖了起来，"那个砍脑壳的，真想给他龟儿一锭子的。"

"你不是北方人？"虽然听不懂女孩在后面说着什么，但是从语气上，我还是察觉到了她的愤怒，"他怎么你了？"

"成都的。"女孩面无表情，"他就是一憨苞谷。"

"hamburger？这我知道啊，汉堡包嘛，我拉的客人，总有人让我拉他们去吃这玩意去，咱也不知道那玩意有啥好吃的。"一旁沉默了好久的司机，忽地搭上了话，"我这个地地道道的北方人就觉着啊，这汉堡包再好吃，也不如整顿大骨头棒子、来顿肘子香啊。"

"嗯。"看着司机回味无穷的模样，我不由得觉得好笑，不忍心打扰到他的回味，便只是敷衍地嗯了一句，没再吱声。女孩见我没了反应，便也不再言语了。司机不时地给我们推荐着当地好吃的小吃。

"已经到了，现金还是微信？"

"微信。""现金。"我和女孩同时出声，说出口的却是截然不同的答案。

"你这个娃子倒是蛮有趣的。"女孩付了款，趿拉着她的大拖鞋下了车。

"进？"

"先等等。"我把手机放兜里，也下了车，简单地和女孩聊了聊，竟发现她和我的想法出奇地一致——对涛哥的这通电话忍无可忍，想要来收拾少陵。只不过，我是救蔻蔻来的，而她则是单纯地来要自己的精神损失费。

不得不说，这夏天的暴风雨果然不是徒有虚名，也就一分钟不到，我们俩就已经湿得透透的了。

"你有什么打算吗？直接进去？那少陵身边的人不会把你打出来吗？"

"有点儿道理。"女孩脱掉了拖鞋，光着脚站在水泥地上，将拖鞋拾了起来，拎在手里，"可是不这个样子，还有啥子办法嘛？"

"还是走墙吧。"我环顾了一下整个温泉酒店四周，从外面的装潢上就透露出气派与奢华。巨大的雕塑摆在酒店的大门口，匾额金碧辉煌，处处都透露酒店价格不菲的信息，"大门有保安，无论是硬闯还是买单消费，看样子都不太现实。"

"那你说还有啥子办法。"女孩斜了斜眼睛，看向了酒店的正门，"我还是想就这么进去，你随意好了，里面集合。"

"好。"我点了点头，"电话联系。"

"电话？"女孩偏着头想了想，然后点了点头把手机递了过来，

"说你的手机号。"

"你叫什么啊？我改个备注。"

"小怜，冯小怜。"

二

离开了小怜，我沿着温泉酒店的侧面缓缓地摸了过去。与城市里那些普普通通的温泉酒店不大一样，这座温泉酒店建在城西的一座小山脚下，周围并没有其他建筑，侧面和后面就都是茂密的树林。

好一个依山傍水的地方。沿着侧面走了好一会儿，估摸着已经走到了酒店院外的中后部，我停了下来，擦了擦眼镜上挡住了视线的雨水。已经分开二十五分钟了，也不知那丫头进去了没有。

想到这儿，我从兜里掏出手机，用衣服挡着雨，给小怜打了过去："进去了吗？"

"进来了。"小怜马上就接了电话，"你晓不晓得这里面啥子走法？"

"那你周围有啥东西啊？"我擦了一把脸上的雨水，将脚从泥里拔出来，"有啥标志性建筑吗？"

"有，一个正在喷水的喷泉，旁边还有一个旋转门。"小怜仍然是波澜不惊的语气，一点情绪都听不出来，"你晓得咋走不？"

"进屋子吧，从旋转门进去。"我赶忙朝小怜低声说，虽说我也对这家温泉酒店的内部构造一点都不了解，但是想来少陵也不会傻到大雨天在外面挨浇，"屋子里有什么？"

"你等等。"通过电话，能够听出一阵转门推动的声音，很快小怜的声音便传了回来，"现在对面有一个正在喷水的喷泉，还有……"

"你转出去了吧？"

"是吗？哦，好像是的。"又是一阵转门推动的声音，"有人来了，我先不说了。"

"不是，你……"电话挂断了，我实在是欲哭无泪，本指望着小怜可以带给我一些线索，结果还是什么都没聊出来，只能靠我自己继续了。

"叮！"一条短视频平台的私信发了进来，是司忆："我有点儿事需要出去一趟，可能会很危险，如果明天 z 上我还没有给你发短信，告诉我平安无事的话，帮我报警。"

"她也要来吗？"我盯着私信看了好一会儿，又看了看天空中阴郁的灰色，那种强烈的不安涌上心头。那个字母 z 大概是早的意思吧。可是司忆又为什么会打成字母 z 呢？

三

"私信发过去了。"酒店一处室内温泉旁，坐在床边的司忆，打量着在她旁边昏睡不醒的蔻蔻，小声地跟少陵汇报着，"那家伙现在知道我过来了。"

"太好了，这下他可以快点儿进来了吧。"少陵端着红酒杯，玩味地看着红酒杯里清澈的酒，"那家伙在外头好一会儿了吧，恐怕他到现在都不知道我已经知道了他要来。"

"可是少陵哥，你又是怎么知道这个人要来酒店的呢？"之前给少陵搓背的女子，在旁边有些好奇地询问着，"眼线？"

"多嘴。"一个魁梧的男人笑嘻嘻地走了进来，他将嘴里的雪茄拿下来，缓缓地朝女孩的脸吐出了一个烟圈，"玉兰，不该问的，你就别问，小心知道得多了不好。"

"是，是，我知道了。"听到这话，叫玉兰的女孩吓得一哆嗦，赶忙低着头唯唯诺诺地保证着，"少陵哥，涛哥，我错了，饶了我这次吧。"

"饶了你？"涛哥恶狠狠地瞪了玉兰一眼，有盘子大的巴掌便要抡下去。

"涛儿，"少陵清咳了两声，打断了涛哥的巴掌，"今天心情好，我也就满足你的好奇心。"少陵微微抬头，将手中的酒一饮而尽，而后笑着来到了玉兰身边，"司忆说说看吧，为什么我什么都知道呢？"

"因、因为……"

"玩的就是心态，对吧，我的司忆姐。"没有理会一旁的司忆，少陵将头缓缓伸向了玉兰的颈后，轻轻地朝她的耳垂吹着气，"司忆，他不会至今都不知道你早就知道了他是谁吧？"

"一无所知。"

"我也觉得他什么都不知道，以我对我这个学长的了解啊，他一直就是个自以为是的家伙，成事不足，败事有余。"少陵一脸微笑地在玉兰的耳边低语着，"嘉儿是个非常精明的女孩，因此我们的关系，她从来没有和任何人说起过。这就让逸哥对我没有任何了解。可是我不一样，我一直在关注嘉儿，她在高中的时候我就关注，她去酒吧打工了，我依然在关注她。只不过替我关注她的人变成了司忆而已。"

"这么说……"玉兰有些难以置信，呆呆地看着面前的少陵。如果说刚才玉兰还只是把少陵当成一个一夜成名的小明星，现在的她已经把少陵当成了魔鬼。

"嘉儿喜欢逸哥，她即使不和旁人说，我也能看出来。我太了解她了，她的一举一动都和当初一模一样。也正是因为如此，逸哥的存在就很多余了。"少陵笑了笑，舔了舔自己的嘴唇，"我在高中没多长时间就离开了，与其在那个破学校里受那些老师的气，还不如自己出来找点儿事干。后来我选择了北漂，在什刹海附近的街边卖唱，就是那个时候认识了司忆。她当时上中专，和同伴出行路过我那儿。"

"我被几个混混堵在胡同里，他们对我图谋不轨，是少陵哥及时出现救了我一命。"司忆在一旁补充着，"多亏了少陵哥。"

"后来我回北疆卖唱，司忆和朋友也来捧过几次场，慢慢地，我们就熟了。"

"是这样啊。"玉兰点了点头，同时打量着一旁的司忆，也许是她的错觉，她只觉得司忆的动作看上去很僵硬，怎么看都不协调，"那涛哥带回来的……"

"她叫嘉儿，我的初恋。"

四

"啊，我……"我揉了揉屁股，从地上站了起来，舒展了一下自己的身体。雨小了一些，可是这院子的大水泥柱子还是湿滑。一脚踩空，我从将近三米的水泥柱子上掉了下来。映入眼帘的是一处很漂亮的温泉，从四角极为精致的龙头上正喷出汩汩的泉水，与淅淅沥沥落下的雨滴一起拍打在温泉的水面上，激荡起层层涟漪。旁边有一个小门半开着，隐隐约约地能看到里面雕梁画栋的装饰。也不知小怜去了哪儿。

"现在蔻蔻、司忆、小怜，都在这酒店的各个角落里，也不知道她们都怎么样了，万一有谁让少陵抓到了，可就不好了。希望今晚少陵不会对蔻蔻下手。我绕过温泉池，将衣服脱下来，把雨水拧了出去，蹑手蹑脚地进入了屋子。

室内是一种日式风格，需要脱掉鞋才可以进去。能感觉得到，这间屋子似乎是有人住的，桌上还有两盘没开动的寿司。屋子里打扫得很干净，屋子的主人应该是那种特别整洁的人。

"啊……你是谁啊？"正当我出神的时候，一个女声从我身后传了出来，随之映入眼帘的，是一个裹着浴巾的女人，她大概有一米七五左右，倘若穿上高跟鞋，基本上就能超过我的个子了。女人冷冷地看着我："你是谁？你是怎么进入我的屋子的？"

"我、我走错了……"我笑了笑，不去直视女人那个令人不舒服的目光，"我先离开了。"

"回来！你这个打扮？怕不是变态吧，要不就是个贼！"女人伸手推了推自己的眼镜，"我现在报警，你别想跑了，你这种垃圾还真是狂妄自大，连少陵哥哥的地方都敢偷。"

"你被他骗了，少陵他是骗你们的。"听女人提到了少陵，我心想这应该也是个信了少陵的鬼话的"粉丝"，便劝说她，"他就是图你们的美貌……"

"我不许你这么说少陵哥，我看你才是那个图我的美貌的吧，要不私自进我屋子干什么？"她一脸嫌弃地看着我，伸手就去拿手机。

"少陵没给你发关于潜规则的信息吗？你怎么就不信我说的呢？"

女人冷笑着："吃不着葡萄就说葡萄酸了吧。你要是有少陵哥万分之一好，都不会做出偷摸进人家屋子的事。垃圾就是垃圾，和你说话都是浪费我的口舌，还是让警察和你……"

还没等她说完，只听"咣当"一声巨响，屋门直直地倒了下来，门口传来了熟悉的四川口音："是你嘞，雨曦。走了，哥老倌，别理那个歪婆娘了。"

"冯小怜！又是你这个疯子！原来你们两个是一起的！"被叫作雨曦的女人，冷哼了一声，"都别走，看这回警察来，你们怎么说！"

"快点喽，这个歪婆娘总瓜兮兮的，不大好招惹。"小怜看了看我，依旧面无表情，"我晓得那个砍脑壳的在啥子地方了。"

五

"你的初恋？"玉兰一愣，下意识瞥了一眼还没有醒来的蔻蔻，"你和那个女孩……"

"奇怪吧？你是不是也信了我们公司给我炒作的那个女朋友了？那些都是假的，不过是为了收视率而逢场作戏罢了。我和公司给我设计的那个形象是不一样的，我家里不穷，也没有那么多催人泪下的故事，更不是为了学习，一直以来都没有谈过恋爱的纯情好男人，那些设定虽好，但是我知道，那不是我。我喜欢的女孩，我动了真心想要和她生活一辈子的女孩，只有嘉儿。后来，我在高中同学那里得知，嘉儿去了司忆姐所在的大学附近打工，我便找到了司忆姐，帮我盯着点儿那个酒舍。没想到，好巧不巧，逸哥在短视频平台上就关注了司忆，而我也就这么了解了嘉儿的一举一动。"

"可我还是不明白，"司忆打断了少陵的话，"这女孩很喜欢你，你也对她很喜欢，可是你为什么非要去监视她，并且用这个方式把她带来呢？"

"她喜欢我？怎么可能！她喜欢我，还会和我分手？估计她都要烦死我了。"

"可是她是你的粉丝后援团的团长啊！"我推开房门走了进去，看了看面前这个男人，"我来得还不算迟吧。"

"你终于来了。"对于我和小怜的突然到来，少陵丝毫没有感到意外，"她是我的后援团团长又怎么了？不过是她那些闺密不想让她退出后援团罢了，以嘉儿的性格，她自己可不会在乎我。"

"那她为什么会帮你组织这场活动呢？又怎么可能会一个人来找你？"

"因为我答应她帮你宣传你的酒舍了啊。"少陵点了一支烟，用力地吸了一口，"从司忆那里，我得知了嘉儿的爷爷去世的消息，以我了解的她的性格，她一定会在你那里请长假的。果不其然，我猜对了。于是，我给她打了电话，告诉她我知道她去酒吧打工的消息，并且想要帮助她宣传酒舍，问她可不可以来我这儿详谈。怕她不来，我让涛哥在我的后援团里发了回馈粉丝活动的消息，这样，在闺密的撺掇下，她就不会不来了。果然，我等到了她。事实证明，我努力到让那么多女孩都认识了我，都喜欢了我，也没能从你这儿夺回她的心啊。"

"你个瓜娃子烦到我了。"冯小怜拎着一个消防栓走到我身旁，"搞啥子嘛。"

"小怜啊，你也是来找我的吗？你应该站到我这边来，我可是你的男人啊。"

"你个憨皮，滚。"小怜依旧面无表情。

"你这个态度我可是很不喜欢呢，小怜。倘若你不想让那些东西公开的话，我劝你三思啊。"

"我……"

"你还有事吗？"看着小怜低头不语，少陵玩味地笑了笑，将目光转向了我，"没有事的话，那就请回吧。"

"可是蔻蔻……"

"你带不走她的，除非你觉得你可以对付得了我们这里的所有人。

还有招的话，你就一并使出来吧。我倒真想看看，在绝对的实力面前，嘉儿喜欢的这个货色是多么一文不值。"

"通知保安集合，来贵宾一号房。"涛哥拿出对讲机开始嚷，在他看来，一切已经到了收尾的时候。

六

"你不怕我报警吗？"

"我还以为你想出了一个什么好的主意呢，就这个啊，你确定你不是在逗我笑？"涛哥冷笑了一声，朝我缓缓走了过来，"自我介绍一下，我是这家温泉酒店的老板阿涛，也是少陵哥的铁哥们儿。有我在这儿，你觉得我会让你报警？"

"你想怎么样？"

"怎么样？不怎么样啊，只是想让你再也不会对嘉儿有非分之想而已。"

"她只是我的员工、学妹。"

"你猜我信了吗？"少陵冷哼了一声，目光里一片凉意，"你会为一个员工，孤身一人闯酒店？"

"我……"

"不和他废话了。阿涛，给我废了他。"少陵把头转了过去，留下一个潇洒的背影，"出了问题，我来解决。"

"得嘞。"阿涛点了点头，脱掉了他的白色大背心，露出了一身的腱子肉，"小子，现在给少陵哥道歉可还来得及。"

"好歪啊。"还能等我反应过来，小怜已到了我面前。"你们这些龟儿子，烦得很。这个娃子交给我，你去救人。"

"这就是你的决定了？对你的男人，你就这么绝情？"少陵从身边的包里掏出了一个信封，在手里轻轻地晃了晃，"说我们歪，说我们烦，你个婊子又能清高到哪儿去？"

"还给我。"小怜难得地蹦出了一句普通话，整个人飞速地朝少陵跑了过去，"给我拿来。"

"说了普通话，听上去可就顺耳多了。"少陵笑了笑，从容不迫地将信封打开，将里面的一大把照片，用力地朝我甩了过来，虽说看不真切，但是照片里隐隐约约透露出的，让我有了些许猜测。"没想到吧，你的这个好搭档其实是个这样的人，哈哈哈，而且你还不知道吧，你面前的这个女人，她还是一个亲手杀掉自己干爹的禽兽。"

"小怜……"

"是我干的。"

七

"没想到你们是这样的人。"玉兰有些难以置信，看着面前的少陵，此时此刻，他身上的恶魔文身若隐若现，更加显得狰狞而骇人，"我受不了了，我要离开这里，我选择辞职。"

"辞职？是你想辞就能辞的吗？"阿涛冷哼了一声，随着他一声令下，二十多个保安挤了进来，恶狠狠地盯着我和小怜，"这个屋里的人，现在谁也不许走。"

"让我离开，咱们的合同终止了。"玉兰有些愤怒，去推身边的保安，可是由于力量悬殊，她用尽了力气，也没能从保安堆里挤出去。她作为名牌大学毕业生，其实本可以去其他地方，找一个更加合适的工作，但是她最终还是对阿涛提出的高额工资心动了。她知道，来这里，就一定会不可避免地被大人物呼来喝去，可是转念一想，反正她没有对不起自己的清白，又能挣到高出同学的月薪四五倍的工资，即使工作的内容不那么出彩，又有什么大不了的呢？可是直到今天，她才发现自己把这份工作想得还是太简单了。"让我走吧，我保证不和任何人说，我发誓。"她恳求道。

"我凭什么信你，我可不想用我的前途和你做这个赌注。"少陵冷笑着，"当我是个蝼蚁的时候，大家怎么嘲讽我都可以。可是现在，我出息了，我出人头地，有名有利了。那么你们这些人，在我面前，也是蝼蚁。"

第二十五章　万物沦丧，我在中央

一

　　"蝼蚁……瓜娃子，你说，我们是蝼蚁……"一旁的冯小怜愣了一下，有些难以置信，看着面前一脸嚣张的少陵，喃喃自语，"少陵，你怎么……"

　　"我怎么？那你怎么不问问你自己，你怎么这么傻？我已经不是在你心中的样子了，那个在画展上和你谈梦想的样子，让我恶心。"少陵瞥了一眼一旁的小怜，一脸不屑，"只有蝼蚁才会大言不惭地谈梦想，谈明天，因为对于今天的苦痛，他们没有一丝一毫的解决办法。没事就谈梦想，是一件多么可悲的事啊，对吧，逸哥？你再经营酒吧、写小说、写诗歌，也不过是一个需要为将来谋生疲于奔命的大学生啊，对不对？忘掉你脑海中那些对于未来不切实际的梦吧，真实的情况是今天的你碌碌无为，明天的你也一样一无是处；现在的你疲于奔命，以后的你也不过是生活的奴隶，活得苟且而无助。

　　"请记得，生活就是，熟知西餐礼仪的你，站在西餐店门口彬彬有礼；点着八分牛排的我，手抓牛排在里面大快朵颐。你天天心里不平衡，说我玷污了西餐的环境，可是你就是吃不到我屋子里的牛排。真正赢得尊重的，从来都不是咱们谁更懂礼节，而是谁才有实力进那个屋子。"

"我不认可。"我看着少陵的表情，缓缓地摇了摇头，"生活不该是这样的。"

"你不认可有用？不会吧，居然还有人觉得你这种蝼蚁说话有人听？山顶的人永远都不会听见山脚下的人的声音。"

"你个瓜娃子。"还没等我反应，小怜一个箭步蹿了上去，挥拳朝少陵打了过去，她的表情很严肃，即使离得不近，我也能够感觉到她身上传来的肃杀之气，"受不了了。"

"你还是老样子，一点儿没变。"少陵不慌不忙地向后一个闪身，侧身抓住酒瓶子，挥手砸在小怜身上。由于二人距离实在是太近，这一下并没有将瓶子砸碎，但仍然砸得小怜后退了好几步。"冯小怜，你很可以，你惹恼我了。"

"惹恼？我还要揍扁你呢，大不了就是再回去而已吧。"小怜说的是标准的普通话，一字一顿，她依旧面无表情，眼睛却偷偷地湿润了。

二

在遇到少陵之前，她的名字并不是小怜。冯小怜这个名字，其实是少陵给她取的。用少陵的话说，他希望小怜可以和历史上南北朝时期的那位小怜一样，风华绝代、美艳无双。

对于少陵的意见，没有主见的小怜，也就欣欣然地接受了，并且真的下了一番苦功夫去打扮自己。那个时候的小怜，对少陵可谓一片痴情，而少陵也对她用情极深。

　　只可惜，少陵毕竟不怎么爱学习，只知道电视剧里的冯小怜貌若天仙，并不知小怜的结局并不美好。

　　小怜之前的名字叫大莲，她出生在川渝地区的农村，直到上小学，都没有离开过村子半步。因而，她只会说方言。上了小学后，母亲和爷爷、奶奶大吵了一架，大莲便跟着守寡的母亲，千里迢迢地来到了京城。要问大莲的亲生父亲是谁，那恐怕只能问大莲的母亲了，毕竟大莲出生之后，就再也没有见过她的父亲。

　　那个时候，小怜并不知道她母亲从事的是什么工作，只知道母亲总是晚出早归的。平日里没有事的时候，她总喜欢叉着脚坐在床沿上，对着手里的钞票一边咛着唾沫，一边珍惜地数着。

　　"妈，你是啥子工作？"

　　"小屁孩，别瞎问。"每当大莲问到母亲的工作时，母亲总是叼着她最爱的女士香烟，顾左右而言他，"莲儿，以后你想要干啥子工作啊？"说来也怪，母亲口音中浓重的川味，在她们进京之后，逐渐淡了很多。很多时候她都改用普通话说话了，只有在家的时候，才偶尔会从嘴里蹦出一句半句方言来，"老师？还是科学家？"

　　"都不，我以后也要和妈一样。"大莲认真地想了想，回答着。还没等她说完，一个响亮的耳光盖在她脸上，迎面而来的，是母亲瞪着的眼睛和气得抽动的脸。

　　"不学好！你个便宜货！千顷地一根苗，还巴望着你能出息，平地扣饼呢。你倒好，整个就是一个浑不懔的，啥长进没有。"随着母亲又一次抬起胳膊，大莲只觉得自己的脸颊一热，一道红印子赫然印在脸上。还没等她反应过来，另一个耳光直直地扇在她的右脸颊上，扇得她一个趔趄，哇的一声哭了出来。到了最后，母亲抬起的胳膊也打不下来了，便开始坐下来哄大莲。可是还没哄几句，自己的眼泪便掉了下来，于是母女两个开始抱头痛哭。哭到最后，不明白母亲为什么哭，大莲也就不哭了，只是有些畏惧地看着母亲。大莲觉得，这是她离母亲最近的一次。

"桃叶尖上尖，柳叶就遮满了天。在其位的那个明阿公，细听我来言啊。此事……"那天晚上，起夜的大莲发现，一向晚出早归的母亲并没有离开家，而是坐在胡同口的马扎上，一边唱着她从来都没有听过的调调，一边编着什么东西。"大莲啊，醒了？"听着身后的脚步声，母亲停止了歌唱，也不回头，只是留给了大莲一个落寞的背影，"明天开始，你就不叫大莲了，大莲这名字不好，你叫小莲吧。"

"哦，晓得了。"大莲点了点头，算是默认了这个新名字。其实，大莲觉得自己叫什么名字都没有太大的意义，毕竟胡同里的孩子们根本不会叫她的名字，那群孩子只会叫她的母亲大喇，叫她小喇。她不知道大喇小喇是什么意思，只知道那群孩子喊完之后的嬉笑，充满了令人不舒服的不屑与厌恶。"小莲就小莲吧，妈，那首歌蛮好听的……"

"我刚唱的那首？算了吧，不好听。"母亲冷笑了一声，将手里编完的一个穿旗袍的小娃娃塞到了小莲手里，同时认真地注视着面前的女儿，"小莲啊，你想要爸爸吗？"

"爸爸？"小莲突然听到了这个既熟悉又陌生的词语，不由得有一些恍惚，一时愣在那里，只是怔怔地看着母亲，也不说话。

"俺晓得了。"母亲伸出手，摸了摸小莲白净的小手，看着她有些手足无措的表情，轻轻地笑了笑，"莲儿，给妈唱首歌，好不好啊？"

"嗯。"小莲点了点头，把娃娃塞进了衣服兜里。随着晚风的吹拂，没有扎好的头发随风飘舞，女孩的歌声婉转悠扬，传出好远好远，"黄杨扁担呀么软溜溜呀，姐哥呀哈里耶。挑一挑白米下酉州啊，姐啊姐啊下酉州呀，姐哥呀哈里耶……"

三

过了没多长时间，小莲的母亲带着她去了北疆。在北疆江边的一个小区门口，小莲见到了那个微笑着的男人。

"莲儿，叫爸爸。"难得打扮得非常清爽的母亲，赶忙推了推一旁还很木讷的小莲，"以后啊，他就是你的爸爸了。"

"爸，爸爸。"

"哎，这就对了嘛，乖女儿。"男人笑了笑，快步走到小莲身边，亲昵地将小莲抱了起来，亲了亲她的脸颊。男人没有剃干净的胡子茬，扎得小莲不舒服地叫了起来，而男人依然没有停下来，仍用力地亲吻着她的脸颊。

不管怎么说，这个家庭就这么建成了。男人似乎是在铁路上干活，早出晚归，每天回来时都是醉醺醺的。母亲没了晚出早归的习惯，平日里也不出门，只是在家里躺着，看着重播了无数遍的琼瑶剧。有时母亲也会出去一段时间，回来之后，总会买点儿排骨或者烧鸡，这在之前小莲简直想都不敢想。

在这里，小莲第一次穿上了小裙子，露出了她修长的腿；也是在这里，小莲第一次吃到了锅包肉，这种酸甜口味的美食，给习惯川菜的小莲一种全新的体验。

还是在这里，小莲认识了一个特别帅气的小哥哥，小哥哥是她的邻居，无论什么时候都一脸笑意。在小莲看来，他永远都是温柔的。她想吃灌木丛里的"黑星星"，小哥哥就钻到扎人的树丛里给她摘；她想吃五毛钱一包的"雪碧冰""可乐冰"，小哥哥就会给她买来……

"哥哥，你怎么这么好啊？"

"傻丫头，哥哥一直都这么好。"

小莲最喜欢的就是每天的这个时候，两个人写完了作业，坐在小区二楼的天台边，晃荡着双脚，看着夕阳。有时候，小哥哥还会拽一把狗尾巴草带上来，认认真真地给小莲编小狗。

"哥哥以后想要做什么工作啊？"

"没想好呢，可能是唱歌吧，学文化课肯定是不行了。"男孩认真地想了想，摸了摸靠在自己肩膀上的小莲的秀发，"以后，一定会有一个叫少陵的男孩，成为歌坛上首屈一指的歌手的。"

"嗯，一定会的。"

四

可惜，这样幸福的日子也就过了半年。

父亲的脾气变得越来越差，回家的时间越来越晚，还总是对母亲非打即骂。

"你个腌臜货，没有我，你们母女俩能活到今天！不把爷伺候舒服了，爷休了你。"喝多了的父亲，总是用这几句话呵斥一旁的母亲。最开始的时候，还只是口头的训斥，到后来，就变成了耳光，又演变成了皮带和笤帚。

每天晚上，母亲都背靠在小莲的门上，用手死死地抓着门框，小声地哭泣着。

"妈，他为啥要打你啊？"

"妈自找的。"母亲一边用云南白药涂抹着身上的伤处，一边抽着女士香烟，忧伤地背过脸去，"妈没事的。"

"要不，咱们走吧？"

"走？走了，咱吃谁的，喝谁的去？大人的事，小孩别瞎掺和。"

"可是……"

"可是啥可是，别想那没有用的，给老娘学习去。"每到这个时候，母亲总会抬腿踹一脚小莲的屁股，将她踢进屋里去，然后自己在客厅里揉着伤口呻吟。

"你说我该怎么办啊？"小莲有时候会跑出门去，和小哥哥少陵聊一聊自己家里的事。少陵虽然不会让她的处境变得更好，但是至少可以给她一些安慰，"我现在特别害怕，我总觉得我爸他……"

"没事的，我一直在。"

"你这丫头干啥去了？"刚进家门，父亲粗暴的声音便传了出来。看父亲的样子，他应该是又喝多了。此刻，他半裸着身子，恶狠狠地看着刚刚进门的小莲："说！干吗去了？一天到晚不学好！"

"我和朋友出……"

"你当我的钱是大风刮来的啊，养活着你们这俩拖油瓶多不容易，还让你出去浪！"男人晃晃悠悠地站了起来，一个耳光打在了小莲的脸上。小莲只觉得自己的脸像是被车撞了一样，人不自觉地退了几步，摔倒在了地上。

"爸，我……"

"我没有你这个女儿！你和你妈一个德行！从小就出去浪！"还没等小莲说完话，男人抬腿又是一脚，正踹在她的肚子上，她觉得自己的五脏六腑翻了个过儿，男人才停了下来。"你和你妈就一个样，一个比一个脏！我让你出去！"男人解下腰带，反手就是一鞭子。伴随着小莲的一声惨叫，她的胳膊上顿时出现了一道血淋淋的印子。

"我错了，爸，别打了。"小莲看了看面前凶恶的父亲，千言万语都化成了断断续续的哽咽，"我妈呢……"

"现在还惦记你那个倒霉妈！她和你一样,出去干活了！垃圾！"男人越说越气，对着小莲又是两脚，直接将她从门口踢进了她自己的屋子里。"我还以为你和你妈不一样呢，我现在算是看明白了，和你妈一个样。"男人看了看地上伤痕累累的小莲，冷笑一声脱掉了自己的裤子。

小莲不记得那天最后发生了什么，只记得自己醒来后，看着倒在血泊里的母亲，疯了一样冲了过去，趴在母亲的身上，用力地摇晃着母亲的肩。可惜，终究还是晚了一步。她拿起花瓶的残骸，对着男人的脑袋重重一下，男人应声而倒……

她又回忆起黄昏的时候，和少陵坐在二楼平台上看旁边学校里的学生。校园里那些穿着校服的姑娘们朝气蓬勃，马尾辫甩得真好看。那些穿着花裙子的姑娘们青春焕发，在父母的呵护下茁壮成长。可是那些都是别人家的孩子……

"难道是我不懂事吗？难道是我不够孝顺吗？可我什么都有啊……为什么我的人生会是这个样子的呢？"

小莲因为过失杀人罪，被判了两年有期徒刑。在去自首前，小莲找到了少陵，和他说了事情的经过。少陵没有意外，也没有说什么，只是用狗尾巴草给小莲编了一只小狗，塞到了她手里："太可怜了，以后你就叫小怜吧。"

从此，她的名字就成了冯小怜。

两年的时间说长很长，说短其实也短。她刑满释放的时候，少陵特意提前两个小时等在监狱门口。与之前不同的是，他身边多了一个女人，女人叫雨曦，当时的身份是少陵的女朋友。

"小怜是我妹妹，这个是雨曦，我老婆。"少陵轻描淡写的一句话，便宣告了小怜的地位，"以后怎么办？"

"不晓得。"小怜看了一眼旁边的雨曦，小声地回应着，"你觉得我能干啥子？"

"雨曦是学美术的，她缺个模特，你……"

"我同意。"小怜面无表情地点了点头，"只要能活下去，我什么都干。"

这一晃，又是三年未见，雨曦已经不再是少陵的女朋友了，小怜也穿回了脱掉的衣服，在京城一家饭店里做了服务员。她以为她和少陵的交集已经结束了，却未料到少陵的一次粉丝见面会，又让两个人的人生纠缠在一起。

五

"你变了，之前的你不是这样的。"冯小怜看着面前的少陵，目光中多了一丝怜悯与无奈，"你不该这样的。"

"为什么不该？我说我要成为优秀的歌手，我成功了啊。我努力了这么长时间了，享受享受怎么了？莲儿啊，人不能只活在过去，经常回忆过去的人，只能被时代的车轮抛弃的。"少陵冷哼了一声，"与世隔绝的这两年，你差的东西可是太多了。"

"可是，你现在这样和我最不愿提起的那个人，有任何区别吗？"

"有啊，我又没有逼迫她们任何一个人，她们都是自愿的。我承认啊，我确实花心，但是那又怎么样？我又没有妻子，也没有女朋友，不存在出轨的问题。在法律和道德上，我都没有任何过错。倒是你们，强闯民宅，意图威胁公众人物的生命安全。"

"可是，你玩弄了她们的感情啊？"一旁的玉兰开了口，"少陵先生你这么做，对不起这些女孩子的青春。"

"玩弄感情？因为她们傻啊。在期待自己可以拥有白马王子之前，不先好好掂量掂量自己几斤几两。凭什么她们就可以拥有完美爱情啊，凭她们连基本常识都不懂的那点儿水平？凭她们对其他人尖酸刻薄的态度，还有无止境的虚荣心？还是凭她们整过的脸和矫揉造作的说话风格啊？那些连社会的险恶都不知道的白痴，不骗她们骗谁啊，对吧？"

七

"都别动，警察。"少陵的话音刚落，房门被一脚踹开，一队警察快速冲了进来，很快站在了我们每个人身后。

"全都带走！"

"你在搞什么鬼把戏？"少陵愣了一下，有些慌张地看了一眼一旁的涛哥，然后老老实实地把手举了起来，"我是少陵啊，你们认识我吗？"

"认识，抓的就是你。"一个警察对身后的同事吩咐着，"把他也带走。"

"这是怎么回事？不应该啊！"

"其实没啥不应该的。"司忆从床上坐了起来，走到了屋内一盆花前，伸手将手机掏了出来，"这就是证据。"

"视频是可以伪造的！诬告公众人物，你摊上大事了，司忆。"少陵擦了擦脸上的汗，"警察同志，你们不能因为她伪造一个视频就抓我啊。"

"视频当然能伪造，那直播呢？"我看着面前笑容满面的司忆，朝他缓缓地点了点头，"你让她给我发消息的时候，她把'早'这个字换成了'z'，我就觉得有问题。以我对司忆的了解，这个'z'绝对有含义，果不其然，进了屋子之后，我在司忆的目光提示下看到了那部手机，也就理解了'z'的真正含义，那就是直播。你刚才和我们说的所有内容，都原封不动地播了出去。"

"你们俩给我等着！我跟你们没完！"

"走，快点儿走！"

八

"看到我在少陵这边，有没有很慌？"第二天早上，走出派出所大门的时候，司忆转过头问我，"怕不怕自己救不出蔻蔻？"

"怕，但是我了解你，你不是一个能和少陵一起作恶的人。"我看着面前的司忆，"你还得帮我最后一个忙，把蔻蔻送回去，别说是我救了她。"

"好。"司忆点头答应了，"你知道吗，少陵还有其他问题，在涛哥那里，警方发现了不少毒品呢。"

"这样啊，那他可是一时半会儿出不来了。"

"是啊。"司忆叹了口气，回过头看了看我们走过的这一段空荡荡的街道，拍了我的肩膀，"少陵其实有一点想错了，蔻蔻喜欢的人，自始至终都是他。"

第二十六章　一壶烈酒，缓缓入喉

一

　　一个女孩扛着包，忽然出现在我面前："你要走了？"

　　"嗯，要回北疆了。"我点了点头，面前的冯小怜，已经换了一套干净的衣服，好几天都没有洗的头发也认真梳洗过了。不用想，多半还是玉兰帮助她完成的这些事。粗枝大叶的小怜向来是不会在意这些琐事的。

　　"我和你走。"小怜认认真真地说着，同时将我挎在身上的包夺了过去，背在自己身上，"司忆说的。"

　　"司忆？"我愣了一下，掏出手机给司忆打电话，"什么情况？"

　　"她没地方去了。"电话那边的司忆似乎在火车上，"少陵被抓走后，很多与这件事没有关系的人都被放了出来。玉兰回了老家，而雨曦总是觉得，是小怜害得自己错过了和少陵相处的机会，于是去了小怜打工的地方，添油加醋一顿诋毁，老板听说小怜有前科，也就不敢再让她在这儿打工了，给了她点儿钱就把她打发了。我看她太可怜，就让她去你那儿打工，正好可以代替蔻蔻的空缺。"

"啊?"

"有啥惊讶的。我让可儿把蔻蔻带回学校上课了,毕竟还有大半年就高考了,蔻蔻现在也得好好学习了。原本蔻蔻是因为爷爷孤单才选择了离家近的学校,现在爷爷去世了,她也得拥有自己的人生了。"

"嗯,我知道了。"挂了电话,我朝小怜努了努嘴,"走吧。"

"好。"

一阵急促的电话响了起来,是小怂:"逸哥,我……是我,小怂。"

"怎么了?"

"你、你看一下酒舍外卖的评分吧。"小怂还是有些吞吞吐吐的,长久以来养成的习惯,让她的声音听上去还是唯唯诺诺的,"你忙完就抓紧回来吧。"

"好,下午我就能回去了。"我安慰着小怂,挂了电话。以我对小怂的了解,她虽然有时候看上去比较软弱,但是绝不是出点儿小事就慌作一团的性格。性格软弱导致她时刻绷紧每一根神经,让她变得恐惧社交,即使遇到解决不了的大问题,她也会选择坚持解决,而不是主动打电话求助别人。能够让她主动打电话,说明酒舍遇到了十分糟糕的事,至少是仲夏、小华和我寝室的室友们都无法解决的问题了。

"出啥子事了,老板?"小怜挑了挑眉毛,面无表情地询问着,"你的酒舍不会黄了吧?"

"闭嘴。"

"哦。"小怜听了我的话,便沉默下来,只是在一旁静静地看着我在外卖软件上搜索着自己的酒舍,"所以,到底黄没黄啊?"

"你给我……"我刚要发火,看了一眼上面的信息,一股不好的预感瞬间笼罩心头。原本评分很高的酒舍,忽然成了同行里评分最低的一家。看着一夜之间多出的三千多条差评,我第一次感觉到了恐怖。

其实明眼人都能够看得出来，差评是有人恶意刷上去的。但真正让我感到脊背发凉的，是差评上的这些内容，"震惊，某大学内酒吧老板与多名在校女大学生不清不楚""酒舍食品安全难以保证""酒舍老板密会杀人犯"……

看第一句就能感觉到，这都是一些耸人听闻的老营销号口吻，可是偏偏配上了我和小朔、仲夏、小怂，甚至是刚认识不久的小怜的照片，结合着差评里的颠倒黑白描述，让人看完之后没有办法不对酒舍产生怀疑。

"这群狗仔很职业啊。"我仔细打量着配图。能够看得出，这群狗仔已经跟了我们一段时间。无论是提前蹲点儿、引人遐想的错位拍摄，还是利用一些修图软件进行的恶意修图，都能让人感觉得到他们极强的目的性。

小怜蹲在地上，手指在地上的沙子里滑动着："搞这些花花肠子的娃儿也不像个好人。"

我看了看面前蹲在地上的小怜，有些羡慕起她的思维方式。文化水平并不高的小怜，其实并不能够完全理解周围的那些人和事，但是她拥有一套只属于她自己的处事法则，而这是我怎么也无法掌握的。

"你觉得很多耳机线缠绕在一起了，应该怎么办呢？咱们没有足够的时间去一一解开里面所有的盘根错节，也没有办法剪断它，该如何做才能让耳机线彼此分开呢？"我问道。

"可是为什么要分开耳机线呢？"小怜歪过头想了想，一脸不解地看向我，"分开耳机线干吗呢？"

"呃……那听歌总要用到耳机线啊。这几天的这些事，现在就像是耳机线全都缠绕在一起，想解解不开，想剪剪不断。"

"剪不断，理还乱，是离愁，别是一般滋味在心头。"小怜接着我的话茬背诵着。这首《相见欢》她背得还是很熟的，只是不知道我要表达的意思她明白了没有。

"唉，算了，当我没问好了。我也是病急乱投医了，和你说这些干吗，你也不懂。走吧。"

"好。"

二

买了时间最近的一趟火车的车票，我和小怜很快就检票上车了。想起外卖软件上的那些差评，我禁不住苦笑。看着车窗外逐渐后退的风景，我纷乱的思绪怎么也停不下来。

其实，我并不是很喜欢坐火车。许是坐火车的次数太少了吧，我就欣赏不来车窗外的沃野千里风光。我更喜欢坐公交车，在一个角落里打量着车上的人们。很多时候，他们在公交车上一句话都不说，但是这并不妨碍我了解他们。我在车上见过很多人，也听到了很多故事。人们的生活大不相同，相同的是他们在生活中的挣扎与坚持。

我见过"花臂大汉"给腿脚不便的老妇人起身让座，也见过衣着华丽的女孩因为被农民工不小心碰了一下而破口大骂，还见过拼事业的男人挂了妻子的电话后放声痛哭。我以为我一直是这样的一个旁观者，可以客观地记录我身边的人和事。所以我拿起笔来写，写小朔、素素、小默、仲夏，也写清明、小彤和蔻蔻……我以为我永远都会以旁观者的视角来看待问题，写得多了，出现问题了，也就有了应对措施。

可是……

我今天才知道，自己真的出事的时候，别人的人生你了解得再多，也无济于事。别人的速效救心丸，永远救不了我的胃病。

"怎么，不说话了？"小怜从兜里掏出一根火腿肠，缓缓地拧开，将裂口露出火腿肠肉的一端塞到了我手上，"还是不高兴？"

"嗯，算是吧。"我接过火腿肠，轻轻地剥开塑料外皮，看着窗外的玉米地，有些心不在焉地回答着。

"俺也不知道，你咋样才可以和之前一样开心起来，不过，你问俺的问题，俺倒是想了一下。俺戴耳机的时候，一般都是找到了耳机的两头。"小怜拿出耳机在我面前晃了晃，然后抓住耳机线的两头儿用力一抻，两头儿便从缠绕得很复杂的耳机线里被拽了出来。"俺一般就这样听歌了啊，虽然中间会因此出现几个死结，导致耳机线短了些，但是起码可以听歌了。"

"话虽如此，可是我这强迫症啊。"我苦笑了一声，伸手摘下小怜戴的耳机，轻轻地解开耳机线上的死扣，"不把它解开，我看着心烦。"

"行吧，我还以为只有经历过人生的难，才不会想着苛求完美。面对现实中的风雨雷电，体无完肤的人只想着随遇而安。"小怜看了看我，"在强迫症眼里，也得先解决问题不是？"

我缄默无言。车厢里没有人走动，大家都默契地看着手机或是想着事情。小怜在身边跟着耳机里的旋律小声地哼唱着："黄杨扁担呀么软溜溜呀，姐哥呀哈里耶。挑一挑白米下酉州啊，姐啊姐啊下酉州呀，姐哥呀哈里耶……"

"如果你选择的那条通向前方的路，所有人都不想让你继续走下去，你该怎么办？"一首歌唱罢，小怜看向我，"还会继续走吗？可能前程似锦，可能万劫不复。"

"我……"我愣了一下，扭过头看着这个带着一抹浅浅微笑的女孩，忽然觉得她越来越陌生，越来越不同，"我不知道。"

"不，你知道。"

"我知道？"我看了看小怜，她已然又陶醉在下一首歌中了，我无可奈何地耸了耸肩。那条路我究竟还会不会继续走下去呢？其实我也不太清楚。早上，告别司忆的时候，她还问到我这方面的想法："你以后还继续当你的小酒馆老板？还是有什么打算？"

"我、我也不知道。"

"走一步看一步？也好，毕竟人心会变，初心也不是当初的模样。当初我还答应过要促成少陵和嘉儿完婚呢，在他那个顶级大明星的婚礼上当伴娘，肯定是特别露脸的事。可惜，最后葬送他的人，也是我。"

"不是你，而是他自己。他出来之后，会感谢你的。"

"但愿吧，只要他不恨我就好。其实，我一直都没想以这样的方式来结束这一切，我也想劝他迷途知返，可惜他还是我行我素，没有办法，只有我来……"

"现在什么打算？和我回北疆？"我询问着。

"先不了。"司忆从包里抽出一台看上去蛮新的手机递给我，映入眼帘的是雨曦的朋友圈。大概内容其实很容易就能猜出来，无外乎大发牢骚，自己又遇到了"渣男"，然后一边说着自己如何如何"恐男"，一边博得不明所以的老实男孩的同情。"我还得去找她，你先回去吧。"

"好，晚上记得直播。"

三

"醒醒，到地方了。"也不知过了多长时间，只觉得脸颊火辣辣地疼，我睁开眼看见小怜正拿出一张湿巾，擦拭着自己的手掌。

"走吧。"我背上包，带着小怜下了火车，轻车熟路地出了火车站。北疆的火车站还是那样，虽然已经翻修了无数次，但还是有一种跟不上时代的颓圮感。"红肠，红肠，红肠便宜了啊。"不远处小商贩的叫卖声将我拉回现实，紧随其后的便是红肠特有的烟熏味。

"真香。"小怜抽了抽鼻子，在一旁小声地感叹着，"俺们那儿可没这个。"

"特产吧。"我随口附和着，同时就近找了一个小摊，买了两根红肠，"这味道其他地方应该是没有的。"我递给小怜一根，拿过自己这根，用力地撕开外包装，对着红肠的顶部咬了一口，感受着咸香的肉顺着食道滚入腹部，心里得到了极大的满足。"吃吧，吃完了咱去医院。"

"啊？医院？"小怜停顿了一下，诧异地看着我，不知我为什么不先回酒舍。但是，她犹豫了一会儿，最终也没有问出口，只是默默地点了点头，说了声"好"。

我不由得怔了一下，小怜这般乖巧与无条件顺从，让我有些不知所措。以前小朔或蔻蔻在身边，我要让她们干什么时，她们多半都是推三阻四的，使着自己的小性子，把我的话当空气。可是小怜不一样，她从来都是默默地点头答应。想到此处，我又瞥了一眼还在吃红肠的她，想要说些什么，可是最后只是发出一声重重的叹息："去医院看看闹自杀的那个女孩，我还有话问她。"

按照小怂给我发来的地址，我来到了医院门口。寝室老大和小怂正在门口等着我，看我和小怜走近，两个人赶忙迎了上来。

"怎么样？"我瞥了两人一眼，两人的样子都很憔悴，看样子这两天都没有休息好。

"她没什么大碍了。她说想和你聊聊，而且她说你们可能认识。"小怂扫了一眼跟在我身后的小怜，随后小声地说，"你们不会……"

"应该不会。"我有些无奈地看向小怂，她偷偷挑眉毛的表情被我尽收眼底，"没事少和煜煜她们接触，别的没学会，八卦可是越来越厉害了。"

"对了，大哥，"看着小怂红着脸躲到寝室老大的身后，我把目光转了回来，"咱寝室他们几个呢？"

"阿昊在酒舍里帮忙。至于老二干吗去了，我也不知道，他向来是神龙见首不见尾的。"大哥的嗓子有些哑，让他的声音听起来更加沧桑了，"你和小朔不在酒舍这几天，大家都累坏了。仲夏、小华和小昊在酒舍里帮忙运营，我和小怂在医院这边照顾那个女孩，小嫒、小嫣她们在寝室里帮着给你的酒舍刷好评……你这到底是惹了谁啊？"

"其实我也不知道。"我苦笑着，拍了拍大哥的肩膀，"等这事了了，我请大家。哦，对，小朔回来了吗？"

"回来了。"小怂回应着。

"嗯，我知道。"我点了点头，"先带我去看看那个在酒舍自杀的女孩。"

"好。"

四

人民医院其实并不是北疆最好的医院，但那些在名誉方面可以甩开人民医院好几个档次的好医院，随着声名远播，费用也就水涨船高。所以，人民医院较低的价位，还有得天独厚的地理位置，无疑让其成为学生看病的首选。

我其实特别不喜欢医院的味道，那些刺鼻的消毒水味，像一张大网将我缠绕，将我勒得死死的，每次出了医院的大门，我都有一种劫后余生的喜悦。

跟着小怂，我们很快便来到女孩的病房外，轻轻推开门，一个非常漂亮的女孩出现在我面前。

"来了？"女孩的精神状态看来还不错，看不出抑郁或沮丧，脸上始终挂着开心的笑容，让人如沐春风，"小秋和我说，你今天就能过来，我还不信呢，没想到你现在就来了啊。"

"小幽？怎么是你？"看着面前微笑的小幽，我觉得有些不可思议，"不应该啊！"

"没什么不应该的。"小幽低下头，看着病床上的格子被单，"有些事，看清了，其实也就看轻了吧。"

"怎么说？"

"逸哥，你知道吗？晓，死了。在我去南方上大学的时候，他自杀了。他成绩不好，没和我一起考去南方，而是选择在北疆的一所普通大学上学。因为距离太远，而我学习又太忙了，我们之间的沟通也就变得越来越少。我在南方有了新的朋友，可是他渐渐没有人陪了。"

"晓？"

"是啊，他和家里关系不好，父亲天天忙着应酬，不怎么在家，母亲又对他没有爱，只有严格。性格内向的他没有朋友。他唯一的女友我，又没有顾及他的感受，最后他选择了那条路。最开始，他从我的世界里消失的时候，我还以为他有了什么自己的事，也就没想去找他。可是后来我知道消息时，什么都晚了。我想联系他的家人去看看他，可是怎么也联系不上。我连向他道歉的机会都没有了。"小幽低着头喃喃自语，泪珠从她的眼眶中接二连三地坠落下来，打在被单上，将被单洇染成了一幅忧伤的水墨画。她似乎在极力地控制自己，不让眼泪掉下来，但她的双眸里已溢满了晶莹的泪珠，啜泣中满是无力回天的无奈和悲伤。

"我是半月前回来的，你也知道，南方的暑假要比北方长一些。那时我还天天和朋友出去东逛西逛，对晓的离去毫不知情。后来回咱们初中看老师时，我忽然觉得心口有些痛，就觉得心里空空的，像是一直记挂在心里的什么东西突然间失去了一样。我知道，晓出事了。虽然我们长时间没有联系，但是我知道，他已然融入了我的生活，就像我和他的世界融为一体一样。"

五

又和小幽寒暄了几句，我起身告辞，带着大哥和小怜出了病房，留下小怂继续在病房里照顾她。

"怎么样？"大哥看着我眉头紧皱的样子，有点儿慌，赶忙询问，"知道是谁想要害你和酒舍了吗？"

"不知道，但我心里有了些猜测。"我回过头看了看长长的医院走廊，"当一个人与整个事件里的很多人都有着千丝万缕的联系，那么这个人多半与最终的答案逃不开干系。"

"说人话。"小怜对着我的屁股就是一脚。"别拐弯抹角的。"

"再看看，兴许还有其他线索。"

"不好了，逸哥！"忽然，小怂从病房里跑了出来，朝我们大声喊叫着，"酒舍出事了！"

"什么？"我打了个寒战，赶忙回过头朝小怂跑了过去，"谁打来的电话？酒舍怎么了？"

"是小华打过来的，说阿昊刚才在店里和别人起了冲突。"小怂被我的声音吓了一跳，"阿昊似乎受伤了。"

"回酒舍！"我咬了咬牙，尽量让自己冷静下来，"还真是不省心。"

"你也别生阿昊的气了，他也是年轻气盛……"见我情绪不对，大哥赶忙拦住我，"你可别冲动，冷静点儿。"

"这家伙可不会跟自己人生气，他是怕纵容那些瓜娃子在酒舍乱来，会让自己人受了欺负。"冯小怜叼着棒棒糖，在一旁不慌不忙地分析着。

我没说话，从小怜手里接过一张湿巾，擦了擦手："你们谁会开车？"

"你够了。"小怜一脸无助的表情，"我是不会开车。"

"我刚考科二，你是知道的。"大哥挠了挠头，朝我憨笑着，"你也不会？"

"嗯。"我无可奈何地点了点头，将最后的希望寄托在一旁的小怂身上。

"可是，当时，我考科一考了一年半都没考下来……"小怂又开始唯唯诺诺，"行，交给我吧。我记得这附近不远就有共享汽车，我送你们过去。"她叹了口气，还是答应了下来，"可是小幽怎么办？她一个人？"

"喂，小朔，你要是方便的话，帮忙照看一个病人……"还没等小怂说完，我已经给小朔打了电话，"咱们先去，这边有小朔在，应该没什么问题。"

六

有小怂这个专业司机，就是不一样。绕过几条经常堵车的街道，小车顺着没几个人的小街一路飞驰,很快便到了酒舍附近。看着街道边打车的路人,几个人不由得一阵庆幸。倘若打车或是坐公交车过来,说不定有多长时间折腾在路上。

酒舍的屋子里一片狼藉。好多桌子都被推翻在地,各种食物、酒水洒了一地,化为一摊泥泞。

屋子里有六个人。阿昊正拿着一根笤帚杆,跟面前的几人对峙着。仲夏站在阿昊身后,一脸怒气地看着面前痞里痞气的几个人,她的右脸微微发红,可能刚才也被那几个人攻击了。没见到小华,她可能躲在酒舍的里屋。

"哟,来帮手了啊。"见我们四个进了屋,闹事的四个人愣了一下,随后一个离我们最近的男人,冷笑着看了看我,"你是这儿的老板?"

"是。"我点了点头,同时上下打量着这四个人。看上去年龄都不大,最大的也不过二十五六岁,不过,看上去都不是善茬,大短袖、紧身七分裤、豆豆鞋,嘴里叼着烟,头发烫得花里胡哨,估摸着至少也得是三年以上的"街溜子"了。

"你打人了?"我直视着他。

"嗯?你说什么?"四人里个子最高的男生听了我的话,不由得眉头微微一皱,"我今天还就打人了,怎么着吧?"

"警察一会儿就到,别在这儿狂吠了。拿人钱财,替人消灾,我知道你们的苦衷。再在我这儿不依不饶,被警察抓去,你们可就得不偿失了。阿昊挨了你们几下,都没有动手,不是因为他怕你们,而是这二十多年来,我们的教养告诉我们,可以用更加文明的方式来解决争端。我在这儿开酒舍,从不惹事,但是我也并不怕事。"

"你小子……"

"你们请便,我言尽于此。人活一世,大多数无非争名逐利,你们不要名声，必然逐利。一会儿警察来了，你们可就逐不了利了。"

"我们走。"四人中的一个走了出来，摆手阻止了要发火的同伴，"我叫阿虎，后会有期。"

"好。"我笑了笑，弯下腰把地上的桌子扶了起来，"回去和小初说，我想见他。"

"你……"几个人刚要出门，听了我的话，停下了脚步，有些奇怪地看了看我，"我会把话带到的。"

"阿虎居然碰见他了，那傻大个果然靠不住。"离酒舍不远的一个出租屋里，小初看着手机出神，手机上的画面由针孔摄像头传来，摄像头别在四个人身上。

退潮了啊，沙地上的虾蟹贝壳，还有垃圾泥泞也该露出来了。

第二十七章　生而渺小，只会坚强

一

"你就这么放过他们了？"小怂有些意外，看着正在打扫屋子的我，目光中充满了不可思议与难以置信，"那阿昊他们……"

"我没事。"阿昊朝小怂点了点头，嬉笑着打断了她的话，"倒是仲夏，她受了很重的伤。"

"是啊，刚才那几个人进来之后就是一顿砸场子，仲夏去阻止时，还被扇了好几个耳光，还被他们踢了好几脚。"小华从屋里走了出来，小声附和着，"要不是阿昊在，她可就惨了……"

"你……"我愣了一下，回过头看着柜台前支撑着身体，努力不让自己倒下的仲夏，却意外地发现，仲夏也在若有所思地看着我。小华说得不错，仲夏受的伤确实很重，不但整个右脸颊都肿了起来，胳膊上还满是磕碰的瘀青，手肘的位置还在滴血。只是由于灯光较暗，加之仲夏站得太隐蔽了，进门的时候才没有意识到她受了这么重的伤。"你怎么不躲起来啊，这种时候，你一个女孩子家出什么头啊！"我心里满是愧疚，话一出口却变成了责备。

"我答应过你，要帮你守住这个店，就一定会说到做到，只可惜最后还是没让你看到一个完整的酒舍，那些桌椅都坏了，对……对不起。"仲夏挤出一个很开心的笑容，虚弱地说，"接下来，就交给你了。"

"你和小宸那家伙真是越来越像了。"仲夏一个趔趄，整个人再也无法站稳，我赶忙一个大步冲了过去，扶住了紧张了太长时间，终于放松下来的仲夏，"进屋休息吧，接下来的事我来处理就可以了。"

"把她交给我吧。"小华赶忙走过来，扶着仲夏进了里屋，"逸哥。"到了门口，小华回头叫住了我，但是最终也没说什么，只是摇了摇头，进屋了。

"阿昊也回去休息吧，你伤得也挺重的。"看着小华把里屋的门锁好，我慢慢地转过身子，看着一片狼藉的酒舍，沉默良久，"小怂、小怜，你们也回去吧。接下来我也不知道会发生什么。你们留下的话，我也不能保证你们不会出现危险。现在走，我也很感激你们了。"

"俺还能去哪儿？"小怜侧过脸看着我，"你婆婆妈妈的，像个娘儿们。"

小怂脚步迟疑着，后退了好几步，将整个人塞进了墙角里，终究还是没有离开。

"大哥……"看小怜和小怂都选择留了下来，我把目光瞥向了一旁的大哥。

"干吗，我可不喜欢男的。"大哥偏过头，迎上了我的目光，同时开玩笑地向后躲开，"都已经新世纪了，别搞得跟生离死别一样，你是不是《水浒传》看多了。无论什么样的问题，都有法律去解决。"

"但是……"

"没啥好但是的了，有我在，哪怕对面开来一辆坦克，都不是问题。"大哥哈哈大笑着，拍了拍我的肩膀，"我知道，最开始你以为酒舍这次出事没什么复杂的，所以只告诉了我和仲夏，阿昊、小华都是我和仲夏找来的帮手，你的本意是不告诉他们，对吗？"大哥看向酒舍的大门，有一束不太明显的阳光顺着残破的大门照进来，在地板上形成了一个小小的光圈，"后来当你发现这件事比你想象中危险，你开始让大家一个个从这件事中脱离出去。你不想让大家参与进来，想一个人去面对这次危险，对吗？你高中寝室的几个室友，还有那个叫阿弘的，应该都离这儿不远吧，但你还是一个人都没有叫……"

"我就知道，什么都瞒不住你。"我笑了笑，掏出手机，点开了清明前几天发给我的小初的手机号，"小初，我在酒舍等你。"

二

"逸哥，你觉得这个世界上最可怕的一类人，是什么样的人？比如……"还记得高中时，沉迷于《十宗罪》的小彤，问过我这样一个问题。

一向胆小的我马上制止了她："不要列举了！任何一种发生在我身上，我都能吓死。"

"但我觉得，你不让我列举出来的那些都不可怕，他们在犯罪的时候往往都有一定的动机。"小彤合上手里的《十宗罪》，双眼直直地看着我的脸，"真正可怕的是那些没有动机的，因为这种人，你防不胜防。"

很长一段时间，我都不理解小彤的话，总觉得这样的论调耸人听闻，直到我重新认识了小初。

小初就是这样一个人，虽说他还不至于做出多么恐怖的举动，但是他做什么事，从来都没有预兆。起码，在我们这些外人看来，是毫无预兆的。

我认识小初也是在初中时。和我关系尚可的小航，远远地指给我："那个长得特别帅的男生，是我的弟弟。他叫小初，是个特别可爱的男孩子呢。"

整个初中时代，我们都没有什么交集。我甚至都没有和他说过一句话。倘若不是清明那天提及，我都不记得还有这样一个人。

那个时候，我对小初的印象其实还算不错，他总是一个人在树下发呆，无论看见谁，都规规矩矩、客客气气的。学校的老师和同学们，也都很喜欢这个成绩好、长得帅的少年。而小初也不负众望，整个初中时期都坐稳了"别人家孩子"这一宝座。只是不知，这五六年不见，现在的他和当初的他怎么有了天壤之别？

"这不科学啊，照你这么说，他完全没有理由和你过不去啊。"大哥挠了挠头，"他闲着没事和你过不去干吗？"

"我也不知道，别说招惹了，我俩都没见过几次面。"我无可奈何地耸了耸肩，"我无数次怀疑自己是不是猜错了，但是最后所有证据都汇聚到了他那儿。"

"刚才那瓜娃子说什么？"小怜坐在柜台旁边的桌子上，嗑着瓜子，询问着，"他答应来了？"

"是啊。他就回我了一个'嗯'，此外什么都没说。"我也接过一把瓜子，嗑了起来，是五香瓜子，我最喜欢的口味，"我有预感，他快来了。"

"你说的那个小初要是真来了，你打算怎么对付他？"大哥询问着，"这毕竟不是金庸笔下的武侠小说，再大的个人恩怨，也不是靠打架斗殴来解决问题的。而且，你不觉得一个只会在背后捅刀子的人，突然主动站在阳光下，要和你真刀真枪地较量，这件事有多么匪夷所思吗？更何况，酒舍还是你的地界。"

"以己之短，攻你之长？"小怜也跟着附和，不过，她显然还是没有把一会儿可能会出现的危险当回事。此时的小怜，坐在柜台旁边没人用的桌子上，头枕着柜台上供顾客使用的借充电宝的机器，嘴里一刻不停地嗑着瓜子，像是来听评书一样，饶有兴趣地听着我和大哥的对话，"你怎么知道是他在对付你呢？"

小怂和大哥对视了一眼，在一旁齐刷刷地点着头，显然，这个问题已经困扰他们好久了。

"逸哥，实不相瞒，"一个穿着黑色风衣、双手插兜的男人，从大门口走了进来，"我也挺好奇，你是怎么知道我才是这一系列事情的推手的？"

"夏小初！"

三

"逸哥？他就是你说的小初？"小怂有些诧异地看着我，或许在她的印象当中，小初在我们面前所展现出来的这样阳光的形象，与他这段时间的所作所为并不相符吧，"他，有点帅啊。"

"帅是一定的。"我扫了一眼一旁的小怂，倘若说之前对于小初，我还有任何恐惧的话，现在当他站在我面前的时候，所有的畏惧与抵触，已经消失殆尽了，"这家伙的姐姐小航，是我们初中少有的班花级别的女生，这个当老弟的，自然是不比他姐姐逊色多少的。"

"姐姐？我没有姐姐。"夏小初轻轻地摸着自己的下巴，听着我和小怂的对话。上了大学之后，小初褪去了稚嫩，棱角分明的下巴和含水的双眸，让他看上去充满了带有侵略性的野性魅力。"那个贱女人，怎么配和我相提并论？"夏小初不屑地笑了笑，一个华丽的转身，移动到了小怂身边，同时他的左胳膊顺其自然地抬起，熟练地搭在小怂的肩膀上，而右手也迅速跟了上来，温柔地捏住了小怂的下巴。"你相信一见钟情吗？从我看见你的那一刻，我连咱们两个以后的孩子叫什么名字都想好了。"

"老板，你说的那个要毁了公司的瓜娃子，就是这个流氓吗？"小怜看着满脸通红的小怂，愤愤地说，"纨绔子弟？"

大哥义正词严地纠正道："渣男！"

"我才不纨绔，这不过是贵族应当具备的绅士风度而已。我可不是渣，我只是想给全天下渴望爱的女孩一个家。"小初嘴角流露出一丝不易被察觉的微笑，又是一个华丽的转身，回到了刚才进门的位置，在门口寻了一把椅子坐了下来，"逸哥，说说吧，你是怎么猜到这一切的幕后推手是我的？"

"直觉。"看着小初坐下，我也在柜台边找了把椅子坐了下来，"其实，我没有任何证据证明幕后黑手是你，只是因为你和很多事都有着千丝万缕的联系，所以我猜到了你。你要是否认的话，我也许就去怀疑别人了。"

"千丝万缕的联系？你是说清明吧。把你的消息告诉她，确实是我的一个失误，我承认。"小初认真地倾听着我的话，不时地点着头，似乎是试图通过我说的内容来分析出自己的不足，"不过只凭这一点，你还是没有办法推断幕后推手是我。"

"是啊，你是谁啊，你可太狡猾了，连我的酒舍都没有进来过，就想祸害我。"我摸出了半包烟，随意抽出一根，用打火机点着，将烟立在桌子上，"可是，无论你藏得多深，也是有烟灰的。"

"烟灰？"

"一个连我的酒舍都没进来的人，不可能对我的生活如此了解，也就不可能认识蔻蔻。"

"蔻蔻？那个不爱穿鞋的女孩？"小初有些莫名其妙地看着我，丝毫不理解为什么我会提到蔻蔻的名字，"和她有什么关系？"

"不是那个蔻蔻，是上面这个蔻蔻。"我微微抬头，看向酒舍门口挂着的笼子。在笼子当中，有一只毛色非常漂亮的鹦鹉正静静地坐在杆子上，打量着下面的我们。"前段时间蔻蔻爷爷病逝，她和我请了长假，酒舍只剩我一人工作了，从那个时候开始，我发现了一个问题。"

"什么？"小怂有些好奇。

"鹦鹉不怎么说话了。"我打量着不远处的小初，他一脸意外的表情，"原来它可是特别喜欢说话的，可是后来鹦鹉就变得不怎么说话了。我最开始以为它是主人了，可是后来我发现并不是这样。它只在部分客人来的时候才会叫，而有一些客人来的时候，它就不叫了。"

"所以呢？你想说什么？"

"我仔细观察了一段时间，意外地发现，这些让鹦鹉不敢叫的客人，他们来这儿的目的都不是喝酒，他们在观察我的酒舍，有偷拍的，也有装作打电话偷偷录视频的。从那个时候起，我意识到有人要对付我。只是我没想到，你动手会这么快。"

"哦？就算你发现了我的举动，可是他们的行为和我有什么关系？"听了我的话，小初的神色回到了刚才那种云淡风轻的状态，薄厚适中的红唇边也恢复了进门时那种高深莫测的笑容，"就凭你这几句话，去了公安局，人家都不会给你立案的，你知道吗？"

"可是，后来我捡到了一个东西。"我从包里掏出了一个针孔摄像头，放到了桌面上，"这是你在那群混混身上放的吧？倘若我没看错的话，刚才来砸场子那几个人也带了类似的东西，看来你连自己雇的人都信不过啊。"

"那群傻……"

"先别急着骂人，听我把话说完啊。"我没有在意小初的大发雷霆，仍低头摆弄着桌子上那个摄像头，"当时我就觉得，这个摄像头的出现不是偶然，于是我便开始等待，等待着下一个有摄像头的人来。果不其然，我等到了。"

"你从那人嘴里问出我来了？"小初有些警惕地看着我，试图从我嘴里获得更多有用的信息。

"没有，不过我问出来了另外一个人，一个和你有莫大关系的人，弘哥的妹妹，曾经做过你女朋友的小舒！"

四

"小舒？就是那个认为只靠出卖自己的脸蛋和身体，就可以攫取最大利益的蠢女人？"小初看着立在桌子上的那根烟，不知为何，那一片缭绕的烟雾，让他看起来有些恍惚，"逸哥，注意措辞，她可是不是我的女朋友，她充其量是我曾经的短暂的伴侣而已。"

"不可理喻！"还没等我反应过来，一旁的小怂大喊了一声，整个人像疯了一样跑到小初面前，抬手就是一个耳光，打得小初一个趔趄，原本白皙的脸颊上顿时出现鲜红的指印，"谁允许你这么物化女性的！"

"物化？可笑。我从来不物化女性，只是随着生活的洗礼，每个人身上都已经被标好了相应的价格。而那个蠢女人，注定是最廉价的那一个档位，哈哈哈。"小初不怒反笑，也没有理会小怂打自己的那一下，"物竞天择，适者生存而已，生活本来就是这么残酷。"

"放屁！"令人意外，小惢这一次居然一点都没有惢，她脱掉了自己的外套，"我已经受够你们这种人上人的论调了。每个人活在这个世上，都应该是为了自己而活，为了我们的亲人、朋友和我们的梦想而活，而不是被你们这种垃圾品头论足地判定价格。以前的我为了追逐你们眼中的那个价格而努力，可是无论我多么讨好，多么软弱地逢迎，我在你们这些人眼中都得不到正视，我得到的只有像商品一样的定价……"

"小惢……"

"逸哥，我没事，把压心底的话都说出来了，我也痛快多了。"小惢回过头来，意味深长地看着我，"我，不会再软弱了。"

"你似乎还是不明白呢。"小初就这么静静地坐在原来的位置上，听着小惢的话，"弱，本身就是一种罪。能有人对你品头论足，都算是强者对你的提携。其他弱者，连被强者品头论足的资格都没有。"

"你个禽……"

"丫头，你这样很没有礼貌的。"

小惢刚要反击，小初已迅速离开了座位，指着小惢的鼻子："你不是今天的主角，就别让我在你身上费太多时间。"

"我、我饶不了你！"

"随你，哈哈哈……"小初丝毫没有理会小惢的破口大骂，转身径自回到了刚才的座位上，"现在的人真是好奇怪啊，不想着怎么努力变强，却想着怎么能够得到别的弱者的庇护，妄图通过建立一个弱者联盟来与强者对抗。"

"你个只会在背后捅刀子的懦夫，怎么配教训我？"

"懦夫？我可不这么认为。对强者而言，只要是可以让自己变强的东西，管它是什么，都必须加以利用。而对于和自己没有什么太大关系的东西，必要的时候，完全可以舍弃。强者为了成功，向来是不择手段的。"话音未落，小初又移动到了小怂面前，掐住她的脖子，把她丢了出去……

　　五

　　"小怂！"看着小怂被小初顺着酒舍的大门扔了出去，角落里的阿昊大叫一声，便冲了上去，"你个垃圾，给我去……"

　　"伤得这么重了，还出来和我打？"小初只是向旁边微微侧身，连脚都没有挪动半分，便把阿昊让了过去，就在阿昊从身边闪过时，小初右脚微抬，回身便是一脚，正踢在了阿昊的大胯之上。只听得扑通一声，阿昊侧飞了出，去撞在了酒舍侧翻的桌子上。"第二个了，还有你们仨了。"

　　"谁说我们要和你打了？二十一世纪了啊，我直接选择报警不好吗？"看着一旁就要冲上去的小怜，大哥赶忙向前迈了一步，伸手扯住小怜的胳膊，"我刚才可是录音了。你想抵赖，也抵赖不了。"

　　"这样啊。"听了大哥的话，小初有些惋惜地慨叹着，似乎根本没有想过我们会报警，在座位上抓耳挠腮，"大哥们，小初我错了啊，你们可千万别报警啊。"小初沉吟了一小会儿，猛地站了起来，朝着我和大哥所在的方向，直挺挺地跪了下来。泪水顺着他的眼角淌了下来，让那个在五分钟前还不可一世的小初，显得可怜至极。

　　"你……"

　　"都是我的错。一直以来，我都以为这是一场博弈类的游戏，我从来都没想过害你们啊。你们可别把我带到公安局啊，我爸我妈知道了会伤心的。"此时的小初早已经没了刚才的从容，鼻涕和泪水混合着流淌下来，在他的脸颊上形成了一条浅浅的小溪，"我求你……求求你们……"

"呃……"大哥侧过头，有些无奈地看着我。本就是老好人的他，面对那些横眉冷对，尚且能够从容应对，可是面对一个涕泗横流的年轻人，他一时也没了主意，拨打报警电话的手缓缓地放了下来。

是啊，怎么办呢？

自从在清明那里听到小初的名字，我无数次盘算过，该如何去结束酒舍的这次危机，可是到头来迟迟下不了手。

这个对自己和朋友们时刻监控的人，这个在网上刷恶意评论企图毁掉酒舍的人，这个雇人把酒舍打得七零八落的人，这个打伤仲夏、小忝和阿昊的人，还有把亲姐姐小航设计得那么惨的人，都是他……

"我想问你个问题。"

"你问吧，只要不把我交到警察那里，你问什么，我都告诉你。"小初一个头接一个头地磕着，"饶了我，好吗，请你饶了我吧……"

"设计小幽来我这儿自杀的人是你吗？你是怎么设计的？"

"我说，我都说。"小初听到我的问题，有些迟疑地抬起了头，不过在接触到我的目光的那一刻，他又把头低了下去，"她有严重的人格分裂症你知道吗？那个晓，是不存在的。我从她的微信朋友圈推断出了她的病，经常主动和她聊天。"

"聊天？"

"对，她过于孤独，加上生活压力和学习压力太大了，便出现了问题。我每天和她聊一些生活琐事，也就填补了她每天晚上臆想的那段时间。"小初解释着，"这样的话，小幽就会觉得晓消失了很长时间。"

"晓消失了？那不是说病情在好转吗？"大哥不明所以地询问着。

"理论上来说没错，可是我一直在暗示她，晓是真实存在的。"小初抬起头，一脸兴奋。我知道，这是费尽千辛万苦，最后努力有了回报的喜悦。也就是说，小初已经把这场诱导自杀的行为，当成了自己的成就，"这样的话，她就会在心里认为，是她害死了她的男朋友晓。"

"你个禽兽！"一旁的大哥冲了上去，他的右手大大地张开，想给小初一个耳光，"我饶不了你！"

"真的吗？"小初冷笑起来，脸上的泪水不知什么时候已然消失，取而代之的是之前那一抹冷笑。在大哥的巴掌刚要打到他的脸颊时，小初忽然动了。也不知他在哪儿练了这些功夫，一个鹞子翻身，抬起右手直接掐住了大哥的脖子。"还有你们俩了。"小初把大哥用力地甩了出去，大哥的身体直直地撞在酒柜上，"你们不会真的以为我会怕报警吧？"

六

"警察马上就来了啊。"我看了看表，现在是下午四点五十六分，距和小华约定的时间还有四分钟。仲夏生怕出现什么特殊情况，早在中午便嘱咐了负责照顾小华："华儿，到了四点，倘若逸哥还没有解决这件事，就马上报警，那才是能够帮助逸哥的最好方法。"

"你是真以为我在和你过家家吗？"小初从包里摸出一根烟，给自己点了起来，"我原来说好了，一周抽一根。因为你，我破戒了，你该庆幸，你是第一个让我破戒的。"

"这么瞧不起我？"

"对啊，我就是这么瞧不起你。"小初笑了笑，不知什么时候已经移动到了小怜面前，他抬起手掐住了小怜的脖子，"我就是看不起你，从初中开始便如此，到现在，我依然看不起你。"

第二十八章　天暗之时，你便是光

一

"你觉得你抓住了她，我就不报警了吗？你真的觉得威胁在我这儿有用？"看着小初得意扬扬的表情，我不自觉地后退了一步，伸手擦了擦额头上微微沁出的汗水。在温泉酒店里，面对少陵尚且可以从容应对的我，居然在小初面前，有了一种无力感，内心的不安越发强烈起来。"我告诉你，你别放肆，你还有父母，你还有姐姐，你还有可观的学习成绩，你这样对得起谁啊？"

"我？对得起谁？你问我对得起谁？"小初闻言皱了皱眉，神色复杂地把头转了过来，"那你告诉我啊，我按照他们规划好的方案，按部就班一步一个脚印地走，我又能对得起谁！"小初的右手忽然发力，青筋一条一条地从他的小臂上凸了出来，"那我就告诉你吧！你个什么都不懂的蠢货！"小初抬起手一用劲，便把手里的小怜甩了出去。所幸，小怜利用酒舍的墙壁作为着力点，一个弹跳闪到了我的身后。

"我一直不理解一个问题，什么是对得起，什么是对不起？我们总听长辈说，我这都是在帮你少走老路，这都是为了你好啊。可是呢，所谓的为了我好，就是把我们送到那些朝九晚五的稳定单位，用着几千元工资囚禁我们的生活？所谓的为了我好，就是让我们男生在三十岁的大好年纪，背负着车贷、房贷的压力？所谓的为了我好，就是要让我们忍受着上司的官僚主义，低三下四地与同事们比拼着逢迎？"

"可是，大多数人的生活不都是如此吗？"小怜开口反驳道。

"对啊，所以你们才是井底之蛙，就觉得生活本该如此。而更可悲的是，你们自己有巨大的生活压力还不自知，一定要按照同样的模式去教育下一代，告诉他们必须按照和你们一样的老路走下去，让他们延续你们的生活压力，延续着你们的喜怒哀乐。"似乎小怜的问题触到了小初的痛处，听到小怜发问，小初的情绪也不再平静，语气逐渐变得急促，仿佛这些话已经在他的心里憋了好久，"他们剪掉了孩子们的翅膀，却偏偏叫孩子们学会飞翔。这样的生活，我受够了。"

"可是，即便是受够了又能如何？不是还得忍下去吗？"小怜的语气已经没有了刚才的犀利，似乎潜意识里也认为小初说得有道理，"这个世界上有七十亿人，你不是第一个想要改变的，也不会是最后一个。可是，你总得知道你要改变成什么样啊，知道你怎么样才能成功，成功的概率有多少。如果没有任何规划，就要挑战人们的固有思维，那你不是开拓者，而是妄想症啊。"

"那又如何？我不欠他们的，也没必要对得起。"

"夏小初！我已经报警了！你会为你今天的所作所为后悔的！"酒舍里面的大门突然打开，小华握着手机在门口大喊着，"等着束手就擒吧！"

"哦？你是？"小初迟疑了一下，扭过头看着小屋门口有些瘦弱的小华，"叫什么小华来着，我记得我搜集过你的资料。"

"你认识我？"小华一惊，身体不自觉地往后退了几步。

"你在害怕？"小初有些玩味地笑着，"刚才不是还让我束手就擒吗，现在怎么害怕了？"

"你别……"还没等我说完，一个阴沉的男声在门口响了起来："我不允许任何一个人，欺负我的小华。"

"你？"小初皱了皱眉，有些诧异地看着面前这个有些秀气的男子。他穿着一件很干净的白衬衫，手里握着一个崭新的笔记本，看上去不像是来救美的英雄，倒像是来采访的记者一样。"你是谁？"小初回忆着这段时间对于酒舍的侦察，却始终想不起有这样一个人在酒舍出现过，不由得一愣，"你也是来阻拦我的吗？"

"我管你在这儿干吗？虽然说逸哥和我关系也不错，但是我还不至于为了他就动手伤人。"小阳伸手解开了白衬衫的第一个扣子，同时用力地拽了拽衣领，"但是，你要是动小华一下，我和你没完。"

"你威胁我？"

"没错，就是威胁。"小阳把崭新的笔记本递给小华，冷笑着看向小初，"怎么，不服？"

二

"我这个人就有一点不好，那就是不吃软也不吃硬。我倒要看看，我今天还就动她了，你能把我怎么样呢？"小初笑得张狂，几个灵巧的闪身，移动到了小华身旁，和小华面前的小阳打了起来，"对了，和你说个事吧。你是不是还不知道你女朋友为什么突然和你说分手？"

"你说什么？"小阳有些愣神。小初立刻抓住破绽，抬腿踢在了他的肚子上，小阳惨叫一声，撞在酒舍大门的门框上，"小华为什么和我分手？"

"别！你别说！"小华尖叫了起来，跑到小初面前，伸手扯住了他的袖子，疯狂地摇着头，"求你，求你……"

"我凭什么和你谈条件！"小初伸手将小华推到一边，冷哼一声，抓住了她的脖子，"小子，我动她了，怎么样？"

"你！"

"你还在这儿跟我瞪眼睛？"小初冷笑着，环顾着酒舍里的众人，"哈哈哈，你们这群垃圾，在强大的实力面前，简直不值一提。那个小子，你现在给我跪下，说不定我心情好了，就不欺负你女朋友了。要不然的话……"小初的手在空中不太安分地移动着，"那就说不定了。"

"你欺人太甚！"

"你跪不跪？"小初放肆地大笑着，"告诉你个秘密吧，你女朋友为什么非要突然和你分手。"

被掐住脖子的小华，用指甲使劲地抠着小初的胳膊，同时用力地摇着头，希望他不要说下去，不过这点儿程度的反抗，对小初来说无疑是毫无作用的。

"她和你在一起不久后，有一次喝多了，被人拉去……"小华拼命地挣扎，喉咙里发出含糊不清的声音，小初不屑地看了看她，接着说，"可悲吗，小子，也不知道你还在那儿坚持个什么劲儿。"

"不！"泪水顺着小华的眼角缓缓流下，一直在挣扎的胳膊也逐渐停止了动作。

"那又能如何！"小阳挣扎着爬起来，看着小华说，"其实，最开始你要和我分手，我确实不理解，那时我还以为你真是觉得一见钟情不好。可是，慢慢地，我心里也隐隐有了猜测，又怕主动去找你，会让你更加难堪。所以我才一直在等你，等你主动联系我。我知道你一定会再一次找到我，把一切都说清楚。毕竟，咱们曾经约定过，无论多么大的困难，也要一起挺过去。华，你不是给了我笔记本吗，你说让我们重新开始。咱们重新来过，好不好？我的昨天你不过问，你的曾经我不打扰。"

"小子，你到底跪不跪！"小初抬手对着小华的外套扯了一把，那薄得不能再薄的外套，瞬间裂开了，"五，四，三……"

小阳冲了上去，用力地挥动双拳。看着小华受伤，又知道了她和自己分手的真正原因，小阳的愤怒已经达到了极致，手中的拳头也变得越来越狠，很快就把小初打得没有任何还手的力气。

一个清脆的女声，突然在酒舍门口响起。

"小初！你、你没事吧？"女孩甩掉脚上的高跟鞋，赤着脚快步跑了过来，一把推开了还在攻击的小阳，跪在小初面前，伸出手轻轻地扶起小初的头，"怎么样了，和姐姐说啊！"

"哼，贱女人。"小初抬起眼皮看了一眼，面前的小航连妆也没化，正急切地看着它，"你来干什么？"

"小航……"我们几个人都有些惊呆，没想到小航会在这个时候出现。

"逸哥，逸哥的朋友们，"小航回过头，看着大家，缓缓地把小初的脑袋放在地上，整个人转过身，保持着朝我们跪下的姿势，磕了一个响头，"我弟弟不懂事，都是他的错，你们能不能原谅他？他还是个孩子啊。"

"这……"

"你……"小初有些难以置信，看着小航，表情里尽是苦涩。

"他不能没有未来啊，他爸爸妈妈还都指望着他呢。"小航抬起头，声嘶力竭地哀求着，地上的灰尘和泥水粘在她的脸上，让她看上去灰头土脸，"求求大家，求求大家！"说着，她朝着我们又磕了一个响头，许是因为劲儿太大的缘故，她的额头上出现了一个小口子，鲜血顺着她的脸流了下来，让她看上去更为沧桑。

"你先起来吧。"小华蹲下，去拉小航，可是小航仍旧一动不动。

"虽然在我六岁的时候，那个家就不属于我了。可是，我毕竟姓夏啊，我身体里毕竟流淌着和他一样的血，我毕竟是他的姐姐啊。"又是一个响头。脑袋撞击地板的声音，也撞击着我们的心。

"姐，你不用……"

"闭嘴！"小航回过头嘶吼着，同时一个劲儿地用头撞击着地板，"求大家，求求你们，饶了他吧！酒舍的所有损失，我都赔，只要你们饶了他就行。求求你们，饶了他吧！"

四

"不许动，警察！"警察带走了小初，酒舍恢复了平静。

"以后你打算怎么办？"我看着跪在地上的小航，一脸的苦涩，"对不起。"

"是他咎由自取，我认了。"小航语气冰冷，表情格外平静，"我回去了。"

"给你擦擦血……"

"不必。"小航头也没回，打掉了我手中的纸巾，"我去跟他父母说一声，他父母挺担心他的。"看着小航踉跄着出了酒舍，原本期待已久的喜悦，不知为何，并没有传达到我的心里。

送走所有人，我把酒舍里里外外打扫了一遍，看着窗外将要消失的夕阳，不由得一阵叹息。

五

六个月后。

清晨，北疆机场。停下车的阿昊，打开车窗，看了看有着些许薄雾的机场，说："能见度还行，应该不会延误的。"

"怎么可能延误，"大哥走下车，从后备厢里拉出一个深蓝色的大行李箱，"咱们这次提前了整整一个小时呢。"

"走吧。"我理了理自己的西装领子，尽量克制自己，不去转过头，"去了南方，你爸爸妈妈都不在身边，我们也不在附近，要好好照顾自己啊。"

"嗯。"蔻蔻点了点头，小声地回应着。

"你小怜姐得看店，司忆姐没在北疆，仲夏她们估计这个时候也都没起床呢，我就没让她们都过来。"推开车门，我接过了大哥手里的行李箱，将披在身上的风衣递给大哥，"走吧，我送你进站。"

"嗯。"蔻蔻始终低着头，有些心不在焉地回应着。

两个人一路无话，看着蔻蔻从容地办理着登机的各项事务，我忽然觉得，不知什么时候，这个整天嘻嘻哈哈的女孩已经悄悄长大了。现在的她，比之前更理智更成熟更开朗，也比之前更从容了。

"别送了。"到了检票口，蔻蔻回过头低语着。

"哦，我知道。"我点了点头，把手里的箱子递了过去，"一路小心。"

"嗯。"蔻蔻点头，默默地转过身去，慢慢地弯下腰，把趿拉着的鞋跟提了起来。我注意到，这是那双我送给她的鞋。

"酒舍，永远欢迎你回来。"我抓着检票口的栏杆大喊着。而蔻

蔻的身影，只是轻微地抽了抽，便快速地跑了起来，最后消失在机场
拐角处。

父亲的角色（代后记）

没有想到，爱好文学创作至今，写的第一个人物竟然是我的父亲。这是一位作家对另一位作家的解读，也让我离开父与子的亲情角度，第一次审视我的父亲。

我的父亲张育新是中国作家协会会员，出版过《古河道》《盖棺真相》《最后的八旗》等五部长篇小说，是一个很勤奋的作家。我能喜欢上文学，与父亲的言传身教有关。有时我想，从事文学创作这种苦差事，我不知道该感谢还是该埋怨我的父亲。

在写这篇文字之前，父亲特意来到我的屋子，嘱托我要写成作家谈作家，不能写成一个儿子聊自己的父亲。我点头应允。作为一个作家来看，父亲更多的是我们这些晚辈在写作之路上的领航人。因此，按照大家称呼鲁迅、巴金、杨绛的习惯，今天我来讲一下张育新先生。

先生做我父亲二十年了，但是能够作为我眼中的先生的时间其实并不长。一是先生早年的水平其实还不足以成为先生；二是我没涉猎文学的时候，我也不把他当作先生，而只是当作父亲。

当我还小的时候，我还不大了解父亲的工作是什么，只知道他经常出差，回到家在电脑桌前一坐就是一天。有时候，父亲眉头紧锁，脾气变得急躁。母亲说："别理你父亲，他又犯病了。"当时年幼的我，不知道父亲犯的是什么病，长大后才知道，那是父亲的创作卡了壳儿。父亲是电脑盲，只会"二指禅"打字，一天也能敲出上万字。一次，我贪玩偷摁了父亲电脑的关机键，父亲一声惨呼，举起的巴掌拍在写字台上。后来母亲说，那次我摁丢了父亲的一万多字。父亲举起的手本来要打我，终于还是没有下去手。当我学写小说之后，才知道丢失一万多字有多痛苦。

父亲每天一直在忙，我丝毫不知道他在忙些什么，偷偷地去问母亲，母亲只是说父亲是个记者，有时候也上电视做节目。虽然还不懂记者是什么，但是我确乎明白上电视的概念。因而，那个时候，在我眼里，父亲的身份有了第一次转变。

第一次转变，是觉得父亲成了名人。记得儿时犯错误，我母亲呵斥我时，我还曾对母亲说过："父亲是名人，而你只是人名。"当时就气得母亲呜呜地哭。后来父亲大抵是训斥我了吧，我已经记不得了，倒是在一旁呜呜哭的母亲，让我记忆深刻。

因为父亲成了名人，我也就多了许多炫耀的资本，最期待的便是跟母亲去电视台楼下接做完节目的父亲。小学时，老师让我们学着写作文的时候，我也会引用父亲对我说的话。当老师跟我说不能引用家人的话时，我还得意扬扬地去反驳老师："老师，我父亲现在是名人。"

在小学五年级的时候，父亲第一次以先生的身份进入了我的小学，在最大的电教室里，给全校所有的学生讲作文。我看着一旁的班主任也跟着记笔记，忽然知道了父亲的工作是什么，也是从那一天起，父亲的身份从名人过渡到了先生。

先生的文字确实是厉害的。上初中时，我写作文的时候，他三言两语就可以把我从无话可说的困境中带出来，而且可以让我心服口服，这是我的语文老师都无法做到的。也正是从那时起，我正式以文学圈一个寂寂无名的后辈的身份去认识先生。

初中那段时间，我看了先生的很多书，先生这些年所写的小说、诗集、散文，都被我塞进了脑海里，虽然不是全都能够理解，但是里面新奇的故事，丰富的历史知识，以及对于我每天的日常生活的细致描写，都让我惊叹。两者一对比，我的文字马上就黯然失色，很多我认为还算巧妙的句子也变得寡淡了。

在先生的小说的影响下，我也尝试过写一些东西，可是屡屡碰壁，一直也没有写出拿得出手的东西。倒是闲暇时写的一首普普通通的小诗，因为父亲提笔更改了一句话而被校刊选上。那一刻，我体会到了王献之眼中的王羲之是个什么样的人。

我在小说写作上尝试了多种方式，可惜由于叙事能力实在有待于提高，最终还是以失败告终。也是因为这一次失败，我开始转战去写一些诗歌，所幸有了些读者。

先生起初并不知道我写这些，只当是闲暇时的逸趣，便以"学习为重"的理由将其没收了。可是已经陷进诗歌创作中的我，还是越写越多。再一次藏匿不及，我的诗歌落入了母亲的手，后来被母亲交给了先生。令我意外的是，这一次先生看了我的诗歌并没有生气，反而坚持着将我的第一本诗集出版了。

先生为了我的诗集的出版，找了很多朋友，又联系了很多业内的前辈，先后办了两场读书分享会，而我也因此以少年诗人的身份进入了哈尔滨市作家协会。

可是，成了名的我忽然发现，先生已经很久不写东西了。他的身体一直不太好，视力也受到一定的影响。在我的诗集出版后，父亲就不再写东西了。原来那个为了考察风土人情，可以从哈尔滨采访到呼和浩特，再从哈尔滨采访到符拉迪沃斯托克的先生，已经慢慢离我而去了。

现在的父亲只是一个热衷于书法和做饭的中年人了。那个每天早上三点起床，用冷水浇头让自己清醒，只为了多写点儿小说的先生，逐渐成了母亲嘴里的回忆。

不知从什么时候起，先生的身份发生了第三次转变。这一次，先生变回了父亲。而我也正式接替了他的工作，开始拿起笔写小说了，他则变成那个每天期待着我写新诗、写小说的父亲。

有人说望子成龙的父从来都不是龙，但是，先生是。